クライブ・カッスラー／
マイク・メイデン／著
伏見威蕃／訳

●●

超音速ミサイルの密謀を討て！（下）

Clive Cussler Fire Strike

扶桑社ミステリー
1682

Japanese translation published by arrangement with
Peter Lampack Agency, Inc.
350 Fifth Avenue, Suite 5300, New York, NY 10118 USA
through Tuttle-Mori Agency, Inc., Tokyo

超音速ミサイルの密謀を討て！（下）

登場人物

ファン・カブリーヨ――〈コーポレーション〉会長。オレゴン号船長

マックス・ハンリー――〈コーポレーション〉社長。オレゴン号機関長

リンダ・ロス――〈コーポレーション〉副社長。オレゴン号作戦部長

エディー・セン――オレゴン号陸上作戦部長

レイヴン・マロイ――同作戦部員

エリック・ストーン――同操舵長

マーク・マーフィー――同砲雷長

ゴメス・アダムズ――同パイロット

ハリ・カシム――同通信長

ジュリア・ハックスリー――同医務長

モーリス――同司厨長

キム・ダダシュ――米海軍空母〈ジェラルド・R・フォード〉艦長

ハーリド・ビン・サルマーン――サウジアラビア元副皇太子

サライ・マッサラ――元モサド工作員

アシェル・マッサラ――サライの弟

ジャン・ポール・サラン――軍事会社〈スールシェヴ〉社長

ヘザー・ハイタワー――HH+のCEO、創業者

チン・ヤンウェン――同アマゾン収集チームのメンバー

ラングストン・オーヴァーホルト――〈コーポレーション〉のCIA連絡担当

40

カブリーヨとサライは、カタール航空の深夜便のファーストクラスで、ナイロビからオレゴン号がいま投錨している場所に近いドバイへ行った。ゴメス・アダムズのAWで、そこからオレゴン号に戻るつもりだった。

ゆったりした贅沢なフライトで、寝不足だったカブリーヨとサライは睡眠をとることができたが、ケニア、とりわけカミティ刑務所でわかったわずかな情報を検討しなければならなかった。唯一の手がかりといえるのは、カブリーヨが所長のガシルに渡した名刺によって伝えられる事柄だけだった。その名刺に貼り付けた偽の新聞社のロゴの下に、超小型盗聴器が仕込んである。

「うまいことに、ガシルは名刺をシャツのポケットに入れたわね」ヴィラで録音をふたりで聞いたときに、サライがいった。シャツの生地がマイクをこする音のなかでも、電話の相手がいったことも含めて、会話はかなりはっきり聞こえた。カブリーヨは、雑音を除去するために、その録音をマーフィーとエリックに送った。

「わたしが名刺をシャツのポケットから出して、やつの潜在意識に訴えたからだ。諜報技術（トレードクラフト）百一手のうちの古い手口だ。うまくいってよかった」

「彼が腐敗していることが、どうしてわかったの？」

「腕にはめていた〈パテックフィリップ・カラトラバ〉が、いちばんの手がかりだ。それに、デューク・マタシーの名前をいったときと、アシェルの写真を見せたとき、かすかに顔色が変わった」

「あなたのチームが出す結果を早く見たい」

「じきにわかる。わたしたちがオレゴン号に戻るまでに、なにかつかむはずだ」

アラブ首長国連邦、ドバイ

翌朝、カブリーヨとサライは、混雑しているドバイ国際空港に到着した。税関を通るとすぐにタクシーを拾って、南に四十分のところにあるドバイ・ワールド・セントラル空港（ＤＷＣ）へ向かった。現在では、ほとんどの自家用機やチャーター機が、そこを使うよう指示されている。

ふたりは、高級なスーツケースを引っぱりながら、個人用貸し切りターミナルへ行った。待合室に乗客がふたりしかいないことに、カブリーヨは気づいた。

「便乗させてくれれば、ガソリン代を半分持つわ」顔に笑みをひろげて立ちながら、ジュリア・ハックスリーがくたびれた声でいった。

カブリーヨは、小柄なジュリアをベアハグでくるみ込んだ。ジュリアの目の下の隈が、いかに疲れているかを示していたが、ハシバミ色の瞳が暗くなるのは、よっぽど動揺したときだけだった。それもそのはずだった。ジャヴァリ谷でなにが起きたかを、ジュリアはメールで報告していた。友人の死で感情的に打ちのめされたのは無理もない。しかし、ジュリアとリンクとタイニーは、肉体的に優勢で冷酷な男ふたりに殺されかけ、リンクとタイニーはかなり痛めつけられた。

毒矢族の集団が虐殺されたと知って、カブリーヨは激しい衝撃をおぼえた。オーヴァーホルトとブラジル政府の伝手に詳細を伝え、ただちに調査するよう促した。サライの調査の結果に対応して、イシドロ博士殺人を解明するために、オレゴン号の資源をすべて投入すると、カブリーヨはジュリアに個人的に約束していた。

「三人とも、無事に戻れてよかった」

ジュリアがうなずいた。「同感」リンクのほうをちらりと見た。「彼のおかげよ」

カブリーヨはリンクの体をつかみ、ふたりは相手の広い背中を叩きながらずっとハグしていた。

「すべてタイニーの手柄だよ」リンクがいった。

「タイニーのぐあいは？」

「足首をかなりひどくひねったの」ジュリアがいった。「ウェスト・パームビーチまで飛行機で帰れるように、副木（そえぎ）を当てて、しっかり包帯を巻いた。到着して、ちゃんと手当てを受けていると、メールがあった」

カブリーヨは、リンクの肩に手を置いた。「きみはだいじょうぶか？」

「政府の仕事をやれるくらいに」リンクがいった。

リンクもかなり疲れ果てていると、カブリーヨは思った。

「長いフライトだったな」

「最長でした。でも、前後不覚で眠ってました」リンクがそういって、美しいサライに目を向けた。

「ああ、すまない。フランクリン・リンカーン、ジュリア・ハックスリー博士、こちらはサライ・マッサラだ」

リンクが、大きな手を差し出した。「友だちには、リンクって呼ばれてます」

マッサラが、リンクの手を握った。「サライよ」ジュリアのほうを向いた。「ハックスリー博士、お目にかかれてうれしいわ。ファンが乗組員の話をしてくれたの。あなたとリンクはアマゾンへ行っていたのね？」

ジュリアはその質問をかわした。「わたしをハックスリー博士と呼ぶのは、年に一度の健康診断を受けにくるのを忘れるお馬鹿さんだけよ」カブリーヨをちょっと睨んだ。「オレゴン号では、あまり肩書を使わないの」

「サライの任務のことは、ティルトローター機に乗ってから説明する」カブリーヨは、リンクとジュリアにいった。「噂をすればなんとやら……」振動している携帯電話をポケットから出した。「出発準備ができているそうだ。格納庫へ行こう」さっと手をのばし、元ＳＥＡＬ隊員のリンクがつかむ前に、重いリュックサックを持ちあげた。

サライも、ジュリアの装備をおなじように持った。

オレゴン号の乗組員ふたりが断ろうとしたが、カブリーヨもサライも耳を貸さなかった。

先に立ってゲートに向かうとき、カブリーヨのサライへの敬服はいちだんと高まった。

カブリーヨは、アシェル・マッサラのことや、キベラへ行ったが袋小路にぶつかったことをリンクとジュリアにざっと説明した。へとへとになっていたリンクとジュリアは、かなり関心を示したが、アマゾンでのことが頭を離れないのは明らかだった。

ティルトローター機がオレゴン号に着船したら朝食にしようとカブリーヨは持ちかけたが、ジュリアとリンクは手をふって断った。

「長いフライトのあとは、いつも体を洗って着替えることにしてます」リンクがいった。

ジュリアがうなずいて、同感だということを示した。「わたしたちは飛行機からおりたばかりだし。元気を取り戻してから、あとで会うわ」

「そうだな」カブリーヨはいった。「ふたりとも二十四時間非番にして、体を休めてくれ。交替を見つけておく」

「一週間ずっと座りっぱなしだったみたいな気分ですよ」リンクがいった。「また休憩するなんて、滅相もない」

ジュリアが、死んだ傭兵から採取したサンプルがはいっている小さな医療キットのほうへうなずいてみせた。「それに、わたしもテストをやらないといけない」

カブリーヨはうなずいた。

自分の乗組員たちは世界一だと、あらためて思った。

41

サライは、DWC空港からオレゴン号までの短い移動で、ふたたびティルトローター機でのフライトを楽しんだ。大男のアフリカ系アメリカ人と小柄な医師に、アマゾン奥地での冒険についてききたいことが山ほどあった。行ってみたいとつねづね夢想していたからだ。しかし、ふたりの顔を見て、親し気に歓迎してくれてはいるが、いまはその時機ではないと気づいた。

短い飛行のあいだ、ティルトローター機はずっとヘリコプター・モードだった。ターボシャフト・エンジン二基の音が変化したので、降下しはじめたのだとわかった。サライは、自分の側のキャビンの窓から、外を見た。現在位置から何海里もの範囲にいる船は一隻だけで、紺碧(こんぺき)の海で錨泊しているその船をティルトローター機は目指していた。濃い黒煙がその船の煙突から流れだして、雲のない清浄な空に油じみた汚れを塗り付けているのを見て、サライは鼻に皺を寄せた。

どう見ても、あれはオレゴン号ではない。

ゴメス・アダムズがティルトローター機を向けていた船は、前に見た、なにもないすっきりした甲板があって真っ白に塗られた船ではなく、いまにも壊れそうな古い錆びたぼろ船だった。たしかに船体の輪郭は優美なオレゴン号とおなじだった。しかし、このやっと浮かんでいる難破船のように見える船は、船体の黒い塗装が色褪せて、錆びの長い流れが何本も条を描いていた。上部構造は腐りかけたアボカドのようなグリーンで、窓がいくつかひび割れ、ガラスが黄ばんでいた。

サライは窓から目を凝らしたが、色褪せた黄色い文字で船尾に〈ノレゴ・サンライズ〉という船名が描かれているのが見えただけだった。降下するにつれて、デリック二基が使えなくなっていることがわかり、錆びた上部構造がベニヤ板で継ぎ接ぎされているのが見えた。甲板にはちぎれた鎖や工具が散乱し、沼のようなグリーンのペンキがこぼれ、煙草の吸い殻だらけだった。古びてちぎれたイラン商船旗が、曲がった旗竿からだらりと垂れている。航海に耐えられるのだろうかと、サライはふと思った。

サライは、困惑して眉を寄せ、カブリーヨのほうを向いた。

カブリーヨのチェシャ猫のようなにやにや笑いを向けられた。

「美しい船じゃないか？」ヘッドセットから、からかうような声が電子的にひずんで聞こえた。

「わけがわからない。どうしてオレゴン号におりないの？」

「おりるところだよ」

サライは、信じられないというように首をふり、笑みを浮かべた。「ちがう。信じられない」

「わたしたちの最大の力は、目立たないようにできることなんだ。オレゴン号は、ボタンをひとつ押すだけで船名や塗装の配色を変える能力を備えている。船体は特殊な素材で覆われていて、専用コンピューターに保存されているデザイン済みの配色を使い、単純な帯電によって色と質感を変える。

そのほかの物理的な変更を担当する部門——たとえば、映画撮影に使う小道具を設置する製作アシスタント——も抱えている。変身に合わせて、自動的に発信される識別信号、船荷日誌、乗客名簿を変更し、船籍に応じて商船旗も変える。わたしのチームは、いまではそれを一種の科学に高めている。シルヴァーストーン・サーキットのフォーミュラ1（ワン）のクルーよりもすばやく作業する」

「びっくりすることばかりだわ」サライがいった。「その袖に奥の手をまだひとつかふたつ、隠しているんでしょうね」

「ああ。それにわたしの袖はいくつもある」

カブリーヨは、変身がどれほど――五感では理解できないほど――徹底しているかを見せるために、〈ノレゴ・サンライズ〉のとことん変えられた上部構造をサライにくまなく見せたいという衝動にかられた。通路では、自動化された噴霧器が煙草の悪臭を発している。船長室には染みだらけの汚いカーペットが敷かれ、ベッドは乱れたままで、便器は詰まっている。窓枠には偽物の蠅(はえ)の死骸がこびりつき、部屋の隅には昆虫の死骸が積もっている。やかましい水先人や税関職員をできるだけ早く追い出すために、なにもかもが、吐き気を催し、目から涙が出るように仕組まれている。

だが、友人だと見なしている美しいイスラエル人の女性を追い払うようなことは、ぜったいにやりたくなかった。そこで、もっと魅力的な行動方針を選び、サライをオレゴン号の下甲板の名高いダイニングルームに連れていって、すばらしい朝食をともにすることにした。

時を超えている古典的なものが、つねにカブリーヨの好みだった。最新型のオレゴン号が建造されたとき、カブリーヨが以前のダイニングルームを再現してグレードアップしたことを、だれも意外には思わなかった。焦茶色のウォールナットの鏡板、格(ごう)

天井、磨き込まれた真鍮など、イギリスの紳士向けクラブの装飾そのものだった。だが、カブリーヨはそこにフェイクアニマルスキン、手織りのペルシャ絨毯、インドシルクをくわえて、どんよりした雰囲気を和らげ、明るくした。壁には、伝統的な動物の頭の剝製ではなく、イギリス、ヨーロッパ、アメリカの古典派の油彩の風景画が飾られていた。

カブリーヨはさらに、あらかじめ注文できるように船内電話アプリを設定し、新メニューを表示して選べるように、各テーブルに戸棚のような形のウォールナット製デジタルステーションを設置した。豪華なメインダイニングを楽しめるように、贅沢な革椅子、テーブル、ボックス席がある。奥の壁ぎわには、古典の初版本が揃っている床から天井まである本棚の前に、チェスターフィールドソファとクラブチェアがならび、ゆっくりと思索できる場所を提供している。

カブリーヨとサライは、オレゴン号の新人グルメシェフの若い女性が、注文に応じて用意する朝食をすぐに供された。カブリーヨは、アメリカン和牛ステーキ、卵料理、サイコロ形ホームフライポテト、ヴィディリアオニオン、ドリップでいれるキューバコーヒーのブラックを選んだ。サライは、ギリシャのオーガニックヨーグルトのプレーンを炒りたてのミューズリにかけたものと、ブランディワイン・パープル・ラズベリー、ポットでいれる蜂蜜入りのアールグレイを選んだ。地球上のどこへ行っても、オレゴン号のレストランはミシュランの星を獲得できるはずだった。だが、カブリーヨのシェフたちが求める唯一の格付けは、空腹な乗組員たちのおおいに満足した顔だったし、それを毎日目にしていた。

　きめ細かいエジプト綿で織られたナプキンで、カブリーヨが口を拭ったとき、マーフィーからメールが届いた。マーフィーとエリックが、カブリーヨとサライを呼んでいた。

「連中が見つけたものを見にいこう」カブリーヨは、コーヒーカップから最後の一滴を飲みながら、立ちあがった。

　カブリーヨが先に立って、サライとともにエリックの船室へまっすぐに行った。カブリーヨは、重い鋼鉄の輪を扉にボルトで留めている板に叩きつけた。その扉は井桁に組んだ丸太で造られ、剣による打撃を受け付けず、破城槌（はじょうつい）を跳ね返すために、鉄の鋲が打ち込んであった。

「変わっているわね」サライがいった。

「扉のこと？　それともエリック？」

　そのとき、扉がぱっとあき、塗装されていない濃い色のレッドマホガニーの床に、靴下をはいた足で立っていたエリックが、軽くお辞儀をして、広いリビングにふたりを招き入れた。

「つましい住まいにようこそ」

　エリックが靴下だけなのに促されて、カブリーヨとサライは靴を脱ぎ、戸口のそばのトレイに置いた。マーフィーのコンバット・ブーツが、エリックのイタリア製の茶色いオックスフォードとならんで置いてあった。どちらもピカピカに磨いてあることに、カブリーヨは気づいた。

　乗組員すべてとおなじように、エリックは気前のいい手当てをもらって、自分の船室を好きなように装飾していた。エリックも含めて、乗組員のほとんどにとって、オレゴン号は故郷を離れたところにある家というだけではなく、唯一の我が家だった。

　前のオレゴン号では、エリックの装飾はゲーマー趣味で、壁いっぱいに液晶モニターがあり、フォーミュラ1(ワン)レーシング、近接空中戦闘(ドッグファイト)、戦車戦コンペに特化した椅子があったことを、カブリーヨは思い出した。だが、この新しい船室は、エリックにいわせれば〝もっと大人の好み〟だという。

　その部屋は、エリックの大好きな映画『インセプション』の冒頭の場面そのもので、様式化された日本の城のセットだった。金色の木の葉の模様の襖があり、壁紙は手描きの田園風景だった。格子状の背もたれがかなり高くて湾曲し、玉座のように見える黒塗りの籐椅子の複製まで、エリックはこしらえさせていた。

だが、その部屋のもっとも驚くべき要素は、格天井に百個を超える提灯形の明るいLEDライトがびっしりとあることだった。広い部屋の中央を占めている巨大なテーブルの天板の黒っぽいつややかな表面から光が反射し、提灯の効果を倍増していた。

サライが、びっくりして目を丸くした。

「この部屋はすごくきれいね」

エリックが笑みを浮かべた。「夢を見ているような感じだと思うよ」

「クリストファー・ノーランも、そう思っただろうね」マーフィーが、ノートパソコンから顔をあげながら、『インセプション』の脚本兼監督の名前を口にして、うなるようにいった。マーフィーはテーブルの上座で籐椅子に座っていた。エリックのノートパソコンがすぐ横にあった。会議のために持ってきた大型ワイヤレス・モニターが、テーブルのまんなかに置いてある。

カブリーヨは、くすくす笑いそうになるのをこらえた。二十代の研究者ふたりは、けさは格別に身だしなみを整えている。

エリックのオックスフォード・シャツとズボンは、ナイフの刃のようにぴっちりプレスされ、髪はポマードをつけてつややかに光り、レーザー光線なみにまっすぐ分けてある。

マーフィーのブラックジーンズは、真新しいように見える。電気シタールを演奏している猫のグループが鮮やかな色で描かれている黒いコンサートTシャツは、ポリエチレンで包装されていたときのままの折り目が残っている。

さらに気になるのは、やたらとふりかけたムスク系の〈イングリッシュ・レザー〉と〈ドラッカー・ノワール〉の香りが競い合っていることだった。

「〝ザ・ストイック・キトンズ〟？」サライが、マーフィーのTシャツを指差してきいた。

「知ってるの？」マーフィーが、期待をこめてにっこり笑いながらいった。

サライは首をふった。「ごめんなさい。Tシャツに書いてあるのを読んだだけ」

マーフィーが、がっかりしてうなだれた。

「そんなことはどうでもいい」カブリーヨはいった。「なにを見つけたんだ？」

エリックが椅子を引きだして、サライに座るよう促した。「どうぞ、ミズ・マッサラ」

「ありがとう」

エリックが紳士ぶって元モデルのサライから点数を稼ごうとするあいだに、カブリーヨは自分で椅子を引いて座った。

マックス・ハンリーが、なんの前触れもなくエリックの船室に跳び込んできた。肉付きのいい手を、しかめた顔の前でふった。

「なんだこれは！ ティーンエイジャーのスカンク二匹が、香水売り場のカウンターでおしっこのかけっこをしてるのか！」

元アメリカ海軍の高速哨戒艇（スウィフト・ボート）の艇長だったマックスは、バーの用心棒のような体格で、鼻が潰れ、前腕が太く、でっぱっている硬い腹のせいで、〈コロンビア〉のシャツがはちきれそうだった。

カブリーヨは笑いながら首をふった。「サライ・マッサラ、わたしの次級指揮官（セカンド・イン・コマンド）のミスター・マックス・ハンリーを紹介する。マックス、こちらはサライ・マッサラだ」

サライが立ちあがって、手を差し出した。「はじめまして、ミスター・ハンリー」

「どうか、マックスと呼んでくれ。下品なことをいってすまない」マックスが、ブラッドハウンドのように空気のにおいを嗅いだ。「この手の芳香剤には慣れていないんでね」エリックとマーフィーのほうを向いた。「ここで新しい化学兵器でもテストしているのか、坊やたち」

ふたりが、なにも悪いことはしていないというように、肩をすくめた。

マックスが事情を察してうなずいた。

マックスの目がきらりと光ったことに、カブリーヨは気づいた。マックスは三回離婚しているのに、まだ女性に興味があるのだ。

「あなたが前に乗ったときにいなくてすまなかった」マックスがいった。「格納庫甲板で油圧エレベーターの整備点検を監督していたんだ」

「オレゴン号を最高の状態にするのに機関長として責任を負っていると、ファンから聞いているわ。さぞかし腕が立つんでしょうね。すばらしい船だもの」

「おれたちはがんばってるよ」マックスは、カブリーヨのほうを向いた。「ブリーフィングに遅れてすまなかった。ヴェンチュリ管一本に問題があって」

「問題？」

「もう解決した」

「座ってくれ。ル・ピュー（アニメのキャラクターのスカンク。いつも失恋している）兄弟が、ブリーフィングをはじめるところだった」

マックスが、カブリーヨやサライのとなりの椅子を引き出した。

「ケニアの刑務所長の電話のはっきりしない録音を明瞭にしました」エリックがいった。「人工の要素をできるだけ消去しました。所長の声ははっきり聞こえますが、電話の相手の声はデジタル加工されていたので、重要な情報はなにもわかりません。所長は、人道的司法プログラムという組織のことを口にしました。聞いたことはありますか?」

カブリーヨとサライは首をふった。

「ええ、ぼくたちも知りませんでした」

エリックが、液晶スクリーンに一枚目の画像を呼び出した。〝人道的司法プログラム〟のウェブサイトだった。それがフランス語で書いてあった。エリックとマーフィーが用意してあったスライドショーが、スクリーンに映し出され、ふたりが説明した。

マーフィーが、HJPと略されるその組織の沿革数枚を表示した。

「おれたち、ちょっと調べました。数年前に、F・アーウィン・スキナーという弁護士が設立しています」

マックスがうめいた。「詐欺師（スキナー）（皮を剝ぐように金を搾り取るから）? 弁護士にうってつけの名前だ」

吐き捨てるように、〝弁護士〟といった。

興味をそそられたサライが、眉をひそめてカブリーヨのほうを向いた。カブリーヨは自分の薬指（リング・フィンガー）を叩いてささやいた。「あとで説明する」

マーフィーが、説明をつづけた。「この組織は、法律上、ケイマン諸島に本社がある」

「警戒信号（レッド・フラッグ）その一」マックスがいった。「スキナーのオフィスのファイルキャビネットに書類を入れてるだけだろう」

「ケイマン諸島で怪しげなことがごまんと行なわれてるのはたしかです」マーフィーがいった。「しかし、合法的な事業も数多くあります。でも、資金を出してるのは、たいがいいかがわしいやつらです」

「これもそうかもしれません」エリックがいった。「スクリーンを見ればわかるように、確認できない口座から何度も巨額の寄付が行なわれてます。ラスに調べてもらいましたが、やはり壁にぶち当たりました」

カブリーヨは、サライのほうを向いた。「ラス・キーフォーヴァーは、元のＣＩＡ法廷会計学者で、わたしたちの情報アナリストだ」

「かなりうまく設計されたダミー会社だと、ラスと意見が一致しました」エリックがいった。

「それで、わたしたちのつぎの手は？」

「ラスはいまも法律の結び目を解こうとしてるので、ぼくたちはちがう角度からやってます。〝デューク・マタシー〟という名前を、みつけることができたケニアのデータベースすべてで検索しました。ことに法執行機関を中心に。なにも見つかりませんでした」

「でも、カミティ刑務所にいたことがわかっているのよ」サライがいった。

「それはまちがいないでしょう」エリックがいった。「でも、彼に関して違法なことが行なわれているようなら、悪いやつらが足跡を消すために、彼の記録を消去したとしても意外ではないですよ」

「警戒信号（レッド・フラッグ）その二」マックスがいった。

「否定証拠で肯定証拠を立証するのは難しい」カブリーヨはいった。「しかし、きみたちの分析はかなり筋が通っている。ほかには？」

「正攻法に戻って、人道的司法プログラムのウェブサイトを調べました」エリックがいった。

マーフィーが、釈放されて民間の社会復帰施設、職業訓練、学校へ行った受刑者の事前と事後の写真を何枚もクリックした。修復的司法、刑期軽減、代替刑などのプログラムの利点を明言する文章が、それぞれの写真に付されていた。

「これが入力されているサーバーの所在を突きとめることができました」マーフィーがいった。「もうひとつべつのウェブサイトがあります」

マーフィーが、国際医療公正活動（ＩＭＪＩ）のウェブサイトを呼び出した。前のウェブサイトとおなじように、トップページがフランス語だった。

「ウェブサイトふたつが、おなじフォントとレイアウトだというのが、わかりますよね。どちらも創造力がとぼしいおなじウェブデザイナーが作成したからです」

エリックがワイヤレスマウスをクリックして、ページを進めた。白衣か医療用の服を着て笑みを浮かべている情け深いＩＭＪＩのスタッフに世話され、子供を抱いて笑っている発展途上国の母親の写真が、何枚もあった。

「おれたちはさらに調べました。マーフィーがいった。「どちらもミカ基金と呼ばれるＮＰＯの傘下として、スキナーが設立した組織です」

スキナーが仕事で使っている顔写真が表示され、ＨＪＰとＩＭＪＩの組織図も表示された。スキナーは角張った顔が長く、白髪交じりの髪が縮れていて、きちんと刈り込んだ顎鬚を生やしていた。組織図のいちばん上のＣＥＯがボックスで囲まれ、どちらにもスキナーの名前があった。

「パソコンや携帯電話のメールでスキナーと連絡をとろうとして、留守電にもメッセージを残しました」エリックがいった。「スキナーからも、組織図にのっているオフィスからも、まったく返事がありません。正式な履歴がふたつのウェブサイトと、日付付きのウィキペディアにあるだけで、オンラインにもソーシャルメディアにもまったく存在していません」

「もしかすると、死んだのかもしれない」マーフィーがつけくわえた。

「警戒信号（レッド・フラッグ）その三」マックスがいった。

「スキナーはじっさいにこれらの組織を動かしているのか?」カブリーヨはきいた。

「それともただの名目上のCEOなのか?」

「わかりません。でも、これを見つけました」エリックがIMJIのウェブページをスクロールダウンした。人道的病院船〈セクメト〉の写真があった。

「ウェブサイトによれば、〈セクメト〉はIMJIが運営しています。ウェブサイトはふたつともおなじサーバーなので、〈セクメト〉は両方の組織とつながりがあると、ぼくたちは判断しました」

「そうか、それは興味深い……なぜかな?」マックスがきいた。

マーフィーが、にやりと笑った。「興味深いのは、〈セクメト〉がいま、オレゴン号の現在位置から六時間以内のところにいるからです」

エリックがうなずいた。「人道的司法プログラムについて、もっと詳しいことを知るには、〈セクメト〉に乗り込む必要があります」

「弟についての情報も、その船にあるかもしれない」サライがいった。

「わたしもそれを期待している」カブリーヨは、マックスのほうを向いた。「だれが操船している？」

「リンダだ」マックスがいった。

「エリック、リンダに座標を送って、〈セクメト〉への針路を設定しろ」

「アイ、会長」

42

サウジアラビア、リヤード市外

イスラム教の信仰では、信者を死後二十四時間以内に埋葬するのがしきたりになっているが、三日後までは寛恕(かんじょ)される。ムクリン大佐の場合は、砂漠の墜落現場の残骸から焼け焦げ、バラバラになった遺体を回収するために、三日間を要した。一部しか回収できなかったために、遺体の大部分を儀式どおりに父親が洗うのは不可能だったが、ムクリンが最期の飛行でかぶっていた四十万ドルの戦闘ヘルメットに護られていたおかげて奇跡的にわりあい痛みがすくなかった頭部を、宗教指導者の注視のもとで、ハーリドは水で洗い清めた。

ムクリンの遺体の残りは、イスラム教の謙虚さに従い、葬制どおり安価な麻布でくるまれ、死んだ息子に栄誉を授けるために、ハーリド王子の命令でキング・ハーリド・グランド・モスクに運ばれた。参列者は男女に分けられてメッカの方角を向き、葬儀のための祈りが遠くから死者に捧げられる。ムクリンの母親は迷子になった子供のようにめそめそ泣き、友人や親類に囲まれて、涙に濡れたベールに包まれてくずおれた。そこにいた母親たちには、彼女の悲嘆がよくわかった。

そのあと、ムクリン大佐の遺体は洗車したばかりのトヨタ・ハイラックスのピックアップに載せられて、一族の墓地へ運ばれた。会葬者は、ハーリド王子とアブドゥッラー皇太子を含めた黒い寛衣の男数人だけだった。ハーリドとアブドゥッラーが先に立ち、ムクリンの遺体はパレットに載せられ、メッカの方角と直角を成すように掘られた墓標のない墓へと運ばれた。遺体は墓穴の右側にそっとおろされ、ムクリンはそこでカアバ神殿のほうを向いて、復活の日まで過ごすことになる。

ハーリドはやがて葬儀の祈りを捧げた。

「アッラーの御名において（ビスミッラー）、また、アッラーの使者の信仰において（ワ・アラ・ミッラーティ・ラスーリッラー）」

そのほかの会葬者——男性のいとこ——が、ひと握りの土を遺体の上に投げ、ハーリドの手にキスをして、それぞれの車で去っていった。

ハーリドは、遠くに泊まっているアブドゥッラーの装甲SUVをちらりと見た。武装したボディガードがその車を囲み、敬意を表して距離を置いてはいるが、注意深く警戒していた。

アブドゥッラーは、どうして一族の地所でボディガードを必要としているのか？ハーリドは心のなかで疑問を投げた。

外国人の刺客がここに来る可能性はない。ハーリドの警護部隊に護られている。だが、例外がひとつだけある。アブドゥッラーは、自分の命が国外の勢力だけではなく、国内の勢力にも脅かされていることに、ようやく気づいたのだ。なにしろ、彼は改革を急激に進めている。だが、誇り高いアブドゥッラー皇太子は、その路線を変更しないだろうと、ハーリドにはわかっていた。アッラーの御意思や他人の考えに、アブドゥッラーが膝を屈することは絶対にない。

アブドゥッラーが、黄土色の土をひと握りつかみ、屍衣にくるまれた親友の遺体の上に投げた。だが、長身で胸の厚い皇太子は、涙にかすむ目をムクリンの遺体からそむけることができず、凍り付いたように立っていた。

「きょう、殿下はわたしの一族のためにおおいなる敬意を表してくださった」ハーリドはいった。「たいへん感謝しております。殿下がどれほど忙しいか、存じています」

「彼はわたしにとって兄弟のようなものだった。どのきょうだいよりも近しかった。彼にしてやれることは、これが精いっぱいだ」

ハーリドは、アブドゥッラーのその言葉に微妙な棘があるのを察した。ムクリンに名指しで敬意を表したが、ハーリドやその一族に対してはなにもいっていない。それも当然だった。ハーリドをGIP長官から解任し、べつの人間をその地位に就けたのは、アブドゥッラーだった。ハーリドが副皇太子の地位を剝奪されたのも、アブドゥッラーの改革の一環だった。

たしかにアブドゥッラーは、副皇太子の地位をハーリドの息子のムクリンにあたえたが、それはハーリドへの敬意を示すものではなかった。ムクリンはほんとうにアブドゥッラーの親友で、将来の国王であるアブドゥッラーが実行している欧米化というとんでもない思想すべてに同感していた。ハーリドにとって遺憾なことに、聖なる信仰の守護者という役割からサウジアラビア王国を引き離す陰謀で、ムクリンはアブドゥッラーの共謀者だった。

「息子は鷲だった。アッラーがみずから作った翼をまとっていた」息子の遺体の上に三度、ひとつかみの土を投げながら、ハーリドはいった。「わたしに残された日々は、哀悼に満ちたものになるだろう」

「ムクリンは偉大なパイロットだった。われわれの空軍で最高だった」アブドゥッラーが手をのばして、さらに二度、土をつかんで投げた。葬礼どおり、三度投げたことになる。寛衣のきめの細かいシルクで手を拭き、土でそれを汚した。「操縦ミスではなかったことが、わたしの調査で確認されている」

「わたしもそう確信している」

アブドゥッラーは、小柄な年上の王子と向き合った。「汚名がすすがれるまで調査をつづけると約束する」また手をのばし、小石をふたつ握った。

ハーリドもおなじようにした。「深く感謝します」

ふたりは遺体の上に小石をいくつか積んだ。

アブドゥッラーが腕時計を見た。「あいにく、もう行かなければならない。出席しなければならない会議がある」身をかがめ、声を潜めた。「ヨルダンで。最高機密だ。事情は知っていると思うが」

「はい、皇太子」ハーリドは、アブドゥッラーの信頼に感謝しているふりをした。「旅のあいだ、アッラーの御恵みがありますように」

アブドゥッラーがうなずき、待っているSUVのほうへ向かった。

じつは、ハーリドはその機密会議のことを知っていた。サウジアラビアの情報機関の長を解任されたあと、ハーリドは高慢な皇太子の身辺に蔭の情報組織を設置した。

ハーリドが動かしはじめた計画は、完璧に進んでいる。アブドゥッラーはまもなく、それを思い知ることになる。

43

イラン、アフヴァーズ
ゴドス軍司令部

マフディー・サーデギー陸軍准将は、デスクの奥に座っていた。グリーンの戦闘服の下の腹がせり出していた。部屋の向かいから見おろしているターバンを巻いた高齢の最高指導者兼大統領の気難しい顔の肖像画を、サーデギーは睨みつけた。偉そうにしていられるのも長いことはないと思い、にやりと笑った。

サーデギーは、電子煙草を長々と吸い、マンゴーの香りを傷ついた肺にしばらくとどめた。煙草を吸いはじめたのは、一九八〇年代のイラン・イラク戦争中の塹壕のなかだった。そこではじめて化学兵器攻撃によって負傷した。下劣なイラク軍は、アメリカの衛星を利用してヨーロッパ製の化学兵器の照準を定め、塹壕の戦友たちを攻撃した。アッラーのおかげでサーデギーの肺の損傷は軽微だったが、友人たちの多くは苦しみながら死んだ。不信心者に対する心の底の憎悪が燃えあがり、それ以来、消すことができない炎になった。

フセインの殺し屋部隊に対する勇敢な戦いぶりを称賛されたサーデギーは、イラン軍に新設された特殊作戦部隊の神聖軍（ゴドス）にすぐさま勧誘された。そして、レバノン、ボスニア、シリア、イラクでイランの敵を殺し、アフリカや中南米でも秘密任務を行なうなど、さまざまな現場での指揮で力量を示して、昇級した。ゴドス軍の将校は何年も前からＣＩＡやモサドの諜報員に暗殺されていて、サーデギーも何度か命を奪われるのを免れたことがあった。だが、サーデギーは、彼の運命を形作るアッラーの力強い手に護られていた。

その運命とは、イスラエルに対する聖戦でイランを主導することだと、サーデギーにはわかっていた。

禿頭で顎鬚を生やしているサーデギーは、もう喉を切り裂いたり、サブマシンガンで掃射して部屋を急襲したりする若い殺し屋ではなかったが、いまでもナイフとライフルの扱いには長（た）けている。いまはイランの国政というさらに危険な活動に手を染めていた。イランを二十一世紀にふさわしい状態にして、世界の大国という立場をものにすることを望んでいる、おなじ考えの愛国者の幅広いネットワークを、サーデギーは十年以上にわたって築いてきた。聖職者たちは大規模な社会不安をかき立て、自分たちが戦争とビジネスの面で非凡な才能を備えていることをイラン国民がはっきりと認識するのを妨げている。トルコのようなイスラム教に根差す世俗的政権を打ち立てることが、イランの未来にとって理想的だし、サーデギーはイランのアタチュルクになるつもりだった。

サーデギーは、兵器製造主任からの暗号化されたメールを読みながら、また電子煙草を吸った。不信心者の傭兵サランが、サーデギーの忠実な支持者のひとりが船長をつとめるイラン船籍の船に、超音速ミサイルを届けた。その船がいま、ペルシャ湾の海軍の港に向かっている。ミサイルはそこでリバースエンジニアリングされ、いずれイラン軍によって欧米の海軍やイスラエルの都市を攻撃するのに使われる。

サーデギーは、ハーリド王子とは長年の知り合いだった。ハーリドは有能な情報機関幹部だった。ハーリドはイスラム教の偶像崇拝的な信仰を実践しているが、無法者国家イスラエルをおなじように憎悪していることを、サーデギーは確認した。大悪魔のブーツに踏まれて暮らすことを強要されているハーリドは、ユダヤ人の侵略者を地図から抹消するという秘密の取り組みから、片時もぶれることがなかった。

ハーリドがサウジアラビア統合情報統括部の長官からはずされたのは、非常に残念なことだった。サウジアラビアの政治が不都合な方向に曲がるだろうし、サウジ・イスラエル防衛協定の取り組みを強化したいというアブドゥッラー皇太子の願望が確認された。しかし、ハーリドが秘密会談を手配したときにはサーデギーはおおいに満足し、そこで提案されたことに度肝を抜かれた。

サーデギーは、ハーリドとおなじように、自分の国が目指している方向に不安を感じていた。イランを統治している宗教指導者たちは、シオニストを滅ぼし、アメリカと戦争を開始すると大言壮語しているが、実際には何年も二の足を踏んでいる。さらに悪いことに、寛衣をまとったその馬鹿者どもは、何十年もまえからイスラム国同士を争わせようとしているアメリカのネオコン陰謀者の術中にはまって、サウジアラビアと戦争を起こしかねない。

イランが自慢している核開発計画ですら、じつは嘘っぱちで、大部分がプロパガンダの道具として企てられ、エネルギー・プログラムとおなじように、実用化の段階には程遠かった。ハーリドがサウジアラビアを保守的な聖職者の権力にふたたび支配されるようにしたいと願っているのに対し、サーデギーは、無能な宗教指導者たちの手から支配力をもぎ取り、イスラエルを滅ぼし、イスラム世界の指導者になるという正当な宿命にイランを引き戻す必要があると考えていた。

ハーリドの計画は、最初はなんの役にも立たないように思えた。だが、綿密に考えると、非凡な構想だとサーデギーは気づきはじめた。まず、戦闘で実力が判明していて、いかなる西側の海軍力も無力化できる超音速ミサイルの設計をイランが手に入れることができる。さらに重要なのは、それによってアメリカ海軍のペルシャ湾支配の終焉がもたらされることだった。

つぎに、ハーリドの超音速ミサイルをイエメンから発射したら、アメリカは——証拠もなく——イランがその背後にいると主張するはずだ。もちろん、現在のイラン政府は、身に覚えがないので、それを激しく否定する。

そのあと、アメリカはなにをやるか？　アメリカがイラン攻撃を決意したら、テヘランの政権は倒れ、サーデギーが権力を握る状況がもたらされるはずだった。イランの超音速ミサイルの戦闘能力を恐れてアメリカが中東から手を引いたら、アメリカを追い出す計画を主導したのは自分だと、サーデギーが名乗り出て——大統領の地位を勝ち取り、宗教指導者たちを服従させる。

さらに好都合なのは、ハーリドがサウジアラビア国王になり、サーデギーがイラン大統領になったら、指導者ふたりはすぐさま相互防衛条約を結び、中東に平和を打ち立てるという意図を実証できることだった。

サウジアラビアとイランの平和同盟が確立したら、ただちにイスラエルに対する戦争の準備をする。

サーデギーは、マンゴーの香りの水蒸気を、また胸いっぱいに吸い込んだ。最近、医師の勧めで電子煙草に切り換えたのだが、煙よりその水蒸気のほうが好きだった。甘いフルーツの香りは、祖父のリンゴ園で育った無邪気な幼年時代を思い出させる。サーデギーの暗号化された携帯電話が振動した。サーデギーは携帯電話を取り、メッセージを確認した。みずから選んだ現場工作員ふたりが、位置についている。ふたりはまもなくサランと会い、その不信心者（カーフィル）が超音速ミサイルをイエメンにひそかに持ち込むのを手伝うことになっていた。

サーデギーの配下は、そのあとでなにをやればいいかを心得ている。

44

サウジアラビア、ダフナー砂漠

ハーリド王子は、手で両眼を風から護りながら、灼熱の青天井と化している砂漠の空を見渡した。ハーリドは砂山のてっぺんに立っていた。地平線までひろがっている荒れ狂う赤い砂の海のなかで、その砂山はまるでひとつの波のようだった。ハーリドの白い綿の服(サウブ)が、たるんだ帆のように風にはためき、赤と白の頭布(クーフィーヤ)が戦いのように鋭く鳴った。

ハーリドが大切にしている隼(はやぶさ)は、頭上の目を射る太陽に隠れて、どこにいるのかわからなかった。隼が飛ぶとき、ハーリドの心はいつも空高く舞いあがる。剃刀(かみそり)のように鋭い鉤爪がある死の天使は、ハーリドのたましいの延長だった。

偉大な隼が帰ってくるのを願い、ハーリドの左手が、右手にはめた隼使い用のノルウェー製エルクスキンの手袋を、まるでそれがお守りでもあるかのように無意識にこすっていた。

ハーリドは先ごろ、そのアルタイ山脈のセーカーハヤブサを十万ドルでカナダ人ブリーダーから買った。雌の隼の血統書、時速三〇〇キロメートルという降下速度、そしてなによりも隼の堂々とした姿には、それだけの価値――いや、それ以上の価値があった。ハーリドは、王国のなかでいちばん気に入っている一族のこの地所で、恐るべき猛禽類の新しい血統を育てるつもりだった。

四輪駆動のランドローバーの爆音が、近くの砂山の向こうで轟いた。ハーリドが砂漠の館からのびている砂地の道のほうを向くと、砂塵が近づいてくるのが見えた。やがて、車高の高いランドローバーが坂を登り、横滑りしながらとまった。運転席のドアがぱっとあいた。

軍服を着た将校のコンバット・ブーツが、飛び散った砂の上におりてきて、ハーリドに向けてぎこちなく近づいてきた。ナワーフ・ファラジ陸軍中将の角張った筋肉質の体は、入念に整えられた灰色の口髭や短く刈った髪とよく似合っていた。

ふたりは伝統的な挨拶を交わし、ファラジがハーリドの両頰にキスをした。

「親愛なる王子閣下、ご子息が亡くなられたことをお悔やみ申しあげます」

「ありがとう、友よ」

現在のGIP長官のファラジは手をかざして、渦巻く砂と目がくらみそうな容赦ない陽光から両眼を守り、空を眺めた。ハーリドの隼使いとしての名声は、サウジアラビアではよく知られていた。「見えませんね」

ハーリドは笑みを浮かべた。「だからこそ彼女は恐ろしいんだ。どんな報せ(しら)を携えてきたのかね？」

「検死の結果は、閣下が予想したとおりです。ムクリン副皇太子は、脳動脈瘤(りゅう)のために亡くなりました」

「そうアブドゥッラーに報告されるんだな？」

「けさ報告されました。検死官の報告にあるとおり自然死だと、皇太子は納得しました。だれもなにも疑っていません」

ハーリドは、それでいいというようにうなずいた。サランのナノロボットは、みごとに仕事をやった。ムクリンの祝賀会ではだれもがピーチティーを飲んだが、ナノロボットはムクリンのDNAだけを攻撃するようにプログラミングされていた。そのため、犠牲者になったのはムクリンだけだった。このやりかたなら、ハーリドが息子を殺した疑いをかけられることはない。

「検死はだれがやった? 信用できる情報源か?」

「ドイツの専門家を呼び寄せました。じつはイスラム教徒です」恐るべき力を有しているGIP長官は、ハーリドのおかげでいまの地位に就き、家族も富裕になった。だが、ファラジはハーリドを親玉ではなく友人だと見なしていた。ファラジは、ハーリドの前腕にそっと手を置いた。「検死官は副皇太子の頭部を、非常に恭(うやうや)しく扱いました。

「感謝している。検屍によって、パイロットのミスではなかったことも証明された」

「そのとおりです、閣下。ムクリン副皇太子は、英雄として生き、英雄として亡くなった」

「機体の故障ではないことも証明され、ヨーロッパの友人たちもほっとするだろう」

「彼らにはまもなく知らせます」

「忠誠委員会はどうだ?」

「忠誠委員会は招集され、投票しました。現時点で、愛するご子息の代わりに、閣下が副皇太子になりました」ファラジは、感心したというような笑みを隠すことができなかった。「閣下の計画のとおりに」

「アブドゥッラーは、あまりにも短いあいだに、数多くの過ちを犯し、敵をおおぜいこしらえた」

「閣下の無数の友人や協力者は、閣下の成功をすべて憶えています」

「これでアブドゥッラーが、シオニストとの防衛協定を提案できる見込みはなくなった」ハーリドはいった。

「最初から忌まわしい行為でしたよ」

「わたしが選ばれたことを、彼は不快に思うだろう」

「再選されたことに、閣下。しかし、受け入れざるを得ないでしょう」ファラジが決然といい放った。「さもないと、報いを受けることになります」

ハーリドは、胸に手を当てて、軽く頭を下げた。

「わたしは忠誠委員会の思慮分別に身を挺し、彼らの叡智に従う」

不意に、鋭い叫びがふたりの頭上で響いた。

ハーリドは目をあげずに、手袋をはめた手をのばし、灰色と白の隼がそれと同時にみごとにそこにとまった。セーカーハヤブサは、片方の鋭い鉤爪でエルクスキンの手袋をつかみ、もういっぽうの鉤爪の下で肥った砂漠の鼠がもがいていた。

ハーリドは、美しい猛禽に小声で命令を下した。セーカーハヤブサが、チューチュー鳴いている鼠を剃刀のように鋭いくちばしで食いちぎって、肉をひとかけらずつ食べた。

「ほら。すべてこうあるべきです」ファラジがいった。

ハーリドはうなずいた。「アッラーの御意思のとおりに」


ハーリドの隼使いの筆頭が駆け寄って、体重が一キロ以上ある捕食者を受け取ったとき、ファラジのランドローバーが走り出して、リヤードにひきかえした。

もちろん、アッラーの御意思だと、広い地平線をじっと眺めながら、ハーリドは自分にいい聞かせた。誇りで胸がいっぱいだった。ファラジがいったように、なにもかも計画どおりに進んでいる。

まもなく自分が国王になる。

父親が生きていたらどう思うだろうかと、想像しようとした。息子が玉座に就いたら、誇りではちきれんばかりになるだろうが、孫がその息子に殺されたと知ったら、死んでしまうかもしれない。

あの馬鹿な年寄りにはわからないのだ。だからアッラーに早く召されたのかもしれない。これ以上、混乱を起こさないように。それがアッラーの御慈悲だったのだ。

じつのところ、ハーリドは自分の息子を殺したことを深く悔やんでいたが、やむをえなかったのだ。ムクリンは、まもなく始末する予定のアブドゥッラーに次ぐ王位継承者だった。だが、ムクリンは、悪魔に魅入られたアブドゥッラーとおなじように、悪魔の呪いに支配されている。ムクリンは、アブドゥッラーとおなじくらい、いやそれ以上に、欧米化にのめりこんでいる。ムクリンは、イスラエルとの相互防衛協定に調印するだけではなくサウジアラビアを世俗的な国家に変えてしまうだろう。

神をも恐れぬ行為だ。

ムクリンは血がつながっている息子だが、ハーリドの見たところでは、つねに国民と神に対する裏切り者だった。いくら悲しくても、ムクリンには死んでもらうしかなかった。ムクリンが信仰篤い息子だったなら、王座に昇るのをよろこんで見ていたはずだ。『聖クルアーン』にも書かれている。〝教えにそむくものがあれば、アッラーはそのものの代わりの民(たみ)を連れてこられる〟と。

アッラーの聖なる使命を続行するのが、いまのハーリドの責務だった。

ここ数日をふりかえると、ロンドンで過ごした日々から、俳優としての技倆はすこしも衰えていないと、ハーリドは思った。アブドゥッラーに対してはこびへつらう臣下を演じ、国民に対しては嘆き悲しんでいる父親を演じた。

だが、まもなく二聖モスクの守護者、聖なる二都市の守護者、崇高な聖域二カ所の僕（しもべ）という、生涯でもっとも偉大な役割を演じることになる。ハーリドがいまなによりも望んでいるのは、アブドゥッラー皇太子の死と、大悪魔の心臓に杭を打ち込む超音速ミサイルの発射だった（イン・シャー・アッラー）。

もし神が望むのであれば。

45

アラビア海

〈セクメト〉は、まさにアフリカの角――アラビア海に突き出している尖った大きな楔（くさび）――からわずか数海里のところにいた。

〈ゲイター〉もそこにいた。

リンダ・ロスは、ステルス性の高い潜水艇〈ゲイター〉を操縦するために、オレゴン号の操船をマックスに任せた。水面を猛スピードで航走したあと、リンダは〈ゲイター〉を潜航させて、電動モーターに切り換え、ゆっくり航行している病院船に近づいた。客船を改造した病院船が、外見とは異なることをやっていると思う理由は、どこにもなかった。

だが、隠密行動に慣れているオレゴン号の乗組員は、そんなに簡単に騙されはしなかった。

危険な敵を前にして無力を装った船は、オレゴン号が最初ではなかった。はるか昔の十七世紀、砲四十六門を搭載した英海軍フリゲート〈キングフィッシャー〉（フリゲートは、三本マストで一〇〇〇トン前後、遠洋を単独で長期間行動できる帆装軍艦）は、バルバリア海賊を騙して引き寄せ、掃滅するために、商船に化けた。英海軍は第一次世界大戦でも、Qシップとしてその発想を使った。

〈セクメト〉に先進的なソナーかレーダーによる探知能力があるとは思えなかったし、まして対艦兵器を搭載しているはずはなかったが、タクシー代わりの〈ゲイター〉で乗り付けるだけでいいのに、オレゴン号を無用の危険にさらすことにはなんの利点もないと、カブリーヨは判断した。

午前二時、光り輝く満月が東のほうで夜空に輝き、北へ向かっている〈セクメト〉の右舷を、ハリウッドをライトアップしているサーチライトのように照らしていた。リンダは、巨大な病院船の聳(そび)え立つ左舷の下の長く暗い影のなかで、〈ゲイター〉を浮上させた。

〈ゲイター〉は、自動運転車が備えているようなかなり先進的なAI操縦ソフトウェアを利用していた。ソナーとレーザーセンサーが、毎秒百万もの速力と距離のデータポイントを自動操縦システムに送り、〈セクメト〉の鋼鉄の船体にぶつかることなく、わずか数センチしか離れていないところまで誘導した。全長一二メートルの平らな甲板は、水面からわずかに出ているだけで、コクピットは照明を消してあるので、甲板で夜半直（午前零時から四時まで）に就いていると予想される男四人には、〈ゲイター〉がまったく見えないはずだった。民間船なので、あとの人間はぐっすり眠っているにちがいない。〈ゲイター〉のひとつしかないハッチがあいていて、カブリーヨはその近くに立っていた。夜間潜入に備えて、艇内の照明は消してある。かなり大きな音をたててはいるが、八ノットでのんびり進んでいる〈セクメト〉の船首が起こすうねりのなかで、〈ゲイター〉は速力を合わせ、ゆるやかに揺れていた。

カブリーヨは、二〇メートルくらい上に聳えているはずの手摺（てすり）のほうを見あげた。船体が湾曲しているので見えない。暗い影のなかにいても、白く泡立って〈セクメト〉の喫水線を流れる水が、濃い葡萄酒色の海のなかで光っていた。水をかき混ぜるスクリュープロペラの音と、殺到する水の音が、〈ゲイター〉の無音に近い航走をかき消していた。

〈セクメト〉の原型だったギリシャの客船の設計図を最初に見つけたのは、エリック・ストーンだったが、エリックもマーフィーも、現在の仕様に改造されたあとの新しい見取り図を見つけることができなかった。機関室とブリッジの位置、甲板の数、そのほかの構造上の細かい部分は変わっていないはずだが、あとはわからないまま乗り込むしかない。

カブリーヨは、ハッチを見おろした。豊かなブロンドの髪が目にはいった。オレゴン号のもっとも優秀なガンドッグズのひとりが、暗がりから出てくるところだった。メアリオン・マクドゥーガル・〝マック〟・ローレスは、元アメリカ陸軍レインジャー隊員だった。マクドは、数年前に北ワジリスタンの山中でアルカイダの拠点の村からカブリーヨによって救出されたあとで、〈コーポレーション〉に参加した。モデルのような美男の元レインジャーは、当時、民間軍事会社に雇われていた。

暖かい風が、冷たい海水温を和らげていた。マクドはカブリーヨとおなじようにブルーの手術着を着て、〈セクメト〉とIMJIという文字の下に赤十字と赤新月が描かれている名札を付けていた。マーフィーとエリックがウェブで見つけた〈セクメト〉のソーシャルメディアの写真をもとに、マジック・ショップがこしらえた衣装だった。その写真がかなり前のものではないことを、願うしかなかった。

「登るのにうってつけの夜っすね」マクドが甲板に立ち、鋼鉄の船体を見あげながらいった。南部の紅茶のように甘いなまりは、モラーマイクの骨伝導スピーカーでも弱まっていなかった。マイクは奥歯にぴったり合うように取り付けられていて、ルイジアナ人のマクドがささやくと、それが送信され、カブリーヨの顎から内耳へと声が伝わる。イヤホンから聞こえる音声とはちがって、骨伝導の声は頭蓋骨のなかで透明に――そしてぞっとするくらい明瞭に――響く。

「そんなに悪いとはいえない」マクドに登るための装備――特殊な設計の手袋とスニーカーの上からはけるブーツを渡しながら、カブリーヨはいった。そばを流れる海をちらりと見た。「とにかく、落ちても死なない」

「かもね。おれっちは深さ一五センチの水で溺れたやつを見たことがあるっす」

「そいつはどうして立たなかったんだ？」

「背骨に一発ぶち込んで、その豚野郎の電線を切ったんす」

ふたりはすばやく装備をととのえ、特殊な登攀用手袋とブーツをつけた。〈ゲイター〉の艇内のリンダと通信点検を行ない、麻酔拳銃のスライドをずらして装弾を確認した。実弾を使うわけにはいかない。わかっている範囲では、〈セクメト〉は医療任務中の病院船なのだ。捕えられたくはなかったが、なんの罪もない一般市民に危害をくわえるのは避けたかった。

麻酔拳銃は、ウエストバンドの下、虫垂の上あたりで、PHLスター・エニグマ隠蔽所持ホルスターに収めてある。このホルスターの特色は、所持者の衣服とは関係なく腹に巻きつけたストラップに取り付けてあることだった。どんなサイズの拳銃でも奥のほうに隠し持てるだけではなく、病院の手術着のような薄手の服を着ていても、見とがめられることなく、鋼鉄製の重い銃を楽々と携帯できる。

　理想的には、ふたりが見とがめられないほうがいい——それなら、麻酔拳銃を使わずにすむ。だが、見とがめられたときには、強力な鎮静剤が充塡されていて、体にはいったらすぐに溶けるペレットを撃ち込む。重傷を負わせることなく気絶させることができるし、証拠も残らない。

「出撃開始の準備はいいか？」

「フェイドードー（ケイジャン音楽のダンスパーティ）のがに股のおばさん（タント）みたいに」

カブリーヨは四カ国語を流暢にしゃべるが、マクドのケイジャン俗語にはいつも度肝を抜かれる。

「なんだって？」

「独身パーティに来た酔っ払いのおばさんみたいに」

　カブリーヨと特殊作戦要員はすべて、ひろびろとした海でオレゴン号の船体を登って、この新しい登攀システムの訓練を行なった。発想は単純だが、かなり困難だった。

DARPAの革新的に進歩した技術の多くとおなじように、技術者たちは母なる自然に教えを求めた。陸、海、空での運動に関するとうてい克服できそうにない工学的難問に直面したDARPAの科学者たちは、生物模倣(バイオミミクリー)――神が創造にあたって設計した力学の仕組みを再現すること――に頼った。

今回、DARPAのZマン・プロジェクトは、重たく扱いづらい梯子やロープを使わずに、戦闘員が垂直の障害物を登る新しい方法を開発した。垂直のガラスの壁も含め、ほとんどあらゆるものを垂直に登れる爬虫類、平凡なヤモリ(ゲコウ)に目を向けたのだ。ヤモリの指先には数百万本のナノメートルサイズの毛の構造があり、それが分子と分子のあいだに引力を生じさせ、どんな表面にも〝へばりつく〟ことができる。DARPAの天才的な科学者たちが、それとおなじ微小な構造をナノ単位で作る方法を見つけ、〝ゲコスキン〟が誕生した。

マーク・マーフィーが、兵器設計の天才的能力をゲコスキンに注ぎ込み、オレゴン号火器主任マイク・ラヴィンに手伝ってもらって、ゲコスキンを改良し、ゲコパッズと名付けた。ゲコパッズの手袋とブーツは、テストではうまく機能したが、作戦で使用するのは、今夜がはじめてだった。

カブリーヨが左手を〈セクメト〉の船体に当てると、手袋は完璧にくっついた。練習したとおりに掌と指を動かすと、すぐに手袋が——電磁石をオンからオフに切り換えるように——離れた。以前、電磁石を使って登っていたときには、電磁石とバッテリーパックが重くて扱いづらく、有効に使用できなかった。

「うまくいきそうっすよ、ボス」マクドが通信装置でささやいた。

「リンダ、わたしの合図で離れる準備をしてくれ」

「アイ、会長」

カブリーヨはまた左手を船体にくっつけて、左ブーツもくっつけた。〈ゲイター〉の甲板から離れ、左右の手足を交互に動かしながら登りつづけた。

マクドは三メートル下の左側にいた——カブリーヨが落ちた場合に備えて、位置をずらしていた。ゲコパッズにとって最大の危険は汚れだった。グリースやオイルで表面がつるつるになっていると、毛のような構造が詰まってしまう。だが、いまのところは、順調に登っていた。

「リンダ、離れろ。打ち合わせどおりの位置についてくれ」

「よい猟果（グッド・ハンティング）を祈ります」リンダがいった。

オレゴン号の迷信的な習慣では、幸運を祈るのはよくないことだとされている。

46

オレゴン号の生物物理学研究室室長のエリック・リトルトン博士は、ウェイトリフティングで負傷したために、ロッククライミングに転向し、年間ボーナスの一部を寄付して、船内の事務所の一カ所に登攀用の壁を設置した。オレゴン号の乗組員はほとんどがフィットネス愛好家なので、リトルトン博士の壁はものすごく人気があり、一カ月先でないと使えないくらいだった。

カブリーヨも、乗組員たちとおなじように熱中した。週に一度の壁登りトーナメントは、体力と迅速な問題解決という独自の組み合わせなので、戦闘員の鍛錬におおいに役立っていた。元大量破壊兵器(WMD)査察官のリトルトンは、今回の任務に適した才能を備えているが、戦闘や潜入工作の経験がない数すくない乗組員のひとりだった。

カブリーヨとマクドが壁登りをさんざんやったことが、今夜おおいに役立っていた。船体が大きく膨らみ、這って前進しているのに、うしろに落ちていくような感覚を味わう部分に達すると、ことにそう実感した。制御を失ってこの高さから落ちたら、柔らかいはずの水面がコンクリートのように硬く感じられるはずだということを、ふたりとも知っていた。だれかが外を見ているかもしれないので、各甲板の暗い舷窓を避けるように用心しながら、ふたりはじっくりルートを選んで、鋼鉄の船体を登っていった。

二分ほど前から、大海原の風がかなり強まり、強風なみの冷たい風が不意にふたりに叩きつけた。風が体と船体のあいだを通過して、体を翼のように浮きあがらせないように、カブリーヨは船体にぴったりくっついた。それと同時に、鋼鉄に両手と爪先を押しつけたまま、突風にあらがって体に力をこめた。

「そっちはだいじょうぶか？」カブリーヨは通信装置できいた。骨伝導は非常にありがたかった。耳の奥に殺到する風が、通過する貨物列車のような轟音をたて、ふつうに音を聞くことはまず不可能だった。

「ハリケーンのなかでバスボート（バス釣り用のボート）に乗ってるのとは、比較にならないっすよ」

「どんなぐあいだったんだ？」

「イトスギからおりられたのはよかったけど、ボートが消えちまって」

カブリーヨは笑いそうになったが、体の下で船体が横揺れして離れそうになった。マクドがどうしているか、下を見ようとしたが、姿が見えたとき、巨大波がマクドの体に激突して、鋼鉄の船体にマクドが叩きつけられ、鈍いドスンという音が、カブリーヨのところからも聞こえた。さらに悪いことに、マクドの頭が船体にぶつかって、痛そうなうめき声がカブリーヨの頭蓋骨のなかで響いた。

「マック！」カブリーヨが叫んだとき、マクドの手から力が抜けて、数メートルの差でカブリーヨの位置まで届かずに引いていく巨大波の渦のなかに落ちた。

「状況報告！」リンダが叫ぶのが、カブリーヨの通信装置から聞こえた。

カブリーヨはためらった。突然水面から出たマクドが見えた。仰向けに浮かび、顔は水面の上に出ている。意識を失っているのかどうか、カブリーヨにはわからなかった。

「マクドが巨大波にやられて流された。だいぶひどくぶつかったと思う。わたしがおりていって、助ける」風が不意に弱まり、あたりが静かになるのが感じられた。まるで何事もなかったかのようだった。カブリーヨは、船体から手を離して、水面に落下し、マクドのほうへ泳いでいくつもりだった。

「だめだ（ネガティヴ）、ボス」マクドがうめきながらいった。「ちょっと待ってくれたら、そっちに戻ります」弱々しく腕をあげて、親指を立ててみせた。

「わたしが近くにいる」リンダがいった。「二分もあれば拾いあげて乗せられる。それでいいわね、マクド？」

「ありがたい……こってす」

カブリーヨは目を凝らした。マクドから九〇メートルしか離れていないところで〈ゲイター〉の平らな甲板が水面を割るのが、どうにかみえた。

「オレゴン号に連れてかえってくれ。ハックスに診断してもらったほうがいい。状態を追って連絡してくれ」

「会長はどうするの？」

「わたしはだいじょうぶだ。必要になったら呼ぶ」

「アイ、アイ」

カブリーヨは、上甲板を最後にもう一度見まわしてから、手摺の上に脚をあげて、〈セクメト〉に乗り込んだ。ゲコパッド手袋とブーツをすばやく脱いで、隔壁に取り付けられた消火ホースの裏に押し込み、ブリッジがある上部構造に通じる水密戸をさっと通り抜けた。

詳細な見取り図がないので、自分なら病院船をどういう構造にするかを想像するしかなかった。階段を昇って上のほうのブリッジへ行く必要はない。だれかがいるだろうし、どのみち調べる必要があるのは、下の甲板なのだ。〈セクメト〉と、それとつながりがある謎の組織を蔭で動かしている黒幕が何者なのか、突きとめなければならない。運がよければ、捜索しているあいだにアシェルが見つかるかもしれない。

カブリーヨは、〈シュアファイア・エイヴィエイター〉ポケットライトを出して、注意を惹くおそれがないように、三九ルーメンの赤い光を、暗い通路に向けた。これから三十分かけて、病院で使用されるリノリウムが敷いてあり、よく手入れがされている甲板四層を見てまわらなければならない。

最初の甲板で、病室、診察室、治療室、装備の揃った手術室の横を通った。歯科、レントゲン室、聴覚検査室があり、レントゲンが二台とオープン式ＭＲＩ一台があった。ウェブで見た病院船の画像すべてと一致していた。ただ、奇妙に思えたのは、患者のベッドがすべて空だということだった。したがって、看護師や臨床医がひとりもいない。

患者はどこだ？

「ファン、聞こえる？」リンダ・ロスが、通信装置を通じてきいた。

「感明度良好（ファイヴ・バイ・ファイヴ）」カブリーヨはささやいた。

「マクドをざっと診たのを伝えようと思って。額におおきな瘤（こぶ）ができてるけど、あとはなんともないと思う。瞳孔は開いてないし、頭痛もなくて、みたところどこも折れてない」

「それはよかった。のんびりしているように、いってくれ」

「会長と合流できるように、〈ゲイター〉でひきかえしてほしいといってる」

「却下（ネガティヴ）する。オレゴン号でCATスキャンしないと、なんともいえない。内出血があるかもしれない」

「了解。マクドはうれしくないと思うけど」

「うれしがるのが仕事じゃない」

カブリーヨは、電子ロックで施錠されているべつの部屋の前を通り、ガラス窓から覗いた。ドアをそっと引いたが、びくとも動かなかった。

なかの明かりはすべて消されていたし、ポケットライトの光はガラスに反射したので、よく見えなかった。トレッドミルやジムの設備がなかにあるのがわかった。口蓋裂や変形四肢の子供たちを治療する船にしては、奇妙に思えた。どう見ても、オレゴン号にあるのとおなじようなレクリエーション施設のようだった。

なにを探せばいいのか、当てがないままに、カブリーヨは船内の奥へと進んでいった。二番目の甲板で、ふつうの体格の男ひとりが眠たそうに共同洗面所へ歩いていくのを、避けなければならなかった。男が洗面所へ行っている隙に、カブリーヨはあいたままのオフィスのドアからなかを覗いた。

散らかったデスクに液晶モニターが一台あり、〈セクメト〉の航海用海図が表示されていた。トイレの水を流す音は聞こえないかと耳を澄ましながら、すこし近づいた。〈セクメト〉は北に向けて航行し、エリトリアのマッサワを目指しているようだった。

調子に乗らないほうがいいと判断して、カブリーヨはあいたドアから跳び出し、階段ともうひとつ下の層を目指した。あいているかどうか把手を動かしながら、廊下のロックされたドアを注意深く調べた。オフィスにはそれぞれ、世界のあちこちの国の苗字と、学位や職務が書かれた表札があった。

廊下の突き当りでドアの窓から射す光が廊下を照らし、低い声がドア越しに聞こえた。

カブリーヨがその方角に進みはじめたとき、うしろでべつのドアが不意にあいた。カブリーヨはとっさに走って、近くの階段を下り、最下甲板へ行った。発見されたかどうかをたしかめるために、踊り場で足をとめたが、ドアから出てきた白衣姿の医師とおぼしい女性は、手にしたタブレットに注意を集中していた。

最下甲板まで来たので、くまなく確認しようとカブリーヨは判断した。船尾は機関室のはずで、そこに興味はなかった。つまり、船体のなかばと船首を調べればいい。ロックされていないドアを通ると、そこも医療部門のようだったが、ケージを置いてある診察室があり、獣医の施設だとわかった。それも奇妙だった。

勘に従って、カブリーヨはさらに船首のほうへ進み、だだっぴろい部屋に達した。においで知りたいことはすべてわかったので、天井の照明をつける必要はなかった。もっとも強いにおいが漂ってくる方角にポケットライトの赤い光を向けると、目がぱっとあき、赤やグリーンやブルーの光が反射した。いっせいに低いうなり声が聞こえはじめたので、カブリーヨはライトを消した。静かに部屋をひきかえしたとき、一匹が吠えたので、カブリーヨの心臓が早鐘を打った。

〈セクメト〉が動物病院に改造されたのではないとすると、この動物はなんらかの医学実験に使われているのだろう。それがどういう実験なのか、突きとめる必要がある。活動がなされている上の層のオフィスに、その答があるのではないかと思った。

カブリーヨは猫のように静かに階段を昇って、吹き抜けで立ちどまり、動きはないかと耳を澄ました。ぜったいに捕まりたくなかった。法的には不法侵入だし、招かれていないのにはいり込んだために逮捕されるおそれがある。

廊下にだれもいないと確信すると、カブリーヨは厚いドアに向けて一気に走った。三人の声がくぐもって聞こえた。部屋の奥のほうにいて、ドアに近づいてくるようすがないようだったので、思い切って忍び寄り、厚いガラスから覗いた。

照明の明るい部屋のなかには、病院用のベッド九台が設置され、それぞれのベッドで戦闘可能年齢の男が、点滴と輸血のバッグにつながれていた。九人ともかなり健康状態がよさそうで、ことに体力がありそうな男も何人かいた。数人はアフリカ系だった。全員が眠っているようだった――いずれにせよ、目を閉じていた。アシェル・マッサラはいないかと、顔を見ていったが、見つけられなかった。

カブリーヨは防水デジタルカメラを出して、何枚か撮影しようとした。うなじの皮膚がチクチクしたが、ふりむく前に大きな手で鋼鉄のドアに頭を叩きつけられ、カブリーヨは気を失った。

47

カブリーヨはぱっと目をあけたが、視界がぼやけ、焦点が合わなかった。線路の犬釘を頭に打ち込まれたような感じなのは、すさまじい頭痛のせいだと気づいた。両手をのばして目の霞を拭おうとしたが、両腕をベッドにしっかり縛り付けられていた。足と脚も縛られていた。身動きできない。

脈が速くなり、アドレナリンが血管に殺到した。

「おまえは何者だ？」女がきいた。

カブリーヨは、よく響く女らしい声のほうを向いた。女はカブリーヨの横に立っていた。

ハイタワー博士は、すっくと背をのばして、病院用ベッドを見おろしていた。長時間働いたあとの深夜なのに、目を瞠(みは)るようなノルウェー女の美貌は衰えていなかった。まるで白衣を着た豊満なワルキューレのようだった。

カブリーヨは、縛られた手をちらりと見てから、ひきつった笑みを浮かべた。

「女子学生クラブに無理やり勧誘されたときのことを思い出す。いい想い出だ。ひょっとして、きみはトライ・デルタかな?」

「認識能力が永久に損傷したのか、それとも性的なユーモアを披露しようとしているのか知らないが、もう一度きく。おまえは何者だ?」

「名前はオライリー。バーナド・オライリーだ」まだ頭が朦朧(もうろう)としていて、その名前しか思いつかなかった。一週間前にオレゴン号のサラウンドサウンド・シアターでマックスが上映した『荒野の七人』で、チャールズ・ブロンソンが演じている役の名前だった。

「こいつは嘘をついてます」男の低い声が聞こえた。男はカブリーヨには見えないところに立っていた。

「どうして嘘をついてるとわかるの?」ハイタワーがきいた。

「答えるときに、唇をひっこめ、目をきょろきょろさせた」

カブリーヨは自分を呪った。どちらも新人がやるあやまちだ。気絶して、頭がぼんやりしているせいだと思おうとした。早く絶好調に戻らないといけない。低い天井に診察用の鏡があり、うしろに立っている男の姿が映っているのが見えた——スキンへッドで、銀色の細い口髭を生やしている。腐敗した肺から吐き出される煙草の煙の饐(す)えたにおいを、カブリーヨの鼻は嗅ぎ分けた。

「あるいは、ちょっと脱水を起こしているので、唇を濡らすためにひっこめたのかもしれない。まばたきしたのは、こんなにライトで目を照らされていて、なにも見えないからだ」

「名前なんてどうでもいい」カブリーヨの視界の外にいる男に向けて、ハイタワーがいった。「わかった、バーナド……わたしの船でなにをやっている？」

カブリーヨが、舌で奥歯をなぞり、モラーマイクの送信スイッチを入れようとしたが、モラーマイクはそこになかった。

「これを探してるのか？」男が視界にはいった。小柄だが力が強そうな体格で、目尻と顔の深い皺から判断して、七十歳くらいだろうとカブリーヨは思った。男がニコチンで汚れた指で挟んでいるカブリーヨのモラーマイクを見せた。

「どこのなまりかわからない」カブリーヨはいった。「あてずっぽうだが、オシ(旧東ドイツ人)か。だとすると、元国家保安省(シュタージ)だな。体つきは歩兵。曹長(フェルトヴェーベル)みたいだが、威張っているから情報将校にちがいない。自慢げにそういう演技をやるのは、将官になれなかったからだ。少佐(マヨール)か、せいぜい中佐(オーベルストロイトナント)だろう」

「完全に合ってる（ガンツ・ゲナウ）。言語を聞き分けるいい耳を持ってるな。おれの専門は訊問と防諜だった。おれに身柄を預けられなくて幸運だったな、ミスター道化師（ファニーマン）」

カール・クラスナーというその元東ドイツ諜報員は、へつらうような笑みを一瞬浮かべてから、ハイタワーのほうを向いた。

「こいつはすごく抜け目がない。肝心な質問にまったく答えていないのに、気づきましたか？　それだけでも、訓練を受けているとわかる。おそらくCIAでしょう。もしかするとDIAかもしれない。骨伝導マイクがその証拠です」リノリウムの床にモラーマイクを落として、靴で踏みつぶした。

「あんたは芝居がかったことが大好きだし――見え透いている。わたしたちに任せなさい、カール」

「そうだ、カール。わたしたちに任せろ」カブリーヨはいった。

カールが、太い指をカブリーヨに突きつけた。「こいつには気をつけたほうがいい」

「気遣ってくれてありがとう」

「必要なら、外にいます」ハイタワーの警備員はそっけなくうなずき、回れ右をして、すたすたと離れていって、ドアをバタンと閉めた。

「さて、どこまで進んだかしら？」ハイタワーがきいた。「そうそう、おまえがでたらめな名前をいい、ここに来た理由もでっちあげようとしていたところだった。だけど、そんなことはどうでもいいんじゃないの？」

「これは、わたしを拷問するとか、そのあとどうにかするとかいう脅しの前置きかな？」

「そんな必要はないのよ。おまえがスパイで、探知されずにわたしの船に侵入する手段があり、先進的な通信装置を持っていて――そう、それから位置追跡装置を太腿に埋め込んでいることがわかっているんだから」

カブリーヨは、まわりに目を向けた。レントゲンがあったのを思い出した。オレゴン号の乗組員はすべて、別れたり行方不明になったりした場合のために、追跡電波発信機を体に埋め込んでいる。

「心配しないで。その装置はそのままにしてあるから」ハイタワーは、棒状の金属探知機を持ちあげて、カブリーヨの左脚をなぞった。発信機を見つけた探知機が鳴った。ハイタワーがべつの携帯装置を持ちあげた。「だけど発信機をこれで壊したから、もう機能していない」装置ふたつを、カブリーヨの横の空いたベッドにほうり投げた。もうホルスターに麻酔拳銃がまだあれば、金属探知機が反応したはずだが、もうそこにはないとわかった。

相手に知恵で負け、万策尽きたと、カプリーヨは不意に気づいた。いましめをひっぱってみた。

ハイタワーがかがんで、カプリーヨをしげしげと眺めた。グリーンの目でカプリーヨの目を貫くように見て、口をすぼめた。

「気の利いたことはいえないの？」

「そのうち思いつく」

「でしょうね。それまで、わたしの質問に答えるというのはどう？」

「わたしの質問に答えてくれれば、答えよう」

「たいへんな危険を冒していることは、わかっているわね？」

「どうして？　わたしが知り過ぎたら、殺さなければならないから？」

「そんなところよ」

「どうせわたしを殺すんだろうな。でも、その前に好奇心を満たしたい」

「〝おまえのを見せれば、わたしのを見せる〟っていうゲーム？」

カプリーヨは、つかのまにやりと笑った。「やっぱりトライ・デルタだな」

「なにが知りたいの？」

「あんたの名前は？」

「ヘザー・ハイタワー博士。おまえは？」

「ジョン・スタージェス」こんどはためらわずにいった——『荒野の七人』の監督の名前を。「この船の目的は？」

「〈セクメト〉は病院船よ。わたしが運営している。行政のサービスが行き届かないコミュニティに医療サービスを提供している」

「犬のような行政のサービスが行き届かないコミュニティに？」

「それだけをやっているとはいわなかった」

「では、なぜ犬で実験をやっているんだ？」

「簡単にいえば、人間の利益のため」

「詳しくいえば？」

「犬でわかったことを、人間に安全に応用できる」

「〝ハイタワー〟」カブリーヨはいった。「名前を知っている。有名な遺伝子学者のジョナサン・ハイタワー博士とつながりがあるのか？」数年前にハイタワー博士がカリフォルニア工科大学で講演を行なったと聞いたことがあった。そのときでも、博士は高齢だった。

ハイタワーのグリーンの目が鋭くなり、体が緊張した。

「ええ」

痛いところを突いたのだと、カブリーヨは悟った。

「彼の娘？」

はっとするくらい美しい研究者の魅力がすべて不意に薄れ、ハイタワーは怒りのあまり蒼白になった。

「妻よ。どうも」

「それで、これはすべて」――カブリーヨは顎で示した――「彼の業績かな？」

「まったくちがう。わたしの業績よ。わたしがこれらすべてを創ったのよ」

「わたしたちはみんな、巨人と肩をならべれば小人だよ」カブリーヨは、自分が得た優位を押しひろげようとした。

「巨人はわたしよ、ミスター・スタージェス」ハイタワーはにわかに落ち着きを取り戻した。「わたしはしばらく、弱々しくて想像力にとぼしい食料品店の店員のような男と肩をならべていた」

「ハイタワー博士は天才だった」

「すばらしい技術者ではあった。すばらしい研究者でもあった。でも、顕微鏡で見ていることしかわかっていなかった」

「どうして？」

「ジョナサンは、ゲノム編集のプロセスを開発するのに貢献した――CRISPRを。聞いたことはある？」

「もちろん」

「でも、それを使うのを恐れた。わたしは恐れない。彼はモーセになって、人類を約束の地に連れていくことができたのに、不実な臆病者の砂漠で死んだ」

「〝不実〟とは、興味深い言葉遣いだ」

「自然はジョナサンに、ヒトの運命をコントロールする鍵を用意した。でも、彼のふるえる手は、それを受け取るのを拒んだ。だから、わたしが受け取った。ヒトはほかの指と向かい合わせにできる親指を持つ原始的な生物にすぎない。わたしたちは数百万年のでたらめな突然変異の産物、愚かな進化の結果なのよ。たしかに、賢明な自意識を有するようになった人間もすこしはいるけど、人類はほとんど粗野で、神経が壊れ、病んでいる。レイプ、殺人、戦争、貧困、汚染、麻薬中毒、病的肥満、癌――自傷にひとしい行為が無数にある。しかも、私たちは自分自身と地球を破壊する瀬戸際に達している」

　ハイタワーが近づいた。

「なにも見えていない無慈悲な自然の手から、進化をむしり取り、科学で自分たちの運命を支配する時機が訪れたのよ」

「超人間主義（トランスヒューマニズム）のことだな」

「まさにそのとおりよ、ミスター・スタージェス。本名は知らないけど。わたしには未来が見えるし、そこへどう行けばいいかも知っている。人間が最高の完全な状態に到達するのにやらなければならないことをやる勇気もある。死と破壊に向かう人間の最悪の指向が衰えるには、何百万年もかかるだろうし、わたしたちはそれまで生き延びられない。人口過剰を生き延びられないことは間違いない。肉体的に優れていて、病気にかからず、頭がいいだけではなく、もっとやさしく、結び付きが深く、協力し合うような、新しい形の人間をわたしは創りあげる。ゲノム編集と、人間とテクノロジーの融合によって、それが実現する」

ハイタワーが、また背をのばした。「わたしは進化に革命をもたらす」

「医務室で点滴を受けている男たちに、あんたがなにをやっているか、それで説明がつく。彼らは志願者なのか、それとも自分の意志に反してモルモットになっているのか？」

「それが重要？」

「彼らにとっては重要だろう」

「もう関係ない。わたしは彼らの思考(マインド)を捉え、不必要な記憶を消し、わたしの制御(コントロール)下に置いている」

「友だちのマックスの最初の奥さんみたいな口ぶりだ」

「そして、彼らの肉体をそれぞれのゲノムの潜在性に合わせて条件付けしている」

「だれのために働いているんだ？」

「すべての人間のためよ、ミスター・スタージェス。それに、自然そのもののため」

「あんたの実験用人間も含めて？」

「もちろんよ。でも、彼らの犠牲によって、わたしは人類2・0を創る。AIと融合する人間後の世界を。そこではすべての男女が天才で、病気にならず、歳をとらない完璧な肉体を有し、犯罪も戦争もない調和のとれたコミュニティで暮らす。憎しみと恐怖は撤廃され、愛と芸術が広く行き渡る。わたしたち自身と、世界を変え、宇宙を探査し、死を超越する能力を信じているから、宗教など要らない。自分たちが神だから、神はもう必要ではない」

ハイタワーが目をかっと見ひらき、天井のLEDライトの光のなかで、白目が輝いた。

それがカブリーヨには、正気を失っているように見えた。

ハイタワーが、カブリーヨの疑念に気づいた。

「わからないのはおまえのせいではない。それなりの耳がなければ交響曲はきこえないし、それなりの目がなければ色がわからない。自然はわたしにあたえたのとおなじ天性をおまえにあたえなかった――だが、わたしのおかげで、お前はいつの日か美しい物事すべてを経験し、よろこんで歌ったり踊ったりするにちがいない」

「カラオケは嫌いだし、ダンスは下手なんだ」

ハイタワーが、カブリーヨの右脚を指差した。「義肢では無理よね。どうしてなくしたの？　遺伝子的な変形？」

カブリーヨは首をふった。「中国の駆逐艦にやられた」

ハイタワーが、カブリーヨを睨みつけた。「それもジョーク？」

「しかたないんだ。わたしはしくじったスタンダップコメディアンだから」義肢を小さく動かしてみせた。「しゃれがわかったかな？　立ちあがる（スタンド・アップ）は？　しくじった（フラストレイテッド）は？　高級なしゃれだぞ。それでここまで来られた」

「それじゃ、だれがあなたを送り込んだの？」

「この船に乗っているかもしれない男だ」

「デューク・マタシーね」

「どうして知っている?」

ハイタワーが、カミティ刑務所にいるサライとカブリーヨの写真をタブレットで見せた。カブリーヨはそれをしげしげと見た。カメラを見た覚えはなかった。

「この女はだれ?」ハイタワーがきいた。

「彼の姉だ。弟のことを心配している。デュークはこれに乗っているのか?」

「いいえ」

「どこにいる?」

「自分のことを心配したほうがいいんじゃないの」

「心配するが、心配してもなんにもならない。彼は乗っているのか?」

「もう乗っていない」

ハイタワーが、カブリーヨのシックスパック腹筋を力強い手でなでてから、筋肉が発達した両腕をなぞった。医師の診察のようでもあり、性的な行為のようでもあった。

「おまえはすばらしい人間の検体ね。殺すのは惜しいわ」

「生かしておいてくれても、恨まないよ」

「あなたは知り過ぎた」

「公平になろう。そっちがほとんどしゃべったんだ」

「おまえをどうすればいい？」

「答がわかっているのに質問しているように思えるのは、なぜかな？」

「見かけよりも頭がいいのね。それでプラス一点」

「何点とったら、このベッドから解放してもらえるんだ？」

「あいにく、あなたの得点ではとうてい足りない」

「王様、命綱を使ってもよろしいでしょうか？」

ちがう角度から見ようとするかのように、ハイタワーがすこし下がった。

「率直にいうと、おまえの遺伝子素材がほしい」

「まあ、わたしは最初のデートでは内気なんだ。その前に添い寝しないか？」

ハイタワーは聞かなかったふりをした。いまでは実験用の動物として見ているだけなのだと、カブリーヨは気づいた。

「おまえの死体からDNAを採取できる。それは問題ない。おまえは生きているよりも死んだほうが貴重なのよ。とにかく科学的には。だけど、おまえ全体をどう変えられるかということのほうが、もっと興味深い」

ハイタワーの分別という細い糸に自分の命が懸かっていることを、カブリーヨは知っていた。

「その第二のドアを選びたい」

「でも、おまえにはそんな手間をかける値打ちがないかもしれない」

「わたしにそういった女は、あんたがはじめてじゃない」

ハイタワーは、またしてもカブリーヨのジョークには耳をかさず、考えていた。

「最近、男をひとり失った。代わりが必要だわ。でも、その男は戦士だった。おまえは戦士か、ミスター・スタージェス？」

「わたしのパンチには威力があるよ」

「ひとを殺したことはあるか？」

カブリーヨの目が鋭くなった。もったいぶった返事はできない。

ハイタワーが、にやりと笑った。「もちろん殺したことがあるのね」

「わたしになにをやらせたいんだ？」

「じきにわかる」

48

ハイタワーは、カブリーヨを、さっき外から見ただけでなかにはいらなかったジムに連れていった。カールが拳銃をカブリーヨの背中に向けて、すぐあとにつづいていた。カールが撃つ前にカブリーヨがさっとふりむいて拳銃を叩き落とすことができないように、距離をあけていた。元国家保安省（シュタージ）将校のカールは、プロだった。

ハイタワーがキーカードを電子ロックに当てると、ロックがカチリという音とともにあいた。ハイタワーがはいると、自動的に照明がついた。カブリーヨはそのすぐうしろにいた。

ジムには、壁の液晶モニターのそばのトレッドミルも含めて、フィットネス機器が完備していた。さっきは室内が暗かったので、どうにか見えていただけだった。カブリーヨがそのときに見ていなかったのは、奥の隔壁のそばの六メートル四方のケージだった。照明がつくと、ケージのなかで胡坐（あぐら）をかいていた男がすっくと立ちあがった。

身長は一八〇センチ――カブリーヨより五センチ低い。

男が身につけていたのは、ジムショーツだけだった。

男は脂肪がまったくない引き締まった体つきだった。ロープを撚ったような筋肉が浮き出している腕やたくましい脚を動かすたびに、筋肉や腱が伸縮した。剃りあげた頭は額が傾斜していて、細い肩と比べると不釣り合いなくらい大きく、耳がスクールバスの〝停まれ〟の標識のように頭蓋骨の横に突き出していた（スクールバスは追い抜いてはいけないので、車体からこの標識が出される）。男が、タコ糸で縛った焼き豚なみの馬鹿でかい手の骨をポキポキ鳴らしはじめた。

カブリーヨには、ニキータ・フルシチョフと『ロード・オブ・ザ・リング』のゴラムをかけ合わせた――そして刺青をいれた――怪物のように見えた。見たところ、刑務所でいれるような単純な刺青に見えたが、ロシア風の墨（スミ）ではなかった。玉葱ドームのクレムリンの絵柄はなく、膝に星はないし、肩に階級章はない。もっとも大きい絵は、セミオートマティック・ピストルをくわえた双頭の鷲で、キリル文字のＣが四隅にある楯（Ｃは英語のアルファベットのＳに当たる。セルビア十字と呼ばれる意匠）の上端を鉤爪でつかんでいた。その刺青が、胸を横切っていた。それはセルビアの国の象徴なので、男はセルビア人マフィアだとわかった。

ハイタワーがケージのなかで戦わせようとしているのなら心配はいらないと、カブリーヨは思った。そのスラヴ人より、カブリーヨのほうが一五キロ以上重いし、体力と有酸素運動では、世界一流の水泳選手に劣らない。武道の達人でもあるし、素手の戦いには長年の経験がある。そのスラヴ人は、ジュリアとリンクがアマゾンのことを報告したときに説明したような肉体的脅威ではなさそうだった。

ハイタワーが大股でケージに近づいたとき、LEDライトのきつい光にスラヴ人の透明な灰色の目が激しくしばたたいた。カブリーヨとカールが、あとにつづいた。

「ハロー、ヴラスティミル」ハイタワーがいった。

「ハロー」強いスラヴなまりで、ヴラスティミルがいった。大きなあくびをした。「眠っているのを起こして悪かったわね」

ヴラスティミルが、狭い肩をすくめた。

「けさはどんな気分?」

ヴラスティミルが、体を左右に揺らしてうなずいた。

「どうしてここにいるかわかる?」

ヴラスティミルが、また肩をすくめた。

「それが気になる?」

「いや」

ハイタワーが、カブリーヨを指差した。「この男をおまえといっしょにケージに入れる。できるだけ早く殺して」

ヴラスティミルが、激しくうなずいた。

「よし。質問は？」

ヴラスティミルが、耳から水を出そうとするように、首を前後にふった。

ハイタワーは、カブリーヨのほうを向いた。居心地悪そうにしているのを見て、にんまりと笑った。

「ジョークは出てこないの、ミスター・スタージェス？」

「道化師をひと口かじったが、おもしろい味がしなかったので食べなかった鮫の話を聞いたことがあるか？」

「怯えれば怯えるほど、ジョークのできが悪くなるわね」

カブリーヨは、ケージのほうを顎で示した。「完成した人間のようにはみえないんだが」

「ヴラスティミルは、きわめて異常な特質をもたらす特異なゲノム配列を持っているので、それを分離して強化したの」

「その特質というのは、筆算が得意なことじゃないだろうね。話し上手だともいえないし」

「ヴラスティミルは、言語と認識の障害があるの。それでいて、IQテストでは一四七だった。それで興味が湧いたのよ。あなたはどうなの？」

「いまは疑わしいな」

戸口の沓摺(くつず)りを車輪が越える音が、三人のうしろから聞こえた。カブリーヨはふりむいた。手術着を着た若い用務員が、車輪付き担架(ガーニー)を押して近づいてきた。すでにジッパーをあけてある遺体袋が、それに載っていた。立っていたカブリーヨから数メートル離れたところで、ガーニーがとまった。

「あの遺体袋は、あんたの痩せっぽち少年には大きすぎるんじゃないか」

「そのとおりよ。ほかに質問は？」

「この苦難をわたしが生き延びたとしよう。つぎはなにが起きるんだ？」

「そのときは、おまえのゲノムに関するわたしの推定が正しかったことが立証される。おまえをわたしの条件付けプログラムに組み込み、まず思考(マインド)を裸にする」

「べつのいいかたをすれば、〝表が出たらわたしの勝ち、裏が出たらあんたの負け〟」

「というより、〝表が出たらわたしの勝ち、裏が出たら、おまえは憶えていない〟」

「一本とられた」カブリーヨは、拳銃で胸を狙ったまま適切な距離を置いているカールのほうをちらりと見た。

カブリーヨは肩をすくめた。壁のデジタル時計は午前四時三十二分を示していた。九十分とたたないうちに陽が昇る。

「まあ、わたしのじいちゃんがいつもいっていたみたいに、朝いちばんで猫を食べたら、それが一日にやる最悪のことになる。だから、さっさとはじめよう」

ハイタワーがケージの扉まで行ったが、そこで立ちどまった。

ヴラスティミルがケージの奥へどたどたと歩いていって、カブリーヨにレーザーのような視線を据えていた灰色の目が暗くなった。

「顔はだめよ、ヴラスティミル」ハイタワーがいった。「美しいから、めちゃめちゃにしたくない。目を潰すのもだめよ」

カールが、拳銃でカブリーヨの義肢を指し示した。「そいつのことを考えてるんなら、小口径の拳銃、プラスティック爆薬、ロックピックその他、その脚のなかにしまってあった装置は出しておいた。じつに巧妙だといえるが」

ハイタワーが、ケージの扉をあけた。

「ミスター・スタージェス。運命と会う時間よ」

ケージの扉が閉まる前に、ヴラスティミルがカブリーヨに襲いかかった。カブリーヨには信じられないような速さで、距離を一気に詰めた。ヴラスティミルの飛び蹴りが、暴走トラックのように叩きつけられ、カブリーヨはケージに激突した。

頭蓋骨が鋼鉄の棒に激しくぶつかって、カブリーヨの雷鳴のような頭痛がレッドゾーンに達した。熱い白光が、目のなかで爆発した。ヴラスティミルがいったん離れてから、両手を使って目もくらむような速さで強撃するのを、カブリーヨは目で見るというよりは感じ取った。

その強撃にショックを受けたカブリーヨの混乱した頭に、工学の授業で習った公式が浮かんだ。質量×速力=力。ヴラスティミルの馬鹿でかい拳が、往復する重さ五ポンド（二・二七キロ）のハンマーのようなエネルギーで、カブリーヨの肋骨を連打した。

加速する拳の勢いをすこしでも鈍らせようとして、カブリーヨは体をひねり、両腕で精いっぱい身を護った。ほとんど効果はなかった。いくら体をひねって護ろうとしても、ヴラスティミルの電光石火のパンチは的を見つけたし、その速さは光速に近づいているような感じだった。

突然、カブリーヨは肋骨が一本折れるのを感じた。電撃のような激痛が体を突き抜けた。二度目の打撃、三番目の打撃がつづいた。ヴラスティミルが狙いどころを見つけたと知り、そこをなおも攻撃した。

カブリーヨのトカゲ脳（本能だけが思考を支配する、もっとも原始的な部分）が高速で働きはじめた。早く手を打たないと死ぬと悟った。

カブリーヨは前進して、パンチの嵐のなかに跳び込んだ。両腕を大きくひろげ、両手を顔の前で組んで、軍艦の艦首のような形にした。相手がくり出している拳の速度とそれがもたらす激痛は、まるで木材粉砕機にかけられているような感じだった。ひとつだけありがたかったのは、肉叩きのようなヴラスティミルの手ですでに半分死にかけていたので、血中と痛めた神経にアドレナリンが噴出し、苦痛が鈍っていたことだった。パンチのなかに牡牛のように突進することで、ヴラスティミルの機械的な動きの利点が失われ、打撃はカブリーヨの前腕や肘をかすめるだけになった。

カブリーヨは、ヴラスティミルの意表をついて、さらに奥へ押し進んだ。カブリーヨよりも小柄なヴラスティミルが地団太（じだんだ）を踏んであとずさり、不意にバランスを崩した。カブリーヨは、ヴラスティミルがつかのま目をそらした隙に乗じた。ヴラスティミルの長大な素足の片方が、不意に前に出た。カブリーヨは、その中足部で繊細な骨がピラミッド状に盛りあがっている個所を思い切り踏んだ。秋のハイキングの山道で重いブーツに華奢な小枝が踏みしだかれるような感じで、そこの骨が踵の下で折れる音が聞こえた。

ヴラスティミルは、それに気づいてもいないようだった。

だが、カブリーヨが突進すると、ヴラスティミルがなおもあとずさり、骨が砕けた足に体重をかけると、足から力が抜けて倒れた。

カブリーヨは頭から跳び込んで、ヴラスティミルの顔の柔らかい部分を頭突きした。胸が悪くなるようなグシャリという音がして血が滴ったので、鼻のなかの軟骨が破裂したのだとわかった。

だが、カブリーヨは攻撃をやめなかった。頭突きをつづけて、ヴラスティミルの頭を鋼鉄の床に叩きつけ、茫然としている相手の腕を抑えつけた。獰猛な戦士の見境のない怒りの虜になり、ヴラスティミルが動かなくなるまで顔を頭突きした。

カブリーヨは、体の下のヴラスティミルを見おろした。戦いが終わると、怒りはたちまち静まった。倒れた男の喉に手を当てて、脈を探った。

「まだ生きている」カブリーヨはいった。

「始末しろ」カールがいった。「死ぬまで戦うことになっている」

カブリーヨは、刺青を入れた戦士の体から転がって離れ、深く息を吸ってから、立ちあがった。倒れないようにケージの鉄棒につかまらなければならなかったし、頭蓋の奥の超新星なみの苦痛が、いまでは偏頭痛と化していた。

だが、とにかく生きている。

「あいつを医者のところへ連れていったほうがいい」カブリーヨはいった。

「やつを殺さなきゃだめだ――さもないと、おれがおまえを殺す」鉄棒のあいだから拳銃で狙いながら、カールがいった。

「気絶したやつは殴らないことにしている」

カールが拳銃を構え、撃とうとした。

「それをしまいなさい」ハイタワーが命じた。用務員に向かっていった。「ミスター・スタージェスを医務室に運んだら、戻ってきて、ヴラスティミルを下の犬舎に運び、朝の餌にして。そのころには、犬も腹を空かしているはずよ」

「はい、博士」

カールが笑った。「新鮮な肉だから、犬はよろこぶぞ」カブリーヨのほうへ拳銃をふってみせた。「行くぞ、ミスター道化師。車に乗る時間だ」

49

車輪付き担架に載せられたのが、カブリーヨにはありがたかった。廊下を進むあいだ、通路の天井のLEDライトが流れ過ぎた。この状態では三メートルも歩けないと思ったし、頭はひびがはいった広口瓶のなかですり潰されたカッテージチーズのようだった。

ハイタワー博士が横を歩き、カールが先に立っていた。ガーニーは用務員が押していた。

短いプシュッという音が三度、空中に響くのが聞こえたような気がした。ハイタワーとカールが甲板にくずおれ、うしろで用務員が倒れて離れるのが見えたとき、ガーニーが隔壁にぶつかった。

カブリーヨの顔の上に、にんまり笑っている顔がさかさまに見えた。

「おれの顔、懐かしくないっすか？」マクドがきいた。

「おばあちゃん(アブエリタ)のチリ入り肉詰めくらいには」

「急いでずらからないと」

「その前に、監視カメラの画像を手に入れよう」カブリーヨはうめきながら片肘をついて起きあがった。「オフィスは二層下の甲板にある」

マクドが、ポケットからUSBサムドライブを出した。「もう盗みましたよ」

カブリーヨは、よろけながらガーニーの横に立った。打撲を負い、折れた肋骨が、燃えるように痛みはじめ、頭蓋骨が油圧プレスに圧迫されているように思えた。

マクドがカブリーヨに近づき、片腕をカブリーヨの両肩にまわして支えた。

「ブローブリッジのナマズ祭りの二人三脚で勝てなかった理由、話しましたっけ？」

「きれいな女の子と密造酒がからんでいたんだろうな」

「それが双子でしてね。〈ハリケーン〉ウィスキーをピッチャーで飲んだんす。さあ(アロン)！」

カブリーヨは顔をしかめて笑い、ふたりは上甲板を目指した。夜明け前にこの船から離れなければならない。甲板で大の字になって倒れている乗組員三人のそばを、ふたりは通った。先ほどマクドの麻酔拳銃で撃たれたのだ。

「隠密性(ステルス)のかけらもないな」カブリーヨはささやいた。「スタイル点はとれないぞ」

「急いでたんで」

ふたりが上甲板に出る最後の水密戸を通ったとき、巡回していた見張りとぶつかりそうになった。その男が叫ぶ前に、マクドが鎮静剤ペレットを喉に撃ち込み、男は鋼鉄の甲板にドサリと倒れた。

マクドは、手摺のところまでカブリーヨを連れていった。「ゲコパッドはありますか？」

カブリーヨは、それを隠してある消火ホースのほうを示した。

「あそこにある――しかし、それを使う力はない」

「だったら、方法はひとつしかないっすね」マクドが、通信装置でリンダに呼びかけた。「おれたちはここだ」

義肢ではないほうの足をすでに鋼鉄のワイヤーの上に持ちあげていたカブリーヨは、四〇メートル離れたところで〈ゲイター〉が浮上するのを見た。

「水飛沫（しぶき）の音と十一歳の女の子の痛そうな悲鳴が突然聞こえたら、それはわたしだ」カブリーヨはいった。「だめもとでやるぞ」

深く息を吸い、痛みをこらえるために歯を食いしばって、カブリーヨは跳んだ。

ハイタワー博士は、アンモニア臭に鼻腔を刺激されて、はっと目を醒ました。

「それを遠ざけて」気付け薬を持っていた看護師の手を払いのけて、ハイタワーはどなった。長身のナイジェリア人の女性看護師は、さきほど当直のためにやってきたときに、意識を失っている三人を見つけた。すばやく診察して、怪我はなく、失神しているだけだとわかったので、すぐに医務室から手伝いを呼んだ。医療技術者ふたりが、カールと用務員に気付け薬を嗅がせたところだった。

ハイタワーは目がうるみ、頭がまだぼんやりしていた。

「なにがあったの?」ハイタワーはきいた。

「鎮静剤の一種だ」元国家保安省将校(シュタージ)のカールが、立ちあがりながらいった。「効き目がものすごく早い。恐れ入った」腰から無線機を取って、ドイツ語で命令をどなった。

ハイタワーの目つきを無視して、カールがいった。「船全体の捜索と警備を命じた。まず、スタージェスと――やつを助けた人間を探す。つぎに、そいつらが仕掛けたにちがいない盗聴器を探す」

気付け薬を嗅がせた看護師が、ハイタワーが立つのに手を貸した。

「スタージェスはとっくにいなくなっているわよ」ハイタワーはいった。倒れるときに甲板にぶつけてできた頭の横の大きな瘤をさすった。

「ちゃんと診察したほうがいいですよ」看護師がいった。

ハイタワーは耳を貸さず、カールにいった。「ほかにどういう人間を相手にしているのか、監視カメラの映像を確認して」

「いま命令しようと思っていたところだ」

ハイタワーは、腕時計を見た。二十分ほど気を失っていたとわかり、激しく自分を罵(ののし)った。

「オフィスにいる。なにかわかったら報告して」腕を貸していた看護師の手をふり払った。「だいじょうぶよ。ありがとう。持ち場に戻って勤務をつづけて」あとの医療技術者のほうを向いた。「あんたたちも」

「はい。ハイタワー博士」

ほどなく、ハイタワーは自分のオフィスに勢いよくはいっていった。ミニ冷蔵庫からボトルドウォーターを出して、アスピリン二錠を流し込んでから、内線電話機を取り、ブリッジを呼び出した。当直の日本人が応答した。

「村上です」

「緊急計画A(アルファ)を開始。ハンソン船長にただちに知らせて」

「アイ、マーム」

　ハイタワーはべつのボタンを押して、厨房を呼び出した。「ブラックコーヒーをポットでわたしのオフィスに、大至急（ASAP）」感情をこめず、「お願い」とつけくわえた。そういう無意味な慣習を下っ端の人間が重視することを、身をもって学んでいた。どうでもいい。実験室のラットにもチーズはあたえる。

　ハイタワーがほんとうにやりたかったのは、わめき叫ぶことだった。ハイタワーはつねにコントロールし、指揮する立場だった。彼女が偉業を達成したことは、だれが見ても明々白々だった。だがいま、このスタージェスという侵入者が、すべてをひっくり返した。スタージェスを助けに来た人間は、厚かましくも野良猫に麻酔銃を撃ち込むように彼女を気絶させた。

　身をさらけ出した脆弱な状態で、あられもなく甲板にひっくりかえっているのをナイジェリア人看護師に発見されたと思うと、ハイタワーは屈辱で顔を真っ赤にした。

　内線電話が鳴った。

「ハンソン船長です。A（アルファ）を開始する理由はなんですか？」

　ハイタワーは、ハンソンのぶっきらぼうな態度が気に入らなかったが、寝ていたのを起こされたからだと、許すことにした。

「警備上の問題が起きた。緊急計画Ａ（アルファ）は通常の手順よ。なにか問題があるの？」

「いいえ、問題はありません。村上が針路変更するところだし、機関長があとのことをやります」ハンソンがいうのは、〈セクメト〉が身許と位置を隠すためのさまざまな手段のことだった。まず、自動船舶識別装置（ＡＩＳ）の発信を停止する。国際海洋法では、三〇〇総トン以上の船舶はすべて、おもに衝突防止と海上の安全のために、ＡＩＳ発信を義務付けられている。

それに、当分、エリトリアから遠ざからなければならない。

「了解」ハイタワーはいった。「十五分後にわたしのオフィスで戦術状況を検討する。過去二十四時間のレーダーの記録も含めて」

「襲われたと聞きました。怪我はどんなふうですか」

ハイタワーは、また顔を真っ赤にした。船の上では、噂は光速よりも速く伝わる。乗組員の笑いものになっているのだろうかと思った。それを揉み消さなければならない。

「怪我はない。ちょっと眠っていただけよ」

「十五分後にお目にかかります」

ハイタワーはつけくわえた。「きいてくれてありがとう」だが、ハンソンはすでに電話を切っていた。受話器をまだ持っているあいだに、ふたたび呼び出し音が鳴った。

「三番に衛星電話がかかっています、ハイタワー博士」

ハイタワーは、そのボタンを押した。サランがすでに噂を聞きつけたのだろうか？

「ハイタワー」

「ハロー、ハイタワー博士。チン・ヤンウェンです」接続状態が悪く、空電雑音のなかで声が反響していた。

「チン、ああ、そうだったわね。アマゾンの状況はどう？」

「それが、あまりよくないんです」傭兵の護衛、サムソンとマットが死んだことも含めて、死傷者について説明した。声が反響しているので、完全に理解するのが難しかった。それもハイタワーにはいらだたしかった。

「あなたとシュヴェーアスは無事なのね？」

「はい、わたしたちはだいじょうぶです。わたしたちは徒歩で、徒歩で……」ヤンウェンの送信が、最後の言葉が反響したままとぎれた。ハイタワーは、衛星通信テクノロジーに悪態をついて、受話器を叩きつけるように戻した。そのとたんに、また呼び出し音がなった。

「すみません、ハイタワー博士。衛星の問題だと思います」ヤンウェンがいった。声が明瞭になり、もうひずんでいなかった。

「サンプルは手に入れたのね？」

「はい。完全に」

「安全に保管し、輸送する準備ができているのね？」

「一〇〇パーセント。それで、お伝えしなければならないことがあります……」

「なんなのか、いいなさい」

「邪魔がはいりました。イシドロという医師です。現地住民の手当てをしているといっていました」

「手当て？　どういうこと？」ハイタワーは、怒りと恐怖というふたつの感情を押し殺そうとした。ヤンウェンの無能なリーダーシップへの怒りと、得られると期待していた純粋なＤＮＡサンプルが汚染されていたかもしれないという恐怖。

「その女によれば、薬品や遺伝子を変えるような干渉は行なっていなかったそうです。包帯、縫合、抜歯といったようなことです。毒矢族の検体は、一〇〇パーセント純粋だとわたしは確信しています。すべてメモに書いてあります」

「イシドロ博士はいまどこにいるの？」

ヤンウェンが口ごもり、かすれた声でいった。「リストが始末しました」

「リストを出して」

ヤンウェンが電話を遠ざけていうのが、かすかに聞こえた。

「博士があなたと話をしたいといっている」すぐにリストが出た。女性リーダーのヤンウェンのすぐそばに立っていた。

「リストです」

「なにがあったの？」

「不意打ちされた。数人に。おそらくブラジル陸軍だろう」

「その医師も含めて？」

「いや。それはたまたま起きた。おれがその女を始末した」

「ヤンウェンとシュヴェーアスはだいじょうぶなのね？」

「弱気で、疲れて、文句をいってる」

「弱い女たちね」

「シュヴェーアスはいつ辞めてもおかしくない。ヤンウェンも」

「サンプルは無事なのね？」

「ああ」

「輸送できる？」

「女たちを？」

「サンプルよ」馬鹿、とつけくわえたかった。

「もちろん」

「それなら女たちは殺して、サンプルを隠れ家に持っていって。問題を残さないようにしたい——もちろん証拠も」

「わかった」

「ブリズベンに着いたら連絡して」

「そうする」

ハイタワーが電話を切ったとき、ドアにそっとノックがあった。

「はいって」

厨房の給仕が、コーヒーのポットと、厚手の陶器のマグカップが載っているトレイを持ってはいってきた。スクランブルエッグにベーコンという、炭水化物抜きの朝食もあった。

トレイがデスクに置かれると、ハイタワーの口に唾液が溢れた。そっけなくうなずき、いちおう礼をいって、給仕を追い出すと、がつがつと食べた。かなり空腹だったことに、気づいていなかった。ハイタワーにとって、食事はただの燃料だった。

サランとの電話で優位に立つためには、できるだけカロリーを多く摂取する必要がある。

50

オレゴン号

カブリーヨの視界は、頭を載せているケージで一部が遮られていた。といっても、真上のなめらかにカーブした表面のほかに、見るものはなにもない。強力な磁石と電磁波によって体内の画像を捉えるＭＲＩの低いうなり、脈動、ドンドンという音が狭いスペースに響いていた。

「もうちょっとで終わる。がんばっているわね」ジュリア・ハックスリー博士の声が、ＭＲＩ内の頭上のスピーカーから聞こえた。「動いたらだめよ」

カブリーヨはジョークをいいたかったが、それには顎を動かさなければならないし、検査をやり直すのは嫌だったので、口を閉じたままにした。偽装用の手術着は切り取られ、いまは患者用の服を着ている。カーボンファイバーの義肢には、鉄を含む部分があるので、診察室で取りはずされた。はずさなかったら、ＭＲＩの強力な磁石に近づいたときに、義肢は投げられた槍のように宙を飛んでいってしまう。

「終わった」ジュリアがいった。すぐにカブリーヨが横たわっていた台が、ＭＲＩから出てきた。

ジュリアが、ガラス張りのブースから出てきて、カブリーヨの横に近づいた。洗い立ての白衣の鮮やかなにおいがしたし、焦茶色の髪はいつものようにポニーテイルにまとめてあった。だが、カブリーヨの目を惹いたのは、ジュリアの〝心配そうな医師〟の表情だった。

「判定をいってくれ、先生(ドク)」カブリーヨは、呼吸するのもつらそうにきいた。

「見かけは、ブルジュ・ハリファ（ドバイの超高層ビル）のエレベーターシャフトを落下したみたい。それも二度。でも、ＭＲＩはちがうことをいっている。あなたはたしかに軽い脳震盪(しんとう)を起こしている。硬膜下血腫か、そのほかの頭蓋内出血を予想していたんだけど、スキャンの結果は異状なしだった。どうしてそんなことがありうるのかしら？」

「清く正しく生きているからだ」

ジュリアが、片方の眉をあげた。「ありえない。あなたの傷を何度縫合したかわからないのに」

「だから、イースターごとに、スパイラルカットのハニービクトハムを贈っているんだ」

「MRIはわたしの最初の診断を裏付けた。脳に重大な損傷はなく、内出血もない。内臓や組織にも格別な損傷はない。すべて明るい報せよ。でも、脳震盪のほかに、明らかに肋骨が二本折れているし、三本にひびがはいっている。挫傷と浮腫がいくつもある。プロとしての意見では、あなたは成獣のゴリラと喧嘩して負けた」

「それじゃ、動いてもだいじょうぶそうだ。ブリッジに行かないと――」

カブリーヨは起きあがろうとしたが、痛みに顔をしかめた。ジュリアがそっと押し戻した。

「あわてないで。まだどこへも行けない。ひびがはいっている肋骨が、これから六週間ぐらい、ときどき激しく痛むはずよ」

「六週間も仕事から離れていられない。六時間でも無理だ」カブリーヨはいい張った。

「治してくれる方法は？」

「あまりない。あなたがいちばん必要なのは休むことよ――それに、大量の氷。腫れを引かせる必要があるし、休めば脳の働きがよくなり、肋骨がみずから治癒するのに必要なエネルギーが得られる」

「いまは時間を贅沢に使う余裕がない。〈セクメト〉を見つけて、乗り込まないといけないんだ」

カブリーヨはまだ座ろうとしたが、ジュリアに両肩を押された。カブリーヨのほうが力が強いが、脇腹の鋭い痛みのせいでジュリアに勝てなかった。カブリーヨはまた横になった。

「わかっているわ。ほんとうよ」ジュリアがいった。「でも、あなたはなにかをやれる状態ではないわ。肋骨のまわりの神経の痛みをかなり長いあいだ和らげる薬を注射してもいい――でも、そうするのは、体を動かすのを最小限にすると約束した場合だけよ」

「圧迫包帯はどうなんだ？」

「現在では標準の処置ではないのよ。最大の危険は、呼吸が制限されることで、ひどい肺炎を起こすおそれがある。息をするとスーパーボウル24で、デンヴァーがサンフランシスコに負けるくらい痛い。だけどちゃんと呼吸するしかない」

「息をとめないと約束する」

「わたしのいう意味はわかっているはずよ。利口ぶらないで。頭痛はどう？」

「どの頭痛？」カブリーヨはいった。細かいことをいうと、頭痛はひとつだけで、ジユリアが強い鎮痛剤をくれたのでだいぶましになっていたが、まだズキズキと痛んだ。とにかく、その不快な症状は、なんとか我慢できる。

「嘘は罪だと、ママに教わらなかったの、ミスター・カブリーヨ？」

「マクドはどう？」

「ほとんどは打ち身よ。体内の損傷はない。もう起きて歩きまわっている。あしたから仕事をはじめてもいいと、許可したわ」

「巨大波にマクドがさらわれたあと、オレゴン号に連れ戻すよう、わたしはリンダに命じた」

「マクドはあなたの命令を、えーと、変えようと判断したの。体調の回復と〝動的な戦術状況〟に鑑みて」

「命令に従わないとき、レインジャーはそういうんだ」

「でも、リンダが同意した。いい判断だったといえる」

「わたしが船底潜りの刑を科さないようなら、ふたりともついているぞ」

「クリスマスにふたりにフルーツケーキを贈って、おあいこにしたら？」

カブリーヨは渋い顔をした。「わたしが思うに、それはおなじような刑罰だよ」

「いい忘れるところだった。あなたの追跡装置をすぐに交換しないといけない。ＭＲ

Iを通したときに、壊れたでしょう。ごめんなさい」

「心配はいらない。どうせ壊されていた。ハイタワーが見つけて、電撃をかけたんだ」

「交換する前に、すこし休んだらどう」

カブリーヨは手をのばして、ジュリアの手を握った。

「きみの友だちのイシドロ博士のこと、ほんとうに残念だ」

ジュリアが、涙をこらえてうなずいた。深く息を吸い、涙を追い払った。

「そうね。つらかったでしょうね」

「これを徹底的に追及すると約束する」

ジュリアがまたうなずいた。カブリーヨがつねに約束を守ることは知っていた。だが、話題を変える潮時だった。カブリーヨの体調がよくなったら、アマゾンでタイニーが殺した悪党から採取した血液とそのほかのサンプルから判明したことについて、話し合うつもりだった。

「トレーニング室へ連れていって、氷で冷やすわ。暴君みたいなボスが、あなたを大至急、現役に戻せっていっているの。車椅子を取ってくるあいだ、おとなしくしていてね」

「そうする」

じっとしているのは苦痛だったが、カブリーヨは横になって息をしているとほっとした。ジュリアがドアから駆け出して、廊下を進んでいくのを、カブリーヨは見送った。

ジュリア・ハックスリーと知り合ってからの歳月、彼女が泣きそうになるのを見たことは一度もなかった。カブリーヨは顎に力をこめた。どんな苦労をしても、ジュリアと殺された彼女の友だちのために正義の鉄槌を下す。

「あなたがやらされたその戦いについて、もっと話して」ジュリアがいった。氷をいっぱい入れた大きなステンレスのバスタブのそばに立っていた。カブリーヨはバスタブのまんなかで座っていた。プロのスポーツ選手が極低温治療に使うのとおなじ氷浴(アイスバス)だった。凍えそうな水を循環しているアイスバス・モーターがひくくうなっていた。

「できの悪い有料コンテンツになりそうだった」寒さに歯を鳴らしながら、カブリーヨはいった。「そいつは動きが速かった――超自然的なすばやさだった。筋肉が超高速でピクピク動くみたいに」

「ほかに異常な特徴は？」

「セルビア・マフィアの刺青のほかに？　筋骨たくましかった。脂肪がまったくない。手はどうだったかな？　特大で――それなりの打撃だった――拳はシンダーブロックみたいに硬かった。ケージにわたしがはいったとたんに、襲いかかってきた。そのあとのことは、あまり憶えていない。なぜかな？」

「タイニーがアマゾンで殺した男の血と組織を研究室で分析して、結果が出たの。テストステロン、アドレナリン、エンドルフィンのレベルが極端に高かった。なんらかの遺伝子療法を受けていたのだと思う。おそらく、幹細胞を操作するような」

「ぴったり的中している、先生（ドク）。ハイタワーはそういう分野を手掛けていると、わたしにいった」

「枕を交わしながら聞いたの、会長？」ウィンクしてジュリアがきいた。カブリーヨにたいがいの女性にとって抗しがたい魅力があることは、よく知られている。オレゴン号の威勢のいい船長といいちゃつきたいと思っている女性乗組員は、ジュリアだけではなかった。だが、ジュリアの場合は、カブリーヨとの仮初（かりそ）めのベッドルームのよろこびよりも、友情と仕事上の関係のほうがだいじだと思っていた。

「どこかの女が枕を持ってわたしのところへ来るのは、窒息死させようとするときだけだ」カブリーヨはいった。「わたしが殺されるか、生きていたらマインドコントロール体力増強法を受けさせると、ハイタワーはいった。自分の業績を吹聴できるように」

「彼女がやっていたことを、正確に描写できる？」

「CRISPRを使って、被験者のゲノムを変えているといっていた。わたしが見たのは、わたしを叩きのめしたやつも含めて、戦闘員年齢の男だった。ハイタワーは完全にのめり込んでいる超人間主義者だ——みずがめ座（アクエリアス）の時代を生み出したメンゲレ博士だ。ハイタワーの船は、彼女の実験のための研究所そのものだ」

「あなたの描写は、わたしたちがジャングルで遭遇した男たちと一致する。超人的な力と速さで、注意を極度に集中し、恐れを知らない。あの男たちも、ハイタワーのプログラムの一部だったにちがいない。その船を見つけて、ハイタワーを阻止しなければならない」

「そういう計画だ。このアイスクリーム・メーカーから出してくれたらすぐにやる」

ジュリアは、腕時計を確信した。「あと十分でいいわ」

「これがちゃんとした治療法なのか、それとも低体温の実験なのか、よくわからないんだが」

「その不快感をこれが緩和するはずだと思います」モーリスが洗練されたイギリス英語でいった。

モーリスが不意に現れたので、カブリーヨはびっくりしてバスタブから跳び出しそうになった。

「ぶったまげた。どうしてそんなことができるんだ？　きみは幽霊かなにかか？」

モーリスが、忍耐強く笑みを浮かべた。オレゴン号の司厨長のモーリスが、手にしていた銀のトレイの蓋をとると、厚いオーブン用手袋が、立ててあった。カブリーヨには、それが手招きしているように見えた。

「奇妙な形だな」カブリーヨは、真っ蒼になっている唇でいった。

「ティーコジーでございます。残念ながら間に合わせなのですが」

モーリスがオーブン用手袋を持ちあげると、湯気をあげている赤い飲み物がはいっている二重ガラスのエスプレッソマグが現われた。

「ヴルーチャ・ラキアでございます」モーリスがいった。「セルビアのホットブランディーで体の芯から温まっていただきたいと存じまして、艦長」

カブリーヨはマグに手をのばした。ここでアイスタブに浸かってふるえているのをどうして知っているのか、絶好のタイミングがどうしてわかったのかは、聞かなかった。モーリスは、〈スタンレー〉の店舗用バキュームクリーナーよりも、薄い空気から情報を吸いあげる能力が高い。

「プラムか？」ふるえる両手で熱いマグを持ちながら、カブリーヨはきいた。

「さようでございます。わたくしどもの才能豊かな副料理長（スーシェフ）自家製のすばらしいスリヴォヴィッツでございます」

カブリーヨは、ハイオクタンのアルコールを、ナチのパルチザン狩りから逃れようとしている喉の乾いたユーゴスラヴィアのパルチザン戦士のように、一気に飲み干した。温かい酒が喉を流れ落ちて、ひりひりする熱が下腹にひろがると、うっとりと目を閉じた。

「きみは命の恩人だ、モーリス」

「滅相もありません。もう一杯、召しあがりますか？」

「そんなに手間がかからなければ」

「お安い御用です、艦長。すぐにお持ちします」

「まだ勤務中なのが残念だわ」ジュリアが、ふざけて口を尖らした。

ジュリアとモーリスは、だいぶ前からおたがいに格別な好意を抱いていた。高齢のイギリス人のモーリスは、聡明でやさしい祖父のような気遣いをこめて、ジュリアにたいへんな敬意を表していた。ジュリアのほうは、モーリスの旧世界の礼儀作法と最高のプロフェッショナリズムを、このうえなく崇敬していた。モーリスは、年に一度の健康診断を絶対に嫌がらない唯一の乗組員で、最高の体調を維持している——じっさい、モーリスの半分の年齢の乗組員よりもずっといい状態だった。

モーリスがにやりと笑った。「ご心配なく、親愛なるドクター。ドクターの医師免許になんの問題がありましょうや。喜びに満ちた温かい〝ノット・トディー〟(ホット・トディーに似ているが、アルコール抜きの飲み物)をご用意いたします」

51

〈クラウド・フォーチュン〉

　サランは、ブリッジの張り出し甲板に立ち、くすんだオレンジ色の朝日がスレートグレーの東から昇るのを眺めていた。冷たい風が顎鬚のなかを通り、髪をかき乱した。

「朝焼けの空……」サランはささやき、紅茶をまたひと口飲んだ。ハイタワーからの電話は、非常に衝撃的だった。カミティ刑務所で嗅ぎまわっていた男が、ハイタワーが不注意に残していった足跡をたどるはずだという推測は正しかった。警備を強化しろと、そのときにハイタワーに注意した。無能なチュートン人警備主任のクラスナーは、いずれ始末しなければならない。

「ジョン・スタージェスと名乗った男――偽名に決まっている――が工作員で、高度なテクノロジーを有する組織とつながりがあることはまちがいない。間抜けな刑務所長は、スタージェスはアメリカ人だといった。おそらくそうだろう。サランは、暗黒街の人脈の情報ネットワークに、スタージェスの写真を送った。イスラエル人の仲間、ヤコブの息子たちの返信に、特徴がほぼ一致する男がタクシーに乗っている写真が添えられていた。仕事でアシュドドへ行ったアメリカ人だと、タクシーの運転手が説明した。

そのふたつの情報で、スタージェスが何らかの情報資産で、いっしょにいる女もそうだというサランの確信が裏付けられた。

スタージェスが暗殺犯を率いて〈セクメト〉に乗り込まなかったのは、ハイタワーにとって幸運だったが、次回はそうなるかもしれない。〈セクメト〉の秘密USBサムドライブを盗んだのは、プロフェッショナルの標準作戦手順だ。軍用の性能の盗聴器を仕掛けたのもおなじことだ。クラスナーのチームも、盗聴器を見つけて破壊する程度には有能だった。

サランは顎鬚をひっぱりながら考えた。ハイタワーが緊急計画を開始したのは賢明だった。〈セクメト〉は偽の自動船舶識別装置（ＡＩＳ）信号を発信しはじめ、電子的な対監視手段も開始した。スタージェスがよっぽど幸運でないかぎり、〈セクメト〉はエリトリアの海岸線から遠く離れた五〇万平方キロメートルの茫漠とした大海原に隠れていられる。

ハイタワーがスタージェスに追跡装置を仕込んだのも賢明だった。スタージェスの太腿から追跡装置を取り出したあとで、ほとんどおなじ型の追跡装置を埋め込んだ。一時間後までその追跡装置の信号を探知することができず、探知したあとは時速五〇〇キロメートルを超える速度で移動しはじめた理由を、ハイタワーの技術者たちは説明できなかった。

だが、そういったことすべてを、サランは頭のなかで明確に思い描いていた。アメリカ人たちは、〈セクメト〉に接近するのと逃げるのに潜水艇を使ったにちがいない。だから、攻撃の前もあとも、〈セクメト〉のレーダーは付近にいるいかなる船も捕捉していなかったのだ。

そいつらは、ヘリコプターも配置したにちがいない。アメリカ人はハイタワーの最新のゲノム実験の被験者によってかなり叩きのめされていたから、治療のために航空機で搬送する必要があったのだろう。海上で空輸できる航空機は、ヘリコプターだけだ。だから、それだけの速度で移動したのだ。

アメリカ人どもは抜群に優れた作戦を実行したと、サランは結論を下した。腕時計を見た。決定を下す時間だ。

スタージェスが〈クラウド・フォーチュン〉の位置を突きとめることは、ありうるだろうか？　超音速ミサイルを積んでいるのを知っているだろうか？

いや、それはありえない。とにかく、その可能性はかなり低い。こちらの作戦とハイタワーの作戦をじかに結び付けるものは、なにもない。アメリカ人は、イギリスにいる母親が行方不明の息子デューク・マタシーを捜していると主張している。

それも嘘なのだろうか？　いや、嘘をつく理由がない。そうでなかったら、スタージェスと連れの女は、カミティ刑務所でなにを捜していたのか？　それに、マタシーにどうして興味を抱いているのか？　マタシーは下っ端のストリートギャングだった。スタージェスたちにとって、どんな価値があると考えられるのか？

デューク・マタシーを捜している理由がなんであろうと、スタージェスはそれを手がかりにハイタワーを見つけた。だが、ハイタワーの船からこちらがたどられるおそれはない。

　たしかに、マタシーはいま九聖人修道院にいて、つぎの訓練サイクルに没頭している。しかし、マタシーは超音速ミサイル作戦とはなんのつながりもない。したがって、スタージェスがそれを知るはずはない、とサランは結論を下した。

ハイタワーのＩＴ専門家が、〈セクメト〉のメインフレーム・コンピューターの情報は漏れていないと報告していた。もっとも、サランの作戦に関する情報は、そこにはいっさい保存されていない。それも〈クラウド・フォーチュン〉と貴重な積荷は安全だという確証になる。

だが、サランの任務は停止していた。最悪の筋書きを考えると、血圧がすこし高くなった。イエメンでの作戦について、イランのゴドス軍から先へ進めろという連絡がまだ届いていないので、しばらく海上にいるしかない。波の立たない池にいる肥った鴨(かも)になったような気分だった。弾薬をこめたライフルを持った未知のハンターがどこかにいて、こちらを狙っている。

安全策を講じ、〈セクメト〉の緊急計画を信頼すればいいと、サランは考えていた。アメリカ人に作戦のことを知られる可能性はきわめて低いと確信していた。たとえ知られたとしても、アメリカの空母が撃沈される前に彼らがミサイルを発見することは、ほぼ不可能に近い。

だが、サランはこれまで一度も守勢にまわったことはなかった。スタージェスが躍起になってデューク・マタシーを見つけようとしたら、九聖人修道院までずっと追跡するかもしれない——その壊滅的な可能性が、ダモクレスの剣のようにサランの頭の上にぶらさがっていた。

〝大胆（ロダス）、大胆（ロダス）、つねに大胆（トゥジュール・ロダス）〟という座右の銘は、サランの体にある唯一の刺青だった。だめだ、攻勢に転じなければならない。アメリカ人たちを見つけ、彼らの作戦を突きとめ、皆殺しにする。

一時間後、サランはブリッジに駆け込み、「〈フォード〉――現況」とどなりながら、大股でレーダー・ステーションへ行った。レーダー員の席のほうへ身を乗り出し、肩越しにスクリーンを見た。

〈クラウド・フォーチュン〉のＡＩＳ装置は、レーダー員のディスプレイに統合されていた。ＡＩＳを装備した民間船舶はすべて、船名、コールサイン、貨物の種類、目的地、到着予定時刻（ＥＴＡ）などのデータを六分ごとに発信する。

だが、〈フォード〉のような軍艦は、最低限の情報のみを発信する軍艦専用のＷ‐ＡＩＳを使用し、作戦の要件に応じて、情報を変更したり、発信を切ったりする。今回、〈フォード〉のＷ‐ＡＩＳが発信しているのは、通航の多い海上交通路（シーレーン）を航行しているからだった。

「現在も紅海への針路をとり、発射地点からの距離は八〇〇キロメートル」レーダー員が報告した。

「これからは、〈フォード〉の情報を三十分ごとに更新しろ。針路変更があったら、ただちにわたしに知らせろ」

「イエッサー」

「それで、〈ノレゴ・サンライズ〉は？」

「やはり針路変更なしです」

ＧＰＳによる位置情報にくわえて、〈ノレゴ・サンライズ〉は、全長一八〇メートルのばら積み貨物船で、サウジアラビアのジェッダ向けの工作機械と工業装置を積んでいることを報告していた。

「それと、スタージェスは？」ハイタワーが埋め込んだ追跡装置は、発信を停止し、原因は不明だった。

「ターゲット・スタージェスは、いまも乗っていると思われます」

「われわれのヘリコプターは、どれくらい離れている？」

「到着予定時刻（ETA）は二十八分後です」

「了解。なにか変化があれば、ただちに連絡しろ」

「イエッサー」

サランは水密戸に向けて突進し、下の甲板数層を目指した。

スタージェスが、いつまでその船に乗っているか、見当がつかない。〈ノレゴ・サンライズ〉がスタージェスの移動作戦基地であっても意外ではない。そういう船があるという噂が、何年も前から流れている。引退した船乗りや酔っ払いの港湾労働者の空想だとして、サランはつねにそれを否定してきた。どのみちもうすぐ真実がわかる。

サランは、携帯無線機を出し、階段をおりながら第二班を呼び出した。

「ディアロを見つけて、後甲板に連れていけ」

「イエッサー」

「それから、医療キットも持ってこい」

サランは、ディアロと向き合って立ち、まばたきをしない目を覗き込んだ。セネガル人のディアロは、この任務では最年少だが、訓練が行き届いていて、肉体と精神の両方で完璧に条件付けされていた。超音速ミサイルを盗む任務では、期待どおりの働きをした。この若い傭兵は今回の目的にも役立つはずだと、サランは確信していた。

ディアロは、サランに命じられたとおり、はき古したスニーカー、ボクサーショーツ、ぼろぼろのTシャツ、サイズが合っていないオイルで汚れたぼろぼろの救命胴着だけを身につけていた。

筋肉質の体格のディアロは、いつでも数日のばしただけのように見えるまばらな顎鬚を生やしていた。ディアロにとって不運なことに、きちんとした顎鬚ではないことが、きょう割り当てられた仕事には、とくに重要だった。

「説明したとおり、任務のことを理解しているんだな？」

「イエッサー」

「きわめて困難でつらい。それをやる覚悟はあるか？」

「あります。よろこんで、誇りをこめて」

サランは、ディアロの目をじっと見た。ディアロは真実を口にしている。ハイタワーの精神的条件付けが完璧だということが実証された。「すばらしい。わたしの期待を裏切らないようにしろ」

「裏切りません」

サランはすこし下がって、第1海兵歩兵空挺連隊で同志だったナンバー2のムーランのほうを向いた。ムーランは、サランが信頼する幹部すべてとおなじように、指揮下の超人傭兵に後れをとらないために、ハイタワーの肉体的条件付けの一部を受けていた。だが、精神的条件付けは、いっさい受けていない。サランは、ハイタワーを信用しておらず、自分への忠誠心を打ち砕くようなプログラミングを植え付けるのではないかと疑っていた。

サランは必要な装備をすべて集めていて、説明を受けたムーランが準備を整えていた。サランはムーランにうなずいてみせ、作業を進めるよう促した。

元戦闘衛生兵のムーランが、薬瓶と注射器を出して、適切な量の薬物を注射器で吸いあげた。ディアロの肘の内側をアルコールで消毒して、太い血管が浮き出るようにさすってから、薬を注射した。

たちまちディアロの眼球が裏返り、脚の力がぬけた。サランとムーランは、ディアロが甲板に倒れるのをほうっておいた。鋼鉄の甲板にぶつかったディアロの頭の皮膚が切れて出血し、大きなみみず腫れができた。それが狙いどおりの結果だった。ムーランが医療キットからさらに二本の薬瓶を出して、注射器二本でそれぞれの中身を吸いあげた。

サランは、小さなプロパンタンクのほうへ行き、火炎放射器を取り付けた。無線からレーダー員の声が聞こえた。

「ヘリコプターは六分後に到着します」

「用意はできていると伝えてくれ」

ムーランが、ディアロの腕に二本目の注射器の針を刺した。「利尿剤とコーチソン」注射器の中身をすべて注入しながら説明した。数分以内に、ディアロは脱水を起こすはずだった。

ムーランが、三本目の薬瓶の薬物をおなじように注射した。「痛みどめに」

「当然だな。おれたちはケダモノではない」サランがいった。さらに重要なのは、ディアロが痛みのために強制的な眠りから醒めないことだった。

注射を終えたムーランが、うつぶせになっているディアロから離れた。

サランはプロパンタンクのバルブをあけ、溶接トーチの点火ボタンを押した。青い炎が灯った。サランはタンクとトーチを持って、ディアロの身動きしていない体に近づいた。

遠くからヘリコプターのブレードの轟きが聞こえた。時間がない。サランがトーチの引き金を引くと、筒先から炎が轟然と噴き出した。サランはディアロの体の左側を炎でなぞり、火ぶくれができて血が出るまで焼いた。やがて、キャンプファイアで焼き過ぎたウインナソーセージのように皮膚が黒ずんで裂けた。

ディアロの下着に火がついた。サランは引き金から手を離し、ムーランがしゃがんで火を消せるように、うしろに下がった。ディアロの体にもっと火傷を負わせようかとサランは思ったが、これだけ焼けばじゅうぶんだった。意識があれば、受けた精神的訓練によって、ディアロは痛みへの反応を克服できるはずだが、やりすぎても益はない。火傷がひどすぎると、役目を果たす前に死ぬおそれがある。ディアロの体は、すでにショック状態に陥っていた。ムーランの最初の注射は、ディアロをずっと昏睡状態にするためのものだった。情けをかけたわけではなく、作戦の秘密保全を維持するためだ。

ヘリコプターが頭上で爆音を響かせ、救難用懸吊具がおろされた。ムーランとサランは、ローターの風に叩かれながら、ディアロのぐったりした体を懸吊具に載せて、吊りあげるようヘリコプターの乗員に合図した。ほどなくヘリコプターは、意識のないセネガル人傭兵をしっかり吊りあげて、目的の場所へ飛んでいった。ディアロが目を醒ますことはないはずだった。

52

カブリーヨは、〝カーク船長の椅子〟で心地悪そうに体を動かした。ジュリアに麻酔剤を注射してもらったにもかかわらず、肋骨が断続的に激痛を発した。痣（あざ）を隠し、できるだけ体が楽なように、大好きな出っ歯のビーバーのマスコットをあしらっているカリフォルニア工科大学（カルテック）のオレンジ色と黒のスウェットシャツと揃いのジョギングパンツを着て、クッションが柔らかい〈サッカニー〉のランニングシューズをはき、〈レイバン〉のサングラスをかけていた。

「まだ〈セクメト〉のいる気配はないのか？」

リンダ・ロスが、レーダー・ステーションに詰めていた。「ないの、会長。ぜんぜん」

カブリーヨは信じられなかった。もう発見できているはずだと思った。〈セクメト〉に乗っていたときに、針路と速力を航法ディスプレイで見ている。病院船を装っている海の実験室は、エリトリアのマッサワ港を目指しているはずだった。

だが、〈ゲイター〉からオレゴン号まで医療後送（MEDAVAC）されるときに、〈セクメト〉を捜索して見つけた興味をそそられる情報を、マクドが報告した。

「閉まっているドアの向こうで、技術者ふたりがしゃべってるのを小耳に挟んだんだけど、ひとりがかなりちゃんとした英語で、〝この操り人形（マペット）どもを九聖人（ナイン・セインツ）に早く連れていきたい〟っていってたっす」

「マペットというのは、ハイタワーに条件付けされた男たちのことだろうな」ＡＷのエンジンの爆音と自分の目がくらみそうな頭痛のなかで、カブリーヨはいった。「しかし、九聖人（ナイン・セインツ）とはなんだろう？　地名か？　施設か？」

「からきしわかんないっす」

オレゴン号に着船してカブリーヨといっしょに収容される前に、マクドがその情報を伝えた。エリックとマーフィーが、魔法のような調査能力を発揮して、カブリーヨがＭＲＩ検査を受ける直前に、すべての点と点を結び付けた。ジュリアの反対を押し切って、カブリーヨはＭＲＩの台に横になったまま、内線電話で短い会議をひらいた。

「九聖人は、アフリカ最古の修道院のひとつです。マッサワの南西、約一三〇海里のところにあります」マーフィーがまじめに報告した。

エリックがつけくわえた。「〈セクメト〉はマッサワに入港して、人間の貨物を陸路か空路で運ぶのだと考えてます。大昔の修道院の廃墟みたいですよ」

「ハイタワーは、どうしてサイボーグたちをそこへ輸送するんだろう？」カブリーヨはきいた。

「いまは四年以上前の衛星情報しか情報源がないんです。すごい僻地のすごく辺鄙な場所です。九三年にいまのエリトリア政府が権力を握ったときに、修道院を閉鎖しました。われわれの情報コミュニティは、現地にほとんど資産がない——」

「——でも、おれたちは国家偵察局のデータバンクを裏口から調べてます」マーフィーが遮った。「NROにはもっと新しいのがあるでしょう。九聖人は見かけとはぜんぜんちがうものだと、おれは推測してます」

だが、いまのところ、ふたりもまだなにも見つけていない。その貧しい独裁者の国の茫漠としたなにもない地域を監視しているNRO衛星はない。しかし、キーホール11〝クリスタル〟衛星一基が、三時間以内にその地域の上空を通過する予定だった。

その修道院に目をつけたのはまちがいかもしれないが、マッサワの港はいまも確実な手がかりだった。カブリーヨは、調査をやっていないときにはオレゴン号の航海長兼操舵手を務めるエリックに、〈セクメト〉の足跡が見つかることを願って、マッサワに針路をとるよう命じていた。マーク・マーフィーは、いつもの兵装ステーションに陣取っていた。

だが、オレゴン号は軍仕様のレーダーで〈セクメト〉を探知できないだけではなく、付近の水域でその船の衛星航法画像を捉えることもできず、ＡＩＳ発信も受信していなかった。〈セクメト〉は完全に姿を消していた。

いまもエリトリアを目指しているのか？

「入室を許可してくれる？」サライが、オプ・センターの戸口からいった。

カブリーヨは椅子をまわした。「もちろん。許可はいらない」

サライがはいってきたが、カブリーヨに近づいて、頭や顔の痣を見ると、笑みが消えた。

「痛そうね」

「豹(ひょう)みたいに斑(まだら)になった。でも、元気だ。なにか用事かな？」

「〈セクメト〉で囚人を見たと聞いたの。アシェルは見なかったんでしょう？」

「囚人だったのかどうか、わかっていない」カブリーヨはいった。どこまで話をしていいのか、見当がつかなかった。アシェルについて報告できるようなことはなにもないが、いろいろな可能性を話したら、サライは怯えるかもしれない。だが、サライは大人だし、自分は保護者ではないのだ。

「わたしが出遭った男たちの何人かは、肉体と精神の条件付けを受けていた――ゲノム操作で体と思考を変える手順だ」

サライが身をこわばらせるのがわかった。

「しかし、アシェルは見なかった。もう乗っていないと、ハイタワーはいっていた」

「死んだということ？」

「条件付けされたのだとしたら、船からおろされた可能性のほうが高い」

「どこへ連れていかれると思う？」

「〈セクメト〉はエリトリアに向けて針路をとっていた。もっと詳しくいうと、マッサワ港に。しかし、ハイタワーは実験対象の人間を、内陸部の九聖人という場所に運ぼうとしていると、わたしたちは考えている」

「なんの目的で？」

「わかっていない」

「それで、アシェルがそこにいるかもしれないと思っているのね？」

「それが精いっぱいの推測だが、これから確認しなければならない。それまで、マッサワに向かう」

カブリーヨは、マッサワへの針路を維持すると決めていた。たとえ〈セクメト〉がそこを目指していなくても、九聖人での活動について――そこがなんであろうと――手がかりが得られるかもしれない。

「失礼ですが、会長。ある理論について調べてたんです」マーフィーがいった。

カブリーヨは、兵装ステーションのほうを向いた。「いって(シュート)みろ。だじゃれじゃないぞ」

「〈セクメト〉作戦後の会長の事後報告を読んだんです。会長が戦った相手は、刑務所の刺青から判断して、セルビアのマフィアらしいっていうことでしたね」

「ああ」

「アシェル・マッサラが刑務所にいたことがわかってるし、〈セクメト〉がゲノム操作を行なってることもわかってます」

「重要な話になるような気がしてきた」カブリーヨがいった。

「こういうことすべてがどう結び付くのか、知恵を絞ってたんです――形態は機能に従うっていうでしょう？　ハイタワーは、ゲノム実験のおもな被験者に、囚人を使ってるのかもしれない」

「どんな理由で?」リンダがきいた。

「簡単さ。囚人は見捨てられた人間だから」エリックがいった。「いなくなっても、だれも悲しがらない」サライとその弟のことを思いついて、急に顔を真っ赤にした。

エリックはサライのほうを向いた。「ごめんなさい」

「馬鹿」マーフィーが、友人のエリックに向けてささやいた。

「気にしないで」サライがいった。「そのとおりよ。おおざっぱないいかたをすれば、囚人はほとんど社会ののけ者で、刑務所にはいる前にそうでなくても、刑務所にいたらそうなる」

「ちがう。みんなおれがいう要点がわかってない」マーフィーがいった。

「要点とはなんだ、砲雷（ウェップス）?」カブリーヨはきいた。オレゴン号の多種多様な兵器を支配している砲雷長を、カブリーヨはそう呼んでいる。

「ディルレヴァンガー旅団を憶えてますか?」

カブリーヨの両眉が、サングラスのレンズの上まで持ちあがった。レンズの色がそんなに濃くなかったら、カブリーヨが目を白黒させていたのが全員に見えたはずだった。カブリーヨはよく憶えていた。

「第二次世界大戦中、ディルレヴァンガーという狂信的な男が、ナチの武装親衛隊内でもっとも残虐な部隊を編成した。徴募されたのは大部分が犯罪者だった——犯罪者としても常軌を逸している人間がいた。そいつらは、黒い狩人と自称していた。非武装の一般市民に悪辣な残虐行為を働き、何千人も殺した」

マーフィーがうなずいた。「あまりにも堕落していたので、武装親衛隊のなかでも、解隊を求める人間がいた。ヒトラーやナチ上層部の人間は、役に立つと見なした。現代史で最悪の戦争でもっとも忌まわしい一幕だった」

「それで、ハイタワーが〝黒い狩人〟部隊を築こうとしているというのが、きみの意見なのか？　もとから暴力的な傾向がある囚人を見つけて、ゲノムを書き換えようとしていると？　理由は？」

「ハイタワーが黒幕だという確信はありません。ハイタワーは熱烈な超人間主義者だと、会長はいいましたよね。たしかに、この連中は正気じゃないけど、戦闘行為に熱中してるわけじゃない。ハイタワーはだれかべつの人間の道具にすぎないと思います。彼女はフランケンシュタイン博士だけど、ディルレヴァンガーじゃない。意味はわかりますよね？」

突然、警報が鳴った。ハリ・カシムが叫んだ。

「会長、たったいま遭難信号を受信しました。だれかが助けを求めてます」

53

オレゴン号の電子システムが救難信号を探知したとたんに、高性能のデジタル望遠カメラがたちまち三角測量で位置を標定し、ターゲットを拡大した。壁一面を占めている大きさの液晶モニターに、その画像が映し出された。

オレンジ色の救命胴着をつけているひとりの船乗りの姿に、オプ・センターの全員がはっきりと反応した。その男は意識を失っているようだった――死んでいる可能性も高い。救命胴着で明滅している装置が自動的に救難信号を発信し、その音がオレゴン号の頭上のスピーカーから聞こえた。

「ハリ、警報を切れ。砲雷（ウエップス）、鳥を送れ」

「アイ、会長」

マーフィーがコンピューターのスクリーンのバーチャルトグルを押した。

全員が反射的に左舷の壁のモニターに目を向けた。発射管はそちら側にある。一秒後、発射管がドンという音を発し、飛翔体を撃ち出した。

飛翔体は高度三〇〇フィートに達すると、速度を落として、推進力なしで降下を開始した。突然、人工の羽根に覆われた翼が、ぱっとひらいた。全幅一五〇センチまで翼がめいっぱいひらくと、カモメ型ドローンの胴体と尾部が見えた。すぐさま羽ばたきがはじまり、自然界の鳥の飛行が完璧に再現された。最高の生物模倣工学（バイオミミクリー）のすばらしい実例だった。三〇〇メートル以上離れていたら、自然界のほんもののカモメが飛んでいるように見えるはずで、ハイテクの仕組みだと見抜くのは不可能だった。

マーフィーが、前方の壁のメインスクリーンに、小さなスクリーンを呼び出した。それに鳥瞰図と照準目盛りが表示されると、マーフィーは照準目盛りを海に浮かんでいる男に合わせた。すぐにカモメ型ドローンがその真上を旋回し、搭載しているカメラが、半分焼けただれている男の体を拡大した。

「生きているの？」サライがきいた。

「なんともいえない。砲雷（ウェップス）、もっと近づけろ」

「おれはゴメス・アダムズじゃないけど、やってみます」

カブリーヨは、マーフィーの謙遜を軽く斥（しりぞ）けた。砲雷長のマーフィーは、世界一流のゲーマーで、なにかに取り憑かれている強迫衝動的なコガネグモのような繊細な運動能力で指を動かす。期待にたがわず、真上から船乗りを捉えていたカメラが、油で汚れた救命胴着と、半分焼け焦げている男の顔の上で停止し、スクリーンにその画像が表示された。カモメ型ドローンには三軸ジャイロや加速度計のような安定装置が内蔵されているとはいえ、画像は波の動きと一致して揺れていた。男の半開きの口は、浅い息をふるえる唇から吸い込んでいるように見えた。

「ハックス、これを見ているか？」カブリーヨはきいた。すべての部署にモニターがある。手術中でないかぎり、できるだけ早く対応できるように、ジュリア・ハックスリーは、オプ・センターのすべての動きをつねに追っている。

「生きているのはたしかだけど、重傷を負っている」ジュリアがいった。「脱水症、おそらく失血、それにショック。いま助けないと、生き延びられないでしょうね」

カブリーヨは、葛藤に襲われて眉をひそめた。ハイタワーの作戦と、彼女をコントロールしている可能性がある調教師（ハンドラー）について、マーフィーがあらたに気味の悪いことを暴いたいま、カブリーヨはなおのこと〈セクメト〉を追わなければならないと決意していた。それに、アシェル・マッサラのために、万全の状態でエリトリアまで行く必要がある。アシェルがその社会主義者の地獄の穴にいるとしたら、おなじ作戦に関わっていることはまちがいないし、どこまで条件付けされているかわからない。さらに悪いことに、アシェルを捕らえている連中は、シン・ベトの工作員だというのを見破ったかもしれない。時間がカブリーヨたちの敵だった。

だが、カブリーヨの倫理の規範と海の掟は、遭難した船乗りや船に支援の手を差しのべることを求めている。重傷を負い、意識を失って、広大な大海原に独りぼっちで浮かんでいる男を、オプ・センターの全員が注視していた。見るからに無力な状態で、どんな船乗りにとっても最悪の悪夢だった。

「操舵（ヘルム）、針路を定めろ」

「アイ、会長」リンダがいった。カブリーヨが指示する前に、すでに転舵していた。カブリーヨが人間の命を重んじることを知っているからだ。

カブリーヨは、椅子の通信ボタンを押した。「エディー・セン、レイヴン・マロイ、ただちに艇庫へ行ってくれ」

艇庫の扉が巻きあげられ、膨張式硬式船体艇（RHIB）が、テフロンコーティングの斜路から発進し、水音をたてて水面を叩く前に、船外機が轟然と始動した。

オレゴン号の陸上作戦部長のエディー・センが、手掛けを握って艇首に座っていた。筋肉質で痩身の中国系アメリカ人のエディーは、カブリーヨとおなじように元ＣＩＡ

工作員で、〈コーポレーション〉に参加する前は、中国の竹のカーテンの奥で潜入工作員として危険な数年を過ごしていた。

レイヴン・マロイは制御装置の前に立ち、RHIBを操縦していた。ネイティブアメリカン美女のレイヴンは、ガンドッグズのチームでは新人だが、いくつもの作戦ですでに力量を実証していた。救難任務なので、エディーもレイヴンも武器を携帯していない。

レイヴンがスロットルを強く押し、ヤマハの船外機の回転をレッドゾーンまであげた。遭難した船乗りがどれほど前から海に漂っていたのか、どれほど死に近づいているのか、見当がつかない。舷側がゴムのRHIBは、雄鶏の尾の形の水飛沫をあげ、グラスファイバーのV形船体で三角波の立つアラビア海の水面を切り裂きながら、すさまじい速度で海を横切った。

養父母が職業軍人だったレイヴンは、陸軍士官学校を卒業し、憲兵隊の捜査員として表彰を受けている。アフガニスタンに二年間出征したあと、陸軍を辞めて、美術商の警備員の仕事をしていたときに、ファン・カブリーヨと出遭った。それまでは、自分が傭兵組織の一員になるとは、想像もしていなかった。レイヴンはいまでは訓練と経験が豊富な特殊作戦の戦闘員で、優秀な舟艇操縦士でもある。

レイヴンは小さなＲＨＩＢを巧みに操り、航跡が収まるようにスロットルを絞りながら、溺れかけている船乗りのすぐ近くまで進めた。エディーとレイヴンは舷側の上に身を乗り出し、怪我をしている船乗りを慎重に海から引きあげて、甲板に横たえた。レイヴンがまたスロットルを押し、エンジンがふたたび轟然とうなった。

がっしりした体格のオレゴン号の甲板員が、艇庫の扉の近くで危なっかしくバランスをとりながら、意識が朦朧としている船乗りをＲＨＩＢからそっと持ちあげて、べつの乗組員ふたりが担いでいた担架に載せた。

ジュリア・ハックスリーの医師助手エイミー・フォレスターが、船乗りの救命胴着をはずし、ジュリアが点滴のカニューレを用意した。汚い救命胴着をフォレスターが甲板にほうり投げ、点滴液のバッグを掲げると、男の火傷を負っていない手の甲のもっとも太い血管に、ジュリアが手際よく針を刺した。もうひとりの医師助手が、ぼろぼろのスニーカーを脱がせ、水浸しの体を温めるために毛布で覆った。

ジュリアが〈テガダーム〉フィルムドレッシングで針を固定してから指示した。

「医務室へ、緊急」担架を持っているふたりが、弱っている患者を載せたまま駆け出し、フォレスターがその横を小走りについていった。

「いい仕事をしてくれたわね」ＲＨＩＢの引き揚げチェーンを取り付けていたエディーとレイヴンに、ジュリアが肩越しにいった。

これから、瀕死の患者の世話をしなければならない。

カブリーヨは、オプ・センターでカーク船長の椅子に座っていた。ＲＨＩＢが艇庫から発進したときから、ジュリアが〝緊急〟と叫んだときまで、救出活動をすべて、大型液晶モニターで見守っていた。オレゴン号のカメラが、逐一その画像を送ってきた。その船乗りが生き延びられるかどうか、まったくわからなかったが、ジュリア・ハックスリーに頼るしかないことはわかっていた。ジュリアは、長年にわたって何人もの命を救い、さらに多くのひとびとの怪我や負傷を手当てしてきただけではなく、カブリーヨが片脚を失う重傷を切り抜けるのを手伝い、その後のリハビリテーションにも手を貸した。ジュリアを手放すとは、海軍はなんと愚かなのだろうと、カブリーヨはいつも思うが、そのあやまちを利用しているのはありがたいことだった。

「ハリ、〝スニファー〟からなにか情報はあるか？」カブリーヨがいう嗅覚性探知機（スニファー）とは、緊急無線送信も含めてあらゆる型式の民間と軍の電気通信を自動的にモニターする、オレゴン号の監視機器のことだ。オレゴン号のクレイ・スーパーコンピューターが、二分の一秒ごとに数千種類の周波数を調べ、大気中から数十億のデータを収集する。スニファーのニューラルネットワーク言語翻訳プログラムは、ハリのように多言語を操ることができない人間でも、外国語を話す人間とリアルタイムで筆談できるようにしてくれる。

オレゴン号通信長のハリは、ヘッドホンを頭からはずして首にかけ、もじゃもじゃの黒いくせ毛がいっそう乱れた。

「まだなにもないです。SOSも、政府の警報も、通航する船からの目撃情報もない。船が沈没したのだとしても、だれもそのことを知らないようです」

「意外じゃない」マーフィーが椅子をまわしていった。「この地域で漁をしてるトロール船は、沿岸警備隊の許可を得てないし、たいがい不法操業だ」

「ひどい火災か、とてつもない爆発があったはずだ」マックスがいった。「哀れなやつの火傷から判断して」

「生存者はあの男だけなのかしら?」リンダがきいた。

「そのようだ」カブリーヨは、鋭い目つきでいった。ハリのほうを向いた。「ひきつづき耳を澄ましていてくれ。なにかが起きたときのために」

「アイ、会長」

「ゴメスにＡＷで区域捜索をやらせるか？」マックスがきいた。

厳しい決断だった。区域捜索をやると貴重な時間をとられるし、アシェルにはもう時間がないかもしれない。だが、ほかに生存者がいる可能性は、無視できなかった。

「ゴメスには待機してもらう」カブリーヨはいった。「ハリ、近くの関係機関に連絡してくれ。大きさも乗組員の数もわからない船が沈没した可能性があり、生存者が漂流しているかもしれないと伝えてくれ。われわれの身許は明かすな──厄介なことを抱え込みたくない。送信がたどられないようにしろ」

ハリが、ヘッドホンをかけた。「わかりました」

レイヴンとエディーは、甲板員ふたりがＲＨＩＢを架台に固定するのを手伝ってから、ウェットスーツから着替えるために、ロッカールームへ行った。整備作業のために甲板員ひとりが呼ばれて、艇庫を離れ、残ったひとりが錆を起こしやすい海水を洗い流すために、ＲＨＩＢにホースで水をかけた。

怪我をしている船乗りを医務室に運び、海上輸送用にＲＨＩＢを固定する作業にだれもが追われていたので、艇庫の閉まっている扉の向こう側の暗がりに捨てられた救命胴着を片付けることを、だれも思いつかなかった。

救命胴着の膨らんだ大きな襟の下から、ありふれた蠅が一匹出てきた。豪華な御馳走を前にしている腹を空かした美食家のように、蠅が前肢をすり合わせ、複眼レンズを光に合わせて調整した。二匹目と三匹目が出てきて、合計十二匹が作動した。すべて一匹目とおなじように機械的な動きをした。

まもなく十二匹が飛びはじめて、蠅にしては不自然な速さで、それぞれの目当ての方角へ向かった。七十分を超えたところで、ミニチュア・リチウム電池が完全に消耗し、十二匹すべてが死んだが、任務は完了していた。

54

〈クラウド・フォーチュン〉

ジャン・ポール・サランは、一分ごとに目を丸くしていた。サランは、ドローン蠅の暗号化されたマイクロバースト送信をＡＩベースの動画ソフトウェア・プログラムが編集して作成した〈ノレゴ・サンライズ〉の３Ｄ船内図を見ているところだった。

３Ｄ画像は、〈ノレゴ・サンライズ〉のほぼ完璧な予想図だった。完璧でないのは、ドローン蠅一匹が、ブンブンうなりながら船室にはいったときに、本物の蠅だと思った女性乗組員に寝室のスリッパで叩き潰されたからだった。

サランのドローン蠅は、３Ｄ船内図のほかに、写真千枚を撮影していた。サランのソフトウェアが、それを船内図に対応する映画のようなものにまとめていた。サランは、信じがたい物事を目にしていた。〈ノレゴ・サンライズ〉は、とてつもなく高度な装備の船だった。

機関室がことにすばらしかった。サランは造船技師ではないが、磁気流体力学推進装置のことは、資料で読んで知っていた。〈ノレゴ・サンライズ〉は、それを装備しているようだった。定評のあるさまざま技術誌によれば、まだ実用化に成功していないという。〈ノレゴ・サンライズ〉は、それがまちがいであることを、明らかに実証している。

だが、サランがもっとも驚愕したのは、ドローン蠅が発見したとてつもない対照(コントラスト)だった。上甲板は錆びてボロボロになっていた。上部構造のブリッジは腐食がひどく、手入れされておらず、ほとんど放置されていた。

しかし、下の甲板の奥には五つ星のホテルなみの乗組員居住区があり、最高級の趣味がいいアート作品が共用区画に、クルーズ船にあるようなリクリエーション施設がその手前にあった。詳細を知らなかったら、豪華客船にちがいないと判断していただろう。

サランのドローン蠅は、ムーンプールと潜水艇二隻、その他の舟艇、最新鋭のティルトローター機、積まれた魚雷、対艦ミサイルの木箱も発見していた。この貨物船は、第一次世界大戦の超弩級(どきゅう)戦艦なみに重武装しているようだった。

装備室、射場のレーンの数、そのほかの副次的な指標から判断して、この謎の船には最低でも六人、ひょっとすると十人、専門の戦闘員が乗っていると、サランは推定した。各種の舟艇を操縦し、兵装システムを展開するには、もっと多くの支援要員が必要だし、運用し維持するための乗組員もいなければならない。

しかし、サランがもっとも感銘を受けたのは、ブルーライトに照らされた指揮所の驚異的なテクノロジー、とりわけ兵装ステーションが駆使する装備だった。〈ノレゴ・サンライズ〉は、一二〇ミリ砲とカシュタン三〇ミリ・ガットリング機関砲戦闘モジュールにくわえ、レーザー兵器まで備えているようだった。

まるでＳＦ小説に登場するような船だと、サランは心のなかでつぶやいた。くそ（メルド）。まったく異なる表裏をこれだけ膨大に詰め込んだ船は、一度も見たことがない。サランの意識は浮遊し、さまざまな可能性を思い浮かべた。

こういったことと、そのほかに判明した事柄は、〈ノレゴ・サンライズ〉がアメリカ政府のきわめて先進的な船ではないかというサランの疑惑をいっそう強めた。ＣＩＡかそのほかの情報機関がハイタワーの組織を嗅ぎまわっているおそれがあると、サランは確信した。〈ノレゴ・サンライズ〉のずば抜けた戦闘能力が判明したことで、これまでの計算に狂いが生じた。前は下っ端の捜査員ふたりに対処すればいいだけだと思っていた。サランはいま、スタージェスとその途方もない船が、自分を滅ぼすのにじゅうぶんな資源を備えているのではないかと恐れていた。

　サランはまず、任務を中止して、この地域から脱出したいという衝動にかられた。ハイタワーはいまのところ〈ノレゴ・サンライズ〉には発見されておらず、一分ごとに距離をひろげている。当面、危険地帯から遠ざかっているはずだ。だが、〈ノレゴ・サンライズ〉のテクノロジーの能力を思うと、敵を見くびっていたことが痛烈なまでにはっきりした。スタージェスが、ちょっとしたきっかけから偶然にこちらに注意を向けるかもしれない。ひょっとすると、〈クラウド・フォーチュン〉を危険にさらすようななにかを、スタージェスは〈セクメト〉で発見していたかもしれない。

　だが、サランは戦いから逃げたことは、これまで一度もなかった。戦場で待ち伏せ攻撃されたときも、敵の砲火に向けて前進することで、攻撃側の優位をひっくりかえした。それによって、かならず奇襲を打ち破ることができた。

　攻撃する潮時だ。

　そのとき、突然気づいた。チームで不意打ちの強襲をたくみに実行すれば、スタージェスと乗組員を皆殺しにできることはまちがいない。しかも、それによってもっと貴重な賞品――〈ノレゴ・サンライズ〉そのもの――が得られる。人殺しの軍事指導者の手の届かない妻に欲情する女たらしのように、サランはその船がほしくてたまらなくなった。

超音速ミサイルを予定の時間までに配置して発射するのが、サランの最優先事項だったが、〈ノレゴ・サンライズ〉を鹵獲(ろかく)し、スタージェスや追跡してくる人間をすべて殺す方法を見つけなければならない。

サランは3D船内図に目を戻した。すでに計画が頭のなかで固まっていた。あとは、〈ノレゴ・サンライズ〉をおびき出して罠にかける手立てを考えればいいだけだ。

古代のイヌイットたちが悪賢い北極の狼を狩る方法を、どこかで読んだことがあった。狩人は剃刀のように切れ味のいいナイフをアザラシの血を入れた鍋に何度もひたし、アイスキャンディのような氷の厚い層をこしらえる。そのナイフの柄を地面に埋め込み、その場を離れる。飢えた狼が思いがけない御馳走に出遭って、おぞましいアイスキャンディをがつがつと舐めはじめると、熱い舌によって凍った血が解ける。舐めているあいだ、凍っていた血によって舌の感覚がなくなることに、狼は気づかない。切れ味のいいナイフに達したとき、舐めるたびに舌の上側に深い切り傷ができる。熱い血を味わった狼は、舐めるたびに出血が早まるのにも気づかず、むさぼるように舐める。飢えた狼は、失血死するまで氷を舐めつづける。

おまえは悪賢い狼だ、ミスター・スタージェス、サランは心のなかでつぶやいた。
だが、おれはもっと賢いイヌイットだ。

55

オレゴン号

カブリーヨは、大股でジュリアの医務室にはいっていった。

「精いっぱい急いで来たんだ。なにが起きた？」

「ついてきて」

ジュリアは、カブリーヨをカーテンの奥の緊急治療室へ連れていった。ジュリアが薄いカーテンを引いて、ベッドのほうへうなずいてみせた。死体にシーツがかけてあった。

「いつこうなった？」

「死亡時刻（TOD）は十一分前」

「死因は？」

「第三度熱傷で死んだといいたいところ。明らかにショック状態だった。皮膚が冷たく、爪の下が青いのが、まさにその症状だった。でも、それは冷たい水に浸かっていても起きる。わたしたちは火傷を手当てして、できるだけ大量の点滴を行なった。毛布で温めた。でも、それではじゅうぶんではなかったみたい」

「〝いいたいところ〟といったね。ほかになにを考えているんだ?」

「まあ、知っていると思うけど、ショックだけで死ぬこともある。この男が負っていたようなひどい外傷はショックを引き起こすし、ショックは血流をとめて、臓器に酸素がまわらなくなる。そして最後には死ぬ。嘔吐(おうと)も引き起こす」

死んだ男の胃から吐き出された物の悪臭を嗅いで、カブリーヨは顔をしかめた。

「ああ、においでわかる」

「でも、嘔吐の原因はいろいろある」

ジュリアは、死んだ男の顔だけが見えるようにシーツをはぐった。苦痛にゆがみ、片方の目をかっと見ひらいていたが、反対の目はまぶたが閉じていた。

「運ばれてきたときは意識不明で、ずっとそのままだったけど、急に発作を起こして、嘔吐するくらいに目を醒ました。それから叫び、仰向けに倒れて死んだ。緊急カートを持ってこさせたけど、間に合わなかった」

「きみの精いっぱいの推測は？」

「脳動脈瘤ができていたとしても不思議ではない」

「その原因は？」

「たいがい高血圧と動脈血栓が主因よ。でも、この船乗りは健康な男性で体調もよさそうだった。遺伝性だとも考えられる。もっとも考えられるのは、生きたまま焼かれた心的外傷が原因だということよ。いますぐにＣＡＴスキャンをやらないとわからない。でも、それはもうどうでもいいことよ」

「身許がわかるようなものは？」

「なにもない」

「刺青は？」

ジュリアは首をふった。「それはもう考えた。服にも外見にも、ギャングか受刑者だったことを示すようなものはなかった。たぶんただの船乗りよ──漁民か甲板員のような。ただ運が悪かっただけでしょう」

「アマゾンで出会った凶漢どもとは似ていないということか？」

「怪我していても肉体的に健康だとわかったということよ。だけど、船に乗っていたら、当然そうでしょう。それに、あの連中みたいな異様な外見じゃなかった」

「頼みがあるんだ。血液と組織のサンプルを採取して、研究室で調べてくれないか。アマゾンの凶漢どものサンプルでは、テストステロンの値が異常に高かった。調べて、おなじアンドロイド・クラブに属していないかどうか確認してほしい」

「もうサンプルは採取した。遅くともあすの朝までに結果が出るわ」

「きみもそこまで怪しく思っていたとは知らなかった」

「犯罪ドキュメンタリーの見過ぎね」

「まあ、わたしたちは何事も徹底的にやる主義だからね。マーフィーとエリックのために、指紋を採取して、顔写真を撮ってくれ。データベースと照合させる。とにかく、当局に伝えられる情報にはなる。海で行方不明になったただの船乗りなら、家族が捜しているにちがいない」

「死体はどうすればいい？」

カブリーヨは、考えながら頬を掻いた。狭い霊安室に保管することはできる。この船を建造するときに、ジュリアが要求した設備でもあった。だが、冷凍庫のようなクロゼットでしかない。

その肉の倉庫のようなところにしまったとして、いつまで保管できるのか？　だれもひきとりにこなかったら、死体をどう処分するのか？　港でおろすのか？　そのあと死体はどうなる？

「研究室の結果が出るまで、氷詰めにしておこう。ほんものの船乗りだったら、それにふさわしい敬意を払って水葬にする」

「マックスに頼んでそうするわ」

「だが、こいつがハイタワーの凶漢のひとりだとわかったら、バケツいっぱいの撒き餌みたいに手摺から投げ落とすと、マックスに伝えてくれ」

56

「会長、信号を探知しました」ハリ・カシムがいった。「九聖人の付近から発信されています」

カブリーヨは、カーク船長の椅子でぎこちなく体を動かした。サライがそばに立っていた。

「スニファーはなんていっているんだ?」カブリーヨはきいた。

「軍仕様レベルの暗号化。解読するのに、すこし時間がかかりますよ」

「NROの衛星画像にアクセスできたか?」カブリーヨはきいた。ドローンを飛ばすにはまだ距離が遠いし、ゴメスとティルトローター機がエリトリアの領空を侵犯する危険は冒したくなかった。

「アイ、会長」エリック・ストーンがいった。「まもなく衛星が上空を通過します。生ストリーミングを開始します」

「砲雷(ウエップス)、前方モニターにそれを表示してくれ」

「了解」マーフィーがいった。コンピューターのスクリーンのバーチャルトグルをいくつか叩いた。月の表面のようなエリトリアの平地の衛星生画像が、かなりの速さでモニターを流れた。時速二万三〇〇〇キロメートルを超える速度で移動するKH‐11スパイ衛星が送ってくる画像を、きわめて先進的な技術で処理したものだった。再建されたとおぼしい九聖人修道院にくわえて、かすかな線が縦横に走っているのが見えた。衛星は秒速約六・四キロメートルで移動しているので、その地域を一瞬で通過してしまう。

「使える通過が、九十分後にあります」エリックがいった。「三度目もその九十分後。そのあとは二十四時間、使えません」

「砲雷(ウエップス)、それを反復動画にしてくれないか？」

「お安い御用です」マーフィーがまたキーを叩き、何度もくりかえし再生される二十七秒のビデオクリップに変えた。そして、動画をスクリーン上で拡大してから、再生ボタンを押した。

カブリーヨとサライは、前方モニターに近づいて、そのすぐそばに立った。

「動画を停止してくれ……いまだ」修道院が映像の中心に来たときに、カブリーヨは命じた。

ビデオクリップが、ひとつの画像のところで停止した。大型の8Kスクリーンは解像度が高く鮮明で、目の前にあるものを見ているようだった。カブリーヨは、修道院の周囲の特異な部分二カ所を指差した。

「わたしの見まちがいでなければ、これはタイヤの跡じゃないか？」カブリーヨは、べつの場所にも指を突きつけた。「それに、これは足跡の可能性がある」

エリックが立ちあがって、〈ワービー・パーカー〉の眼鏡越しに目を凝らした。「ああ、そうだと思います」モニターのほうへ行って、カブリーヨの横に立った。リンダとハリも、そばに行った。

ハリが、液晶スクリーンに指を置いた。「これが見えますか？　テントの輪郭だと思います――下にあるものを隠すために、ほとんど完璧に偽装（カモフラージュ）している。それに、この線はテントを固定しているロープかもしれない。ものすごく見つけづらい」

「かなり技倆が高い人間がいる」元海軍情報将校の経験から、リンダがいった。「ハリがいうテントが、ほかにもいくつか見える」

「なにを探してるんだ？」すばやく洗面所へ行って戻ってきたマックスがいった。全体を見るために、カーク船長の椅子のそばに立っていた。

「それを突きとめようとしているところだ」カブリーヨはいった。「これまでに見つけたのは、タイヤの跡、足跡、偽装用テントだ」

「なにかを隠しているのはまちがいない。たぶん建物でしょう」エリックがいった。

「なんのための建物？　装備？　武器？　車両？」サライが質問した。

「ハイタワーが例の男たちをここへ輸送しているのだとすると、宿泊施設があるでしょう」エリックがいった。「つまりこの建物のひと棟は、兵舎だ」

「これから運ばれてくるやつらがいるようなら」マックスがいった。「すべて兵舎かもしれない」

「兵舎じゃないかもしれない」リンダがいった。「ハイタワーはゲノム操作をやってるっていったんでしょう。研究所、実験室、手術室がある病棟かもしれない」

「医療用に使うには遠すぎるし、汚すぎる」カブリーヨはいった。「〈セクメト〉はそのためにあるし」

マックスが、スクリーンに近づいた。「おれの勘では、こいつは軍事基地か訓練キャンプだ」

「エリトリアはかなり軍事化されてる国だ。エリトリア軍の一部かもしれない」マーフィーがいった。

「それはまずありえない」ハリがいった。「エリトリアが、クレイが解読に苦労するような軍事レベルの暗号化コードを使用できるとは思えない」

「だったら、ロシアか中国の活動じゃないの。イスラエルかもしれない」リンダがいった。

「クレイには、きみがいった国も含めて、これまでにわかっている軍の暗号化コードがほとんど網羅されてるデータベースがある。それでも、クレイはこのコードの源を認識できなかった」

リンダが、マーフィーに指を突きつけた。「それを考えるのはやめて」ひょろりと痩せているマーフィーは、オレゴン号でもっとも熱心なＵＦＯ研究家だった。

「ハリ、オーヴァーホルトにメールを送ってくれ。この場所でエリトリア軍の活動か、科学研究が行なわれているのを突きとめているかどうか、国家情報長官（DNI）室の友人たちに問い合わせてもらうよう頼んでほしい」

「すぐにやります」ハリが、通信ステーションへ走っていった。

「この先も再生しますか？」マーフィーがきいた。

「もちろん。再生してくれ」カブリーヨはいった。

反復動画がまた動きはじめた。突然、テントからひとりの男が現われた。担架の前を持っている男がそのうしろから出てきて、担架のうしろを持っている三人目がつづいて出てきた。

「停止して、ズームしてくれ」カブリーヨが指示した。

「了解」マーフィーがそのふたつをやった。

担架を持っているふたりは白人で、手術着を着ているようだった。担架に載せられている男は黒人で、ジム用の服を着ているように見えた。

「できれば、ピントを合わせてくれ」カブリーヨはいった。担架に載せられている男の画像は、拡大されていたが、すこし歪んでいた。

サライが、スクリーンににじり寄った。

「これで精いっぱいなのか？　宇宙から車のナンバープレートも読めるんじゃないのか？」マックスがいった。

「KH‐11ではできない。でも、おれの特製画像プロセッサーで処理できる」マーフィーがいった。「比較データ分析で、もっときれいな画像に当てはめるんだ。ちょっと待って」つぎの瞬間、男の顔が画素に分解された。

「汚してるんじゃないか」マックスがいった。

「ソフトウェアが画像データを集めてるんだ」エリックがいった。「すぐに解消する」

「会長、スニファーが暗号通信の最初の言葉を解読しました」ハリが、コンピュータ―のスクリーンを見ながらいった。

「どういう言葉だ？」

「言葉はふたつです。〝セクメト〟、〝セクメト〟。標準の無線送信の開始の合図のようです」

カブリーヨとリンダは、目配せを交わした。

「九聖人とハイタワーの結び付きが確認された」リンダがいった。

ソフトウェアが画像を処理し終えて、担架に載せられた黒人の顔が、ぼやけた画素から、くっきりと明確になった。

サライが息を呑んだ。

「アシェルよ！」

全員が、スクリーンのほうを向いた。

「エリック、確認してくれ」カブリーヨは命じた。

エリックが、自分のステーションに駆け戻った。「顔認識ソフトウェア分析をやります」キーボードを指が飛びまわっていた。

まもなく、アシェルの写真が、担架に載せられている男の顔とならんで、スクリーンに表示された。九四パーセントの確率で一致すると、ソフトウェアが判断した。

「よかった」サライがいった。「生きている」

サライのいうとおりだと、カブリーヨは思った。アシェルが死んだのなら、遺体袋に入れるか、シーツをかけるだろう。しかし、怪我をしている可能性がある。カブリーヨの頭のなかで、時計が動きはじめた。火傷を負って怪我をしている船乗りは救出が間に合わなくて死んだ。アシェルがそうなってはならないと、カブリーヨは決意した。

信頼できる計算尺を出さなくても、二点の最短距離は直線に決まっている。エリトリア政府にじかに連絡して、アシェルを回収するつもりがあるかどうかきくのが、そういう直線的で単純な手段だ。問題は、これがハイタワーとつながりがあるエリトリア政府の作戦かもしれないということだった。問い合わせると警報が発令され、アシエルの命が奪われるかもしれない。オーヴァーホルトか国家情報長官室(ODNI)から返事があるまで、その手段は使えない。

つまり、カブリーヨとガンドッグズのチームが、急襲&奪取を行なうしかない。きわめて高い身体能力を有する未知数の人間が未知数の防御に携わっている、高度に偽装された施設まで、不慣れな地形を通過しなければならない。だが、アシェルを見つ

けて救出するのは、戦いの半分にすぎない。発見されずに、潜入して脱出しなければ
ならない。さもないと、敵性の外国政府と銃撃戦を開始するはめになる。

しかも、それを味方がひとりも殺されないように、やらなければならない。

「毎日、そんな仕事をやっているじゃないか」カブリーヨはひとりごとをいった。

「会長？」マックスがきいた。

「なんでもない」カブリーヨは、カーク船長の椅子のボタンをひとつ押した。エディー・センとの直通回線だった。

「エディー、十分後にみんなをチーム・ルームに集めてくれ。任務を立案する必要がある」

「アイ、会長」

57

〈クラウド・フォーチュン〉

ジャン・ポール・サランは、アデン湾の青い水を鋭く切り裂いているサウジアラビアの軍艦をじっと見ていた。全長一一五メートルの船体の長い影が、沈む夕陽の最後の光のなかで速く動いていた。

サウジアラビア海軍のフランス製フリゲート〈アル・マディーナ〉は、対艦ミサイル、魚雷、一〇〇ミリ単装速射砲で武装し、どの兵装でも〈クラウド・フォーチュン〉を撃沈できる。だが、サランがもっとも恐れていたのは、哨戒中のサウジアラビアの軍艦ではなかった。サウジアラビアはフーシ派を武力で叩き潰そうと精いっぱい努力したが、内戦がふたたび燃えあがったので、サウジアラビアの資産はいま、歴史ある首都サヌアも含めたイエメンの大部分を支配しつづけている反政府勢力への武器の海上輸送を厳しく禁じている。

サランが恐れていたのは、武装したイエメン軍兵士が甲板にいて、いま接近している水先船のほうだった。密輸品に対する過度に熱心な検査で、あらゆることがだいなしになるおそれがある。物事がまずい方向へ進んでも、〈アル・マディーナ〉が近くにいるので、〈クラウド・フォーチュン〉が逃げられる見込みはない。

〈クラウド・フォーチュン〉は、一時的な首都のアデン港に近い火山の半島に造られた港で、凪いだ水面に錨をおろしていた。ゴドス軍の連絡員からようやく確認の返事が届き、ブラモス・ミサイルを最終計画の目的地へ運ぶことを許可された。

イランの特殊部隊員たちは、コンテナ式対艦ミサイルを届けて設置する積載能力があるトレイラートラックも確保していた。アルムアッラ多目的ターミナルのバース2（バースは船が荷物の積み下ろしを行なうために停泊する水域）の近くの荷受け場で待っていることも確認されていた。船から陸地に貨物をおろす〈リーブヘル〉社製のガントリークレーンが、そこで〈クラウド・フォーチュン〉のコンテナの半分近くをさばく。

水先船が〈クラウド・フォーチュン〉に近づくと、かなりなまりのある英語で乗船許可を求める声が、水先船のラウドスピーカーから雑音混じりに響いた。サランは、双眼鏡をおろした。

〈クラウド・フォーチュン〉の白髪頭のギリシャ人船長ハツィディアコスが、サウジアラビア人の検査主任と港水先区を担当する痩せたイエメン人の水先人に、ブリッジで挨拶をした。彼らが慇懃に挨拶しているあいだに、武装した兵士五、六人が、甲板をざっと目視で検査した。

イエメン人の水先人は、ハツィディアコスの手から貴重なアメリカ煙草のカートンをよろこんで受け取り、サランはサウジアラビア海軍情報将校の検査主任に、二百ドルのバーボン〈フォア・ローゼス〉を贈り物として渡した。サウジアラビア人は、革のショルダーバッグに大事な酒を隠した。

「書類は、船長？」サウジアラビア人の検査主任がきいた。

ハツィディアコスは、きちんと整理されている模造革の書類挟みを差し出した。船荷目録、乗組員の日誌、新札で五千ユーロが詰め込まれている密封された封筒。

サウジアラビア人は、船荷目録を何ページかぱらぱらめくって、おざなりに眺め、封筒をポケットに入れて、書類挟みを船長に返した。

「すべて規則にかなっているようだ、船長。アデンにようこそ」サウジアラビア人はそういってからサランに近づいた。低いささやき声でいった。「副皇太子になられたことへのお祝いの言葉を、ハーリド王子に伝えてほしい。王子の有能な手腕によって王国は栄えるだろう」

サランはうなずいた。「わかっています」

サウジアラビア人検査官が、ブリッジを出かけたところで、足をとめた。「諸君、岸壁で会おう。貨物をおろすのを、わたしがじきじき監督する。なんの問題もないと請け合う」肩のマイクで、甲板にいた兵士たちに命令をどなった。

十分後、サウジアラビア人と兵士たちが水先船に乗って港に戻るのを、ハツィディアコスは監視カメラのモニターで見ていた。水先船が遠ざかると、ハツィディアコスは水先人に行った。「操船を任せる」

イエメン人の水先人がにやりと笑い、もらったばかりのアメリカ煙草の煙のなかでうなずいて、操船を指揮した。

〈クラウド・フォーチュン〉は午前零時までに貨物をおろして、つぎの寄港先へ行くはずだと、サライは判断した。そのあいだに、サライと傭兵たちと例の積荷は、荒廃したイエメンの内陸部に達している。

その二時間後には、スタージェスが最期を遂げたという報告が届くにちがいない。

それには満足できるだろうが、サランにはほかの懸念があった。

サランは腕時計を見た。作戦の第一段階は完了したと、一時間前にサランの女刺客が報告していた。だが、つぎの重要な段階が実施されるのは二十四時間後だし、それが終わらないと、ハーリド王子が計画したことはすべて水の泡になる。

58

オレゴン号

戦闘員に該当する乗組員が下の甲板のチーム・ルームを目指すと、オプ・センターが空きはじめた。カブリーヨが痛みに顔をゆがめながら、指揮官席からおりようとしたとき、サライはまだそこに残っていた。

「ふたりだけで話ができない？」サライがきいた。

「いいよ」カブリーヨは、座れるのでほっとした。「どういうことかな？」

「悪いほうに解釈してもらいたくないんだけど、アシェルを助けにいかないほうがいいと思う」

カブリーヨは、ショックを隠そうとした。

「どうしてそんなことをいうんだ？」

「あなた自身がいったじゃないの。〝わかっていない未知の事柄〟が多すぎるって。それに、ケチな犯罪者でしかない人間ひとりのために、あなたの乗組員を危険にさらすことになる」

「しかし、彼はきみの弟だ。それに、お父さんのこともあるだろう」

「父もおなじように感じるとわかっている。人生の落伍者ひとりと、十数人の善良な人間を引き換えにはできない。とくにあなたのことが心配なの」

サライがほんとうに苦しんでいるのが、顔を見るとわかった。

「この任務で重要なのは、きみの弟だけではないんだ」カブリーヨはいった。「このハイタワーの作戦すべてを、わたしたちは阻止しなければならない。ハイタワーがいったい何人、こういう人間のゲノムを操作したか、だれにもわからない。しかし、中国か、ISISか、そのほかの悪辣な連中が、このテクノロジーを手に入れたら、とんでもないことになる」

「それなら、そのことだけをあなたの任務にすればいい」

「すまないが、わたしはきみからの命令は受けない」

「ごめんなさい。そのとおりね」

カブリーヨはうなずいた。「だけど、心配してくれることには感謝している」

「自分があぶなっかしい立場だというのはわかっているけど、ひとつお願いがあるの」

「いってくれ」

「あなたの作戦に参加したいの」サライは、相手を魅了する笑みを浮かべた。「ひとりでも多いほうがいいんじゃないの」

カブリーヨは、サライをしげしげとみた。感情的な民間人に足をひっぱられるのはごめんだった。カブリーヨのチームは精巧に調整された機械で、何千時間も訓練し、演習を重ねて、共通の動きが身についている。一体となって動き、考える。

だが、サライは、しばらく現場に出ていないとはいえ、訓練を受けたモサド工作員だった。それに、サライのいうとおりだった。異常な状況のもとでは、現場にいる武装した人間は、ひとりでも多いほうがいい。

「アシェルを撃てと、わたしがきみに命令しなければならなくなったら?」

「そういう命令を下すのは、それがぜったいに必要だからだとわかっている」

「わたしの質問に答えていない」

「あなたの命令に、ためらわず従う」

「そういうことにならないことを願おう。エディーがきみの装備を整える」

「ありがとう」サライは、なおもカブリーヨの目を見つめていた。感謝の笑みを浮かべてはいたが、全世界の悲しみを双肩に担っているように見えた。弟の運命が、心に重くのしかかっているのはたしかだった。

カブリーヨはジレンマを抱え込んでいた。連れていくと約束した以上、サライが任務にとことん注意を集中し、没頭することが求められる。オーヴァーホルトは、アシェルがシン・ベトの潜入工作員だったことをサライに教えるのを禁じている。しかし、サライがそれを知らなかったら、サライとアシェルの両方が危険にさらされる。通常、カブリーヨはオーヴァーホルトの命令に異議を唱えることなく従う。だが、カブリーヨの考えでは、チームの安全と任務の成功は、オーヴァーホルトが求めている情報秘匿よりも重要だった。立場が逆だったら、オーヴァーホルトもそう決断するはずだと、カブリーヨにはわかっていた。

カブリーヨは、サライの腕をつかんだ。「きみの弟は、シン・ベトの潜入工作員だ」

サライが、暗い表情になった。「ちがう。それはありえない」

「事実なんだ」

「どうしてこれまで教えてもらえなかったの？」

「アシェルは明らかに、きみに教えるなと命令されていた。モサドのきみの古い友だちもおなじだ。わたしもそう命じられていた。しかし、いまはきみが知る必要があると確信している」

「残酷なジョークみたい」

「そうじゃない。きみにはイスラエル人とアメリカ人の友人がいて、きみとアシェルを護ろうとしている。そして、わたしの乗組員は、きみたちふたりのために命を懸けるつもりでいる」

サライの目に、涙があふれはじめた。

「ほんとうにごめんなさい……それに、うれしい……感謝している。いっぺんにぜんぶ受け入れるのが難しいわ。なんていえばいいのか、わからない」

カブリーヨは、片手をサライの肩に置いた。

「なにもいう必要はない。それどころか、このことは、だれにも、ひとことも、漏らしてはいけない。オーヴァーホルトはきみのために地位を危険にさらしている。アシェルとシン・ベトのことをひとことでも口にしたら、オーヴァーホルトが窮地に追い込まれる」

「ぜったいに、ひとこともいわない」

「よし。チーム・ルームへ行って、この見世物(ショー)の旅路を開始しよう」

59

チーム・ルームは、友愛会（フラタニティ）の居間のようでもあり、訓練施設のようでもあった。ふかふかのソファ、学校の机二台、ジムのロッカー、ダーツの標的板、部隊旗と戦闘旗、大型テレビモニター、壁一面を示すホワイトボードが、調度の一部だった。ガンドッグズがたむろしたり、任務後にビールを飲みながら事後報告を行なったりする場所で、きょうはつぎの任務の立案に使われる。

エディー・センが、ホワイトボード用の赤い水性マーカーを持って、部屋の奥に立っていた。いつもなら、エディーが戦術計画、装備のリスト、作戦の成否を左右するそのほかの重要な細部をまとめる。だが、きょうはカブリーヨが任務ブリーフィングをやるつもりだった。どういう状況に跳び込むことになるか、どういう役割が求められるかを、全員に徹底する必要がある。

正式な戦術チームにくわえて、カブリーヨはリンダ、マックス、マーフィー、エリック、戦術ネットを運営し、通信がとどこおりなく維持されるようにしながらレーダーでの監視も行なうハリも呼んでいた。ゴメス・アダムズが、きのうの洗濯物のように、ソファでだらりと横になっていた。

雑談、気楽な笑い声、のんきな態度という見かけの裏で、部下たちがアドレナリンの分泌で興奮し、目の前の仕事に鋭く集中していることを、カブリーヨは知っていた。奥のほうの学校用デスクに向かって座っているサライは、なかでも最も集中していた。

「急なことですまないが、時間が逼迫している」カブリーヨは話をはじめた。「みんな、サライ・マッサラとは会っていて、彼女の弟のアシェルをわたしたちが捜していることを知っていると思う。アシェルはいまも主要ターゲットだ」

カブリーヨが持っていたリモコンのボタンを押すと、スクリーンに地図が表示された。

「数十分前に、アシェルがわれわれのレーダーに突然現われた。エリトリア内陸部の九聖人修道院という場所だ。どれほど前からアシェルがそこにいたのか、さらに重要なことに、いつまでそこにいるのか、知るすべはない。また、アシェルはなんらかの肉体的苦痛を味わっているように見える。われわれの任務は単純な急襲&奪取だが、任務に単純なところはいっさいない」

「いつだってそうじゃないすか?」マクドがいった。「ミスター・マーフィーは、まずいときに汚い顔を出すっていう嫌な癖があるっす」

「それは航空工学者のエドワード・A・マーフィー・ジュニアのことだよね（マーフィーの法則で有名）?」マーフィーが念を押した。

マクドが、にやりと笑った。「やっこさんもそうだね」

「われわれは計画を立てるが、敵には備えがあるだろうし、われわれは即興で工夫し、順応し、克服しなければならない」エディーがいった。カブリーヨのほうを向いた。

「この計画がことに単純ではないのは、どうしてですか?」

カブリーヨはマーカーを持って、重要な事柄を箇条書きにした。

「まず、敵の正体が正確にわかっていない。何人いるかもわからない。〈セクメト〉に患者用ベッドが二十台あったが、使われていたのは九台だけだった。つまり、ハイタワーは条件付けを一度に最大二十人までやっているのだと思う。しかし、そのプロセスにどれほど時間がかかるのか?　すでに何人届けられたのか?　手がかりがまったくない。

つぎに、どういう武器を備えているのか、武装しているかどうかもわからない——武装していると想定しなければならないが。敵が施設のどこにいるのか、施設そのもものの形態すらわかっていない」

「わかっていることは？」腹の上で太い腕を組んでいたマックスがきいた。

カブリーヨは、マックスとおなじソファに座っていたリンクとジュリアにうなずいてみせた。「アマゾンでなにがあったか、みんな聞いていると思う。〈セクメト〉でのわたしの経験ともほとんど一致している。敵と出遭ったら、これまでに遭遇したどんな相手よりも力が強く、速いと予想しなければならない」

「あの連中は、興奮剤でキメたみたいに逆上してた」リンクがいった。

「ハイタワー博士のゲノム操作で強化されていたのよ。ホルモン分泌だけでも、飛び抜けて高かった――テストステロン、アドレナリン、エンドルフィンも」ジュリアがいった。

「ああ、やつらは痛みを感じないが、他人を痛めつけることができる」リンクがいった。「おれは心の底まで痣だらけさ」

カブリーヨは深く息を吸いながら顔をしかめ、カリフォルニア工科大学のスウェットシャツに隠れている肋骨を指差した。

「まったくそのとおり」

「ハイタワーについて、ちょっと調べました」マーフィーがいった。「自分の名前が脚光を浴びないように、ハイタワーはかなり注意しているようだけど、CRISPRにどっぷり組み込まれてます。死んだ夫が、そのテクノロジーの初期の特許を十件ほど取ってました。彼の体温が室温とおなじになったとき（死んだという意味）、ハイタワーは特許をもとにHH+という会社を設立しました」

「天才的な遺伝学者だという定評もあります」エリックがつけくわえた。

「大量虐殺者で、誇大妄想で、救世主妄想のある人間だ。正気ではない」カブリーヨはいった。

マーフィーが、エディーにささやいた。「それに、なかなか美人だし」

「マーフィー？　なにかつけくわえることがあるのか？」

マーフィーの顔が、日焼けしたロブスターのように真っ赤になった。「いいえ、ありません」

「アシェルはどうなんですか？」ハリがきいた。

「カミティ刑務所から引き抜かれ、〈セクメト〉にしばらくいたようだから、ハイタワーのプログラムを受けたと想定しなければならない。つまり、肉体的にも精神的にも、条件付けされている」

ハリが眉をひそめた。「〝精神的に〟というのは、どういう意味ですか？」

「過去の記憶を消され、新しい記憶を植え付けられる。不運な連中を奴隷のようにするためだ」

「ハイタワーの奴隷か？」マックスがきいた。

「そうではないと思う」カブリーヨはいった。「わたしが激突した人間電気鋸（のこぎり）は、ハイタワーの指示に従っていた。だが、私はマーフィーの分析に賛成だ。ゲノム操作で強化された男たちは、だれかほかの人間によって使用される。ほとんど、もしくは全員が犯罪者だったことを思うと、モルモンタバナクル合唱団に組み込まれるわけではないだろう」

「中国人の超人兵士が二億人いるのを想像できるか？」マーフィーがまくしたてた。すでに頭のなかでそういうビデオゲームをプレイしていた。

突然、任務がいかに重大であるかということが、全員の心に思い浮かんだ。ゴメス・アダムズが体を起こし、部屋のあちこちでだれもがうなずいた。

「〝男たち〟といったけど、女性もかかわっているんじゃないの？」レイヴンが質問を投げた。

「重大な問題だ。いまは、なんともいえない。しかし、カミティ刑務所の受刑者のほとんどが男だったから、大半は男だと推定せざるをえない」

「それで、アシェルの話に戻るけど」エリックがいった。「進んでいっしょに来るとは考えられない」

「わたしを見れば、来るかもしれない」サライがいった。

リンダが、座ったままもじもじした。「悪く思わないでほしいんだけど、サライ、アシェルが洗脳されていたとしたら、あなたの顔を見分けられるとはかぎらないでしょう」

「たとえアシェルがわたしを見分けられなくても、わたしが彼の身許を確認できる」

「同感だ」カブリーヨは、一同のほうを向いた。「ぜったいに必要な場合を除き、殺傷力のある武力を行使するのは正しくないとわたしが思っているのを、みんなは承知しているはずだ。今回もそれが当てはまる。わたしたちはある程度、モラルハザードの状況で作戦を行なう。この男たちは——女性もいるかもしれないが——全員が洗脳されている。わたしの考えでは、彼らは自分たちの行動に全面的な責任を負ってはいない」

「しかし、すべて暴力的な重罪犯で……」ハリがいった。

「それなら、どういう犯罪であれ、自分の行為には責任を負わなければならない。しかし、その罪を問うのは、わたしたちの仕事ではない。それに、アメリカと戦争をしているわけではない主権国家に侵入するのだということを、強調しておきたい。厳密にいえば、わたしたちは法律を破ることになる。わたしたちが見つからずに潜入して脱出することが、すべての関係者のために最善だ」

「エリトリアの空と地上の防御は？」

エリックが口をひらいた。「わかっているかぎりでは、暗視能力はないし、旧ソ連時代の装備です。闇のなかを低空、高速で飛んでいれば、問題はないでしょう。ことにわれわれが向かうようなところでは」

「重武装で行くんでしょう？」エディーがきいた。自分たちが立ち向かうゲノム操作された突然変異体（ミュータント）の無事を気遣っているのではなく、チームのことが心配だった。

「そうせざるをえない。相手のことがまったくわかっていない。それに、この男たちもしくは女たちを殺したくはないが、チームのメンバーの安全がわたしの最優先事項だ。だから、こういう形でこの困難な任務をやるしかない」

カブリーヨは、〈セクメト〉でスラヴ系の超人と遭遇してからずっと、この問題について考えていた。ゲノム操作されてあんな能力が備わっている戦士を阻止するには、殺すしかない。さもないと、戦いの最中に重傷を負うか、殺されてしまう。

答は下甲板の武器庫にあるはずだと、カブリーヨにはわかっていた。リビアでの作戦でオレゴン号が数種類の非在来型兵器に遭遇したあと、〝殺傷力が低い〟そういう秘密兵器を開発するよう、カブリーヨはチームに命じていた。殺傷力がない兵器などないということを、カブリーヨは知っていた。ゴム弾やペッパースプレーでも、まれにひとが死ぬことがある。

カブリーヨは、エディーのほうを向いた。「きみとわたしが武器庫へ行って、わたしたちのために用意できるような代替兵器一式を見てから決めよう」

「アイ、会長」

「その方針に沿って、いくつか考えがあります」マーフィーがいった。

「ぼくにも考えがあります」エリックがつけくわえた。

「すばらしい。あとで相談しよう」カブリーヨは、自分が戦っている筋肉の凝りをのばした。折れたりひびがはいったりしている肋骨のせいで、まっすぐ立つのに苦労した。

「つぎに、どういう相手と戦うことになるかわかっていないので、精いっぱい多くの人数で潜入する。オレゴン号に残るのは、技術支援要員だけだ」

チーム・ルームの雰囲気が変わった。全員の顔に鋼(はがね)のように固い決意が刻まれるのを、カブリーヨは見た。

「ゴメス？」

「はい」

「きみにＡＷで運んでもらわなければならない。そのあと、上空から監視してくれ。マーフィーを射手（シューター）として残す」

「結構な計画ですね。ＡＷの準備はできてます」ゴメスがマーフィーにウィンクすると、マーフィーが親指を立てた。

「エディー、ガンドッグズを指揮してくれ――マクド、リンク、レイヴン、リンダの四人だ」

　リンダがぱっと笑みを浮かべた。通常、リンダが陸上作戦に参加することはないが、拳銃やＭＰ５をプロなみに扱うことができる。それに、時間があるときには、エディーやガンドッグズといっしょに訓練している。

「いいわね」レイヴンが、リンダと拳を打ち合わせながらいった。

「それに、もちろんわたしも」カブリーヨはつけくわえた。

　エディー・センが、すこし背をのばして、カブリーヨの肋骨のほうを顎でしめした。

「戦闘を許可されているんですか？」

「AWに乗ったときには、許可を得ているだろう」

「先生(ドク)から口頭で確認を得ないと」

「そうしてくれ」

マックスが、肉付きのいい手を挙げた。「このちっぽけなボーイスカウト・ジャンボリーからおれをはずすつもりなら、ただじゃおかないぞ」

カブリーヨはにやりと笑った。マックスはカブリーヨの親友だった。元アメリカ海軍高速哨戒艇(スウィフト・ボート)の艇長で、すこし齢が行き過ぎていて、何キロか肥り過ぎだが、カブリーヨがだれよりもともに戦いたいと思っている相棒だった。

「あんたは砂漠偵察地上移動体(DING)に乗る――ストーニーが助手席の護衛(ライディング・ショットガン)だ」

マックスがにこにこ笑った。「話がわかるぜ」節くれだった指で、マーフィーの液晶ディスプレイを指差した。「だけど、おれの地図の見かたがまちがってなかったら、九聖人修道院は、二〇〇キロメートル内陸部だ。そこまで行くのに、けっこう時間がかかる」

「AWで吊りあげれば、そんなにかからない」

「自重プラス三・一七五トン積載できる」ゴメスがいった。「リビアの作戦ではうまくいった」

マックスがにやりと笑った。「おれはただ、突入するときにラウドスピーカーで『ワルキューレの騎行』を爆音で鳴らしたいだけだ」

『地獄の黙示録』で使われた曲なので、カブリーヨはくすくす笑った。「隠密性の高い作戦にはならないな」チームのあとの面々のほうを向いた。「エディーが戦術急襲計画を立案したら、きみたちは武器庫から好みの装備を出してくれ。拳銃、個人防護武器(PDW)、弾薬。手順はわかっているはずだ」

「衛生担当はどうするの？」リンダがきいた。「エイミー・フォレスターは元戦闘衛生兵曹よ」

「名案だ。彼女をわたしたちのロデオにひっぱりこもう。ハックスには緊急救命室(ER)で待機してもらう。だが、きちんと計画を立てれば、厩(うまや)に戻ったときには背中をさすったり、マイタイを飲んだりするだけですむだろう」

「で、敵のことに話を戻します。おれたちが斃(たお)さなかったXマンはどうしますか？」

「結束バンドで縛って置いていき、あとの始末はだれかに任せる。われわれは情報をできるだけかき集める」

「オレゴン号へ連れてったらどうですか？」

マックスがふりむいた。

「オレゴン号には営倉がないし、プログラミングを解除したり条件付けを消したりする資源が、ハックスリー先生のところにはない。治療するどころか、害を引き起こすおそれもある」

「賛成だ」カブリーヨはいった。「エリトリア領空を出たらすぐに、外部の支援を求めるか、彼らにとって必要な措置を講じる。だが、いまはアシェル・マッサラだけに集中しよう」

リンダ・ロスが、ずばりといった。「ネガティヴで悲観的なことばかりいう論客にはなりたくないんだけど、これがすべてわたしたちを殺すための罠だということも、考えられるんじゃないの？」

カブリーヨは肩をすくめた。「罠だと考えておくべきだろうな。ハイタワーは、わたしたちがアシェルを捜しているのを知っている。九聖人にいる地上の仲間にもそれを伝えたにちがいない」

「エースはぜんぶ敵の手に握られてるみたいっすね」マクドがいった。

カブリーヨは首をふった。「われわれには、敵よりも有利なことがひとつだけある」

「なんすか？」

「罠だとわたしたちが知っていることを、敵は知らない」

ずだ。われわれは軍事組織ではない。きみたちはみんな志願者だ。これほど危険ではない以前の任務でも、仲間を失ったことがある。やめたければ、いまそうしてくれ。不都合ではないし、反則でもない」

カブリーヨは、全員の顔を見まわした。だれも立ち去ろうとはしなかった――その気配すらなかった。カブリーヨに驚きはなかった。たしかに、彼らはプロフェッショナルだ。しかし、それよりも重要なのは、彼らが仲間に対してとことん忠実であることだった。それに、死ぬよりも悪いことがあるのを、だれもが知っている。

カブリーヨは、エディー・センのほうを向いた。「あとは任せる」

60

エリトリア沿岸沖

男四人が八キロメートル離れた水面にパラシュート降下し、パラシュートをはずして、予想よりも強い紅海のたえまない潮流に逆らって、難儀な遠泳を開始した。

完全に条件付けされた傭兵ふたりは、重い装備を曳いていたにもかかわらず、濁った海で延々とクロールをつづけても平然としていた。〈ノレゴ・サンライズ〉という船名で彼らが知っている船の右舷まで、まだ二十分かかる。灯火は消されていたが、任務準備中で、金属がぶつかる音、叫び声、油圧装置の低いうなりが聞こえた。

傭兵たちの指揮官ふたりは、いずれも元SAS隊員の伍長と準伍長で、傭兵ふたりに五分遅れていた。ふたりとも、おなじように武器と装備を入れた重いドライバッグを曳いていた。肉体的にすでに最高の状態だった伍長ふたりは、ハイタワーの肉体的条件付けの一部を受けていたが、それでも傭兵たちとおなじ速さでは泳げなかった。

突然、ターボプロップ・エンジンの回転があがり、水面に轟音が反響した。ゴーグルをはずした。

伍長ふたりは、状況を判断するために泳ぐのをやめた。ゴーグルをはずした。

「とっくにあそこまで行けていたはずだ」伍長が、立ち泳ぎしながら準伍長にいった。

「もうじきだ」

「やつらとおれたちのどっちが先になる?」

それが合図だったかのように、スロットル全開になったティルトローター機のエンジンが甲高い音をたて、ブレードの雷鳴のような轟きとともに、満天の星空に向けて機体が舞いあがった。ハイブリッド航空機は、胴体下に貨物を吊って上昇し、二五キロメートル真西のエリトリアの海岸線に向けて弧を描いた。

「フェロウズ軍曹に連絡しろ」伍長がいった。傭兵ふたりのほうをちらりと見た。傭兵たちは、黒い水面をかき分ける機械のように、どんどん遠くへ先行していた。

準伍長が、防水マイクのスイッチを押した。

「やつらが向かってます、軍曹」

「おまえたちはどこだ?」フェロウズがきいた。

「すぐ近くです」

「だったら急げ。時間も潮も待ってくれないぞ」

伍長と準伍長はうなずき合い、ゴーグルをはめて、傭兵ふたりを追った。時間が逼迫しているので、彼らも躍起になって泳いだ。

エリトリア、ガシュ・バルカ地方

貨物をおろしたＡＷティルトローター機は、轟然と回転しているターボプロップ・エンジンの下で目にはいると痛い砂埃を撒き散らしながら、ゆっくりと上昇した。半月よりもふくらんだ月が、星がまたたくはるか西の空の下のほうにあった。

マックスは、デューンバギーに似ているがもっと軽量のＤＩＮＧの運転席に乗り、ハーネスを締めた。エリックが助手席でおなじようにした。今夜のチームの全員とおなじように、ふたりとも特殊仕様のヘルメットをかぶっていた。ヘッドアップ・ディスプレイを装備しているほかに、先進的な目を保護する装置と、ノイズキャンセリング・ヘッドセットが備わっている。

マックスは、元ＣＩＡの軍補助工作員で長距離砂漠パトロールの経験が豊富な上級火器係のビル・マクドナルドの助けを借りて、この全電動の砂漠偵察地上移動体を設計した。ＤＩＮＧは、前方監視用の光探知・測距装置（ＬＩＤＡＲ）、軽量のケヴラー装甲板、Ｆ-35戦闘機のパイロットもうらやむような電子機器類を備えている。

今回の真夜中の冒険のために、マクドナルドと火器主任のマイク・ラヴィンが、いつもならＭ60機関銃があるはずの架軸（ピントル）に、自動化された不意打ち兵器を取り付けた。マックスがすばやく計器に視線を走らせ、エリックが膝近くの鞘に収めてあるベネリＭ４半自動散弾銃を再点検した。ふたりともワルサーＰＤＰセミオートマティック・ピストルを携帯し、胸掛け装備帯（チェストリグ）に麻酔拳銃を収めている。

「用意はいいか？」マックスが、通信装置できいた。

エリックが、コンソールの地図のジオマーカーをタップした。ピクチャーインピクチャー機能で、ふたりのヘルメットのバイザーにおなじ地図が表示された。

「用意はできてる」

「Ｔバックにつかまってろ」マックスが笑い、アクセルを踏んだ。

ほとんど無音の電気モーター四基は、それぞれ太いタイヤと直結していて、八〇〇馬力を超えるパワーを発揮する。カーボンファイバー製のなめらかな形の車体が、荒涼とした地形でロケットなみの加速度で発進し、目的地の九聖人修道院を目指した。

元SAS軍曹のアーガス・フェロウズは、九聖人修道院の上に聳える高さ六〇メートルの卓状台地に立ち、高性能の暗視双眼鏡に目を釘付けにしていた。サランがいないので、今夜の作戦はフェロウズが指揮する。

横に下っ端の傭兵ひとりが立っていた。その浅黒いアルジェリア人は、万力のような両手で、擲弾(てきだん)を装塡した対戦車ロケット擲弾発射器(RPG)を持っていた。

影のように見えるAWの熱したエンジンを暗視双眼鏡で約五キロメートルの距離に捉えたとき、フェロウズの角張った顎に笑みがひろがった。通信装置で命じた。

「やつが見える。もうじきやってくる。全員、ダンスシューズをはけ。もうじきダンスがはじまるぞ！」

ゴメスは、多数の操縦系統を両手と両足で苦もなくすばやく精確に操り、AWを操縦していた。九聖人修道院の南東五キロメートルでDINGと乗員ふたりをおろし、いまは高速で修道院目指して飛んでいる。

マイク・マーフィーが、副操縦士席で兵装パネルを操作し、カブリーヨと残りのチームは、飾り気のない兵員室で折り畳み座席に座り、ハーネスを締めていた。全員がおなじヘッドアップ・ディスプレイ(HUD)付きヘルメットをかぶり、バイザーでおなじ地図と目標照準ディスプレイを見ていた。緊急事態にDINGの兵装を遠隔操作で使用できるように、カブリーヨのヘルメットはDING搭載のセンサーにも接続されていた。

AWは、長距離暗視、赤外線、電子光学などのセンサー類を備えている。これだけ離れていても、幽霊のように白い人影がいくつも、ディスプレイにくっきりと姿を現わしはじめた。

「これまでのところ敵戦闘員（タンゴ）七人を数えてる」マーフィーがいったが、全員がおなじ画像を見ていた。修道院の五〇メートル北でふたりがうずくまり、九〇メートル南に三人がいて、ヘリパッドとおぼしいひらけた場所――カブリーヨたちの予定降下地帯――の近くに潜んで、待ち伏せ攻撃をかけようとしている。

「あの尾根の上にいる間抜けふたりが気になる」ゴメスはいった。「ことにドカーン棒を持ってるやつが」

「わかるよ」カブリーヨはいった。話題になった〝ドカーン棒〟は、冷戦時代の遺物――ソ連製のRPG――のことだ。いまでも戦闘で威力のある兵器で、射程内にAWがはいったら、乗っている人間ごと撃墜することができる。カブリーヨは地図上の経路目標点（ウェイポイント）をいくつか叩いて、そこを飛ぶようゴメスに指示した。

「名案だと思います、ボス」ゴメスがそういって、その経路をたどるために、コレクティブピッチ・レバーとサイクリックコントロール・スティックを操った。

「なにもかも、えらくやりやすいっすね」マクドが、通信装置でいった。

カブリーヨは、マクドのほうを向いた。「やりやすいといけないのか？」

「バーボンは飲みやすいほうがいい、女は口説きやすいほうがいい。だけど、これは？ おれっちのスパイダーマン的勘がうずいてます」

「意見はよくわかった。砲雷（ウエップス）？」カブリーヨはマーフィーに呼びかけた。

「はい？」

「スコープから目を離さないようにしろ」

二分後、ゴメスはＡＷを西に向けて、修道院の敷地の向こう側にまわり込み、ＲＰＧチームの射程から遠ざかった。陸上にそのほかの対空兵器が隠されていないとはいい切れない。ＲＰＧチームから一五〇〇メートル離れたところで、カブリーヨはマーフィーに命じた。

「砲雷（ウエップス）、やつらを焼け！」

マーフィーが、黒い遮光バイザーの下で、にやりと笑った。

「アイ、会長！」

ＡＷの機体下に取り付けられた小型アクティヴ阻止システム（ＡＤＳ）（ミリ波放射非殺傷兵器。敵の体を加熱して一時的に行動能力を奪う）を制御するジョイスティックを、マーフィーが操作した。事情を知らない人間には、小さな衛星ディッシュアンテナのように見える。だが、じつは指向性エネルギー装置で、短いミリ波を意図したターゲットに向けて発射する。低周波の電波は皮膚の表面を通過するだけだが、二秒のあいだに低出力の電子レンジのように脂肪と水の分子を熱する。

　ゲノム操作された傭兵は痛みをあまり感じないというジュリアの報告に基づいて、カブリーヨは火器科に難しい注文をつけた。だが、体内を熱せられたときの体の反応は、完全に不随意で反射的なものなので、ＡＤＳは威力を発揮すると、ラヴィンとマクドナルドは請け合った。ＡＤＳの放射を受けた人間は、痛みではなく生存本能によってたちどころに撤退する。

　マーフィーは、ふたつの人影に向けて、最初の二秒放射を放った。人影が動くのが見えたが、逃げはしなかった。

　カブリーヨは驚いた。ハイタワーは生存本能を無効にする方法を見つけたのか？

「もう一度やれ、砲雷（ウェップス）」

　マーフィーが、トリガーをもう一度引いた。

　ディスプレイに白く熱した人影となって映っていたふたりが、不意に急いで逃げ出し、ひとりはRPGを取り落とした。

「やつら、ポップコーンみたいに弾けた」マーフィーがいった。

不安げな笑い声で、緊張が解けた。

「仕事を終わらせないといけない」カブリーヨはいった。

「いま照準をつけてます」マーフィーが、兵装ステーションのボタンを押して、あらたな兵装システムを作動した。つぎに、暗視ディスプレイに映っていた七つの白く光る人影をひとつずつタップした。逃げ出したあとで走るのをやめていたふたりも含めて、七人すべてに赤い照準環が重なった。目標照準コンピューターが、それぞれに1から7までの数字をふり、それが全員のディスプレイに表示された。

「ドローンを発進する」マーフィーがいった。

修道院の南の三人組のリーダー、巨漢のルーマニア人は、大型ヘリコプターのブレードの雷鳴のような連打音がはるか頭上で響いているのを聞いたが、目視できなかった。ローターの音が弱まっていたので、ヘリコプターは遠ざかっているようだった。銃声は聞こえなかったが、フェロウズがわめいているのがイヤホンから聞こえたので、指揮官の身になにか悪いことが起きたのだとわかった。

ルーマニア人は、恐れていなかった。

ルーマニア人と仲間の傭兵ふたりは、ヘリコプター発着場とのあいだで石が積もって低い壁をなしているところの蔭に隠れていた。ヘリコプターが到着したときに待ち伏せ攻撃をかけるのに、絶好の位置だった。それぞれがAK-47アサルトライフル、コンバット・ナイフ、ダクトテープを持っていた。できれば侵入者を捕らえ、それが無理なら殺せという命令を受けていた。ルーマニア人は、殺すほうがずっと好きだった。

大型ヘリコプターのブレードの音が小さくなると同時に、甲高いキーンという耳障りな音が、夜空を貫いた。急速に近づいてくるものは見えなかったが、ルーマニア人は脅威だと感じて、とっさに近くの大きな岩の蔭で身を縮めた。加速しているその物体がたてる騒音は、まっすぐに飛んでくる巨大な雀蜂(すずめばち)の羽音のようだった。

突然、夜の闇が溶けて、六〇〇万カンデラ——瞳孔がひらいていたルーマニア人には、太陽の爆発よりもまぶしかった——の閃光が取って代わった。

それと同時に、鼓膜が破れそうな爆発が、頭上で炸裂した。ルーマニア人の頭のなかで鳴り響いているジェットエンジンの甲高い爆音よりもやかましかった。目がくらみ、耳が聞こえなくなっていたルーマニア人は、四〇ミリ特殊閃光音響弾の衝撃波をまともにくらって、息が詰まり、気を失って、おなじように気絶している仲間の横の地面にぶつかった。

オレゴン号

サランの急襲チームは、舷側にある水先人用ドアを、摂氏一五〇〇度を超える高温でテルミット反応を起こす携帯トーチで焼き切って侵入するつもりだった。

だが、運のいいことに、緊急上陸と海上救出に備えて、〈ノレゴ・サンライズ〉の乗組員が喫水線近くの艇庫の扉をあけたままにしていた。

「こっちだ、みんな」伍長が命じて、見張りがいない艇庫に忍び込んだ。

急襲チームの四人は見張りを探したが、乗組員はすべて夜間任務の支援に追われていた。サランの3D船内図で、避けなければならない監視カメラの位置はすべてわかっていたが、カメラの画像をだれかが見ている可能性は低かった。

サランの船内図をもとに、チームは攻撃計画を立てていた。完全に条件付けされた戦士ふたりが選ばれたのは、極度の暴力を好む傾向があるからだった。筋肉質の体格のスーダン人は、元少年兵で、その後、多重暴行で重罪判決を受けた。砲弾のような肩のブラジル人は、リオデジャネイロの最悪のスラム街で人殺し稼業を身につけた。それとは逆にサランは、すばらしい船を奪取してきちんと届けることを当てにして、規律正しく経験豊富な元ＳＡＳ伍長ふたりに指揮をとらせることにした。

四人の男は、必要なものだけを身につけた——武器、通信装置、装備の小さなパウチ。四人とも、勇猛果敢なグルカ兵によって有名になったククリと呼ばれる切れ味のいいナイフを持っていた。反りのはいった長いナイフは、近接戦闘では短刀に次ぐすさまじい威力を発揮する。四人ともサプレッサー付きの拳銃を携帯していた。

伍長が、通信装置でささやいた。

「迅速にやれ、諸君。音をたてずに」向きを変えて、それぞれの目を覗き込んだ。傭兵ふたりは血に飢えた犬がリードをひっぱっているような感じだった。

「われわれの目的は船だ。おおぜい殺すことじゃない。どうしてもやらなければならないときには、殺せ。だが、第一目標を達成するのに必要なときだけだ。船を乗っ取ったあと、もっと必要な人間だけを残して殺す」

ゲノムを操作された傭兵ふたりが、狼のように歯を剥き出して笑った。

伍長がうなずいた。「よし、船を乗っ取ろう」

61

地面のわずか六メートル上で、ゴメスがＡＷをぴたりと静止させて、脅威分析ディスプレイを見つめ、警報は鳴らないかと耳を澄ました。

エディーとマクドが、乗降口から一本ずつファストロープを蹴って落とし、最初に降下した。チームの面々がつづき、カブリーヨとサライは二本のロープをそれぞれ最後に下った。

ブーツが地面に当たったとき、カブリーヨの肋骨を痛みが突き抜けた。歯を食いしばって鋭く息を吸ったとき、カブリーヨはちょっとひるんだが、ロープを捨てるようゴメスに合図した。ファストロープが地面でとぐろを巻き、ＡＷが離昇して轟然と空に舞い戻った。カブリーヨとチームが地上で仕事を片付けるあいだ、ゴメスとマーフィーが空から見張ることになっている。

レイヴンとリンダは、台地のてっぺんに通じている山羊(やぎ)の踏み分け道を目指した。

RPGを持っていたターゲット1と2が、ドローンの特殊閃光音響弾のためにまだそこに倒れている。

マクド、リンク、エディーは、ヘリパッドのそばの岩場で倒れている傭兵三人を麻酔拳銃で撃ってから、結束バンドで足首と手首を縛りはじめた。

カブリーヨは鋭敏に目を配った。気に入っているFNファイヴ・セヴンNをチェストリグに携帯していたが、南アフリカ製のミルコー連発擲弾発射器を肩からおろして、高く構えていた。西部劇の拳銃使いのリヴォルヴァーのような回転弾倉に六発がこめられ、リヴォルヴァーのような四四口径弾ではなく、四〇ミリ擲弾を発射する。カブリーヨのミルコー連発擲弾発射器には、地上の傭兵を狙った自爆ドローンとおなじように、四〇ミリ特殊閃光音響弾が装塡されていた。

カブリーヨは、通信装置で呼んだ。

「調子はどうだ、マックスウェル？」

マックスとエリックは、気絶して口をぽかんとあけているターゲット6と7を見おろして立っていた。ふたりを狙った自爆ドローンの特殊閃光音響弾の衝撃波のために、いずれも耳と鼻から血を流していた。

任務前のブリーフィングどおりに、マックスとエリックが麻酔拳銃でそのふたりを一発ずつうち、結束バンドで縛ろうとしたとき、カブリーヨから連絡がはいった。

「もうちょっとで終わる」マックスはいった。

「終わったらすぐに、つぎの経路目標点(ウェイポイント)へ行ってくれ」

「そうする」

マックスとエリックはこれから、まだ位置を突きとめていない予備戦士が隠れていた場合のために、いわゆる裏口を見張る任務に就く。今夜のDINGは、掩護任務に適した装備を整えている。兵器科がDINGのために考案した〝不意打ち兵器〟は、架軸(ピントル)に取り付けられた、銃身の太い機関銃のような形の日本製豊和96式四〇ミリ自動擲弾銃だった。ベルト給弾式のこの自動擲弾銃には、カブリーヨのミルコーとおなじように、六〇〇万カンデラの〝閃光〟と一七五デシベルの頭蓋骨が割れそうな〝音響〟を発生する四〇ミリ特殊閃光音響弾がこめられている。一五〇〇メートルという有効射程もおあつらえ向けで、一分間に三百発を発射できる。

エリックとマックスがDINGに跳び乗って、つぎの位置を目指そうとしたとき、リンダが戦術通信網で、ターゲット1と2を縛り上げ、集合地点へ行くと連絡した。左側のマックスがアクセルを踏み、大きなタイヤ四本に独立したパワーをあたえた。

タイヤ二本が前方にまわり、右側のタイヤ二本が後方にまわって、それぞれが細かい砂塵を反対方向に飛ばし、超信地旋回を行なう戦車のようにDINGがその場で方向転換した。敷地内を疾走するとき、マックスはバイキングの獰猛な戦士のように吼えた。

九聖人修道院は三階建てで、二層の長方形の階の上にドームがある。一階は拱門(アーチ)を備えた柱廊が建物全体にめぐらされ、日陰をこしらえている。後年に増築されたとおぼしい二階を、その拱門(アーチ)が支えていた。

壁のすぐ近くに立ったカブリーヨは、この大昔の建造物が泥焼き煉瓦で造られ、この土地の石膏(せっこう)で塗ってあることを知った。それが最近、様式や宗教的なしきたりを意に介さず、軍用のくすんだ砂漠用迷彩の茶色に塗装されていた。

AWで最初に通過したときに、カブリーヨは修道院への侵入路が三つあることに気づいた。南、北、そして東。傭兵6と7を排除したので、リンダとレイヴンは北の入口から問題なくはいれる。南の入口は、ヘリパッド付近にいた傭兵三人を縛りあげたことで、確保した。エリックとマックスが、東のドアをこれからふさぐ。

突入する潮時だ。

チームの残りのものは、壁を服や装備でこすってなかにいる敵戦闘員（タンゴ）に気づかれないように用心しながら、南の入口近くでスタックを組んだ。閉まっているドアはもっとも望ましくない侵入点だが、容易に侵入できるあいたドアはなかった。

エディー・センが先鋒（せんぽう）で、マクドがスラックマン（先鋒の左右と後方を掩護する役目）と呼ばれる二番手だった。ふたりとも主要な武器として麻酔拳銃を持っていた。だが、サプレッサー付きで短銃身のシグ・ザウアーMCX〝ラトラー〟・ライフルも肩から吊っていた。ラトラーは、打撃力が大きい亜音速の・三〇〇ブラックアウト弾を使用する。ミュータント傭兵がどれほど逆上しているかわからないし、必要とあれば彼らを斃せるような火力を、チームは必要としていた。

リンクはマクドのすぐうしろで、うしろのサライに大きな体で人間の楯となっていた。武器は殺傷力の弱い暴動鎮圧用の〝お手玉（ビーンバッグ）〟弾をこめた短銃身のショットガンだった。一発当たれば、ハンマーで殴られたような衝撃がある。三発食らわせれば、傭兵のなかでもっともでかい男でも、うしろによろけるはずだった。リンクも予備としてサプレッサー付きのラトラーを携帯していた。

サライは九ミリ弾を使用するワルサーPDPを支給され、チェストリグに収めていた。両手には麻酔拳銃を握っている。

カプリーヨは後方の見張りだった。ジュリアに作戦参加を許可されたとはいえ、一〇〇パーセントの状態ではないと判断し、突入の先頭に立つのはやめることにした。カプリーヨのおもな武器は、特殊閃光音響弾をこめたミルコー連発擲弾発射器だった。

全員が、武器を高く、あるいは低く構えて準備した。突入開始だ。

リンクが、ドアの錠前を吹っ飛ばすことを予想して、装備のなかのC4突破口開設爆薬を出そうとした。リンクが見ていると、エディーがそっとドアの把手を動かした。蝶番(ちょうつがい)にグリースを塗ってある重いドアが、音もなくさっとあいて、最初の部屋の暗い内部が見えた。

銃撃で入口がずたずたに引き裂かれるのを、だれもが予想した。だが、彼らを迎えたのは、耳がおかしくなりそうな静寂だった。

だれもいないのか、それとも、待ち伏せ攻撃を仕掛けようとして潜んでいる人間が、とてつもなく厳しい射撃規律を守っているのか。建物内にはいらないと、その答は出ない。

オレゴン号の乗組員は、何年ものあいだに無数の建物掃討を行なってきた。ドアの向こう側でなにが待ち構えているか、だれもが知っていた。経験も抗弾ベストも、狙いすまして発射された銃弾を阻止できない。

　室内に突入する人間のほとんどが、〝死の漏斗(ろうと)〟と呼ばれる挽き肉機のなかで殺される。部屋に突入した直後に通る場所のことで、敵はそこを集中射撃できる。そこで皆殺しにされるおそれがある――敵を掃討しなければならない死の漏斗が、室内にも十数カ所ある。

　さいわい、それを克服するためのテクノロジーがあった。

　エディーが、小さなドローンを出して、前腕にマジックテープで留めてあったタッチスクリーン・コントローラーで作動した。小さなクアッドコプター型ドローンを戸口からほうり込み、あとの四人があたりを警戒しているあいだに、スクリーンを確認した。

　いまにも銃撃が開始されるのではないかと思いながら、バイザーの内側でまたたいているドローンのカメラの画像に全員が目を凝らした。

　そのアルジェリア人は、窓のない狭い食料品置場にいた。ひとつだけあった裸電球は、その男のスコーピオンVz61サブマシンガンの折り畳み銃床で割られた。アルジェリア人は、部屋の隅で、缶詰の食糧が積まれた鋼鉄の棚二台のあいだに体を入れていた。侵入者が通らなければならない閉じているドアが、その隠れ場所からの照準線にあった。だれかが部屋にはいってこないかぎり、見つかるおそれはまったくない。だれかがはいってくれれば、サブマシンガンの連射で薙(な)ぎ倒すことができる。

アルジェリア人は、接近するドローンの電気モーターの甲高いうなりを聞きつけていた。だが、ドローンの明るいLEDライトが廊下を照らしたときに、血圧があがった。ドアは閉まっているが、その上の小窓があいていることに、不意に気づいた。

つぎの瞬間、ライトが廊下の天井に近づき、小窓のガラスを朝陽のように照らした。ライトが小窓を越えて、食料品置場にはいってきた。なめらかに弧を描いて低く飛び、カメラ用の明るいライトが、奥の壁を照らした。アルジェリア人は、指の付け根が白くなるくらい強くサブマシンガンを握り、ライトが自分のほうを向くのを待った。

「信号が切れた」エディーがモラーマイクにささやき、前腕のコントローラーを叩いた。

突然、バラバラになったドローンの残骸が、通りすがりの車から投げ捨てられたゴミのように、あいた戸口から飛び出した。

「ドローンはもうないのか?」

「それで終わりだ」

「昔ながらのやりかたでやろう」カブリーヨはいった。「みんな、用意はいいか」

「よい猟果（グッド・ハンティング）を、友よ（メザミ）」マクドがいった。

「わたしが合図する」

全員が注意を集中した。手に力をこめ、脚を曲げのばしした。脈が数回打ったところで、どんな運命が、闇のなかで待ち受けているにせよ、全員がドアから跳び込む。

62

エディーが9バン特殊閃光音響弾の安全ピンを抜き、ドアの枠越しに死角になっている場所に投げ、マクドが向かいの壁に自分の9バンを投げた。

9バンは、通常の特殊閃光音響弾とは異なり、炸薬が九個、装塡されている。二発が十八回、速射砲のような歯切れのいい音をたてて、残虐な爆発を起こした。なかにいた人間は、聴覚と視覚を叩きのめされて、目が見えなくなり、気絶したはずだった。最後の耳を聾する爆発音と閃光が消えると、エディーはドアの蝶番とは反対の側に跳び込んだ。マクドがすぐあとをつづき、逆方向に離れていった。ふたりとも麻酔拳銃を持っていた。

元レインジャー隊員でケイジャンのマクドは、麻酔拳銃が大嫌いだった。チェーンソーとの戦いに子供用のプラスティック・バットを持って突進するような感じだった。だが、筋肉増強した傭兵たちが相手でも、狙いすまして撃てば麻酔拳銃はかなり有効だし、特殊閃光音響弾で弱っているはずだとわかっていた。

あとの三人も、高速のバレエのような正確ですばやい動きで、息を合わせて駆け込んだ。

カブリーヨは、こういう近接戦闘を〝銃を持った白鳥の湖〟と呼んでいる。

全員が、時を刻む時計の呪縛を感じていた。AWが爆音とともにこの拠点に突入したとたんに、指揮している人間に警告が発せられたにちがいない。拠点を強化するために、どういう予備兵力がやってくるか、見当もつかない。

「敵影(クリア)なし」エディーがいった。チームのようすを見て確認した。全員無事だ。

ひと部屋、掃討した。

カブリーヨはふりむき、あいたままの南側のドアをちらりと見た。だれも表から接近していない。チームがその方角からは無防備だということが気になった。カブリーヨはレーザーで作動する指向性破片地雷を一発戸口に置いて設定した。だれかがそこを駆け抜けようとしたら、天国まで吹っ飛ばされる。

エディーが、隅にあるつぎの戸口を顎で示した。ドローンは機能しなくなる前に、その部屋を録画していた。そこはキッチンで、奥の壁の向こうに食料品置場があることがわかっていた。

食料品置場との境のドアに小窓がある。

エディーは、ハンドシグナルで、ミルコー連発擲弾発射器を持って進むようカブリーヨに伝えた。カブリーヨがリンクと位置を交替すると、エディーはＨＵＤを使ってターゲットを指定した。

チームはふたたびスタックを組んだ。エディーは９バンを二発、キッチンに投げ込んだ。最後の爆発が終わると、チームは死の漏斗を抜けてなだれ込んだ。

敵影がないことが確認されたキッチンにはいると、カブリーヨは小窓越しに擲弾三発を撃ち込んだ。そこのガラスは、９バンによってすでに割れていた。狭い食料品置場で耳を聾する爆発音が響き、閃光が走った。

エディーが手で合図した。リンクが食料品置場のドアを蹴破り、サライが駆け込んだ。隅の床にうつぶせになっている人影を見て、そこへ走っていった。

「アシェルじゃない」サライが通信装置で伝えた。

リンクが麻酔ペレットをその男の首に撃ち込み、手首と足首を結束バンドで縛った。

「ターゲットは気絶、確保した」リンクがいった。

「了解した」エディーがいった。「先へ進もう」

だが、いったいいくつ部屋があるのか？

マックスとエリックは、DINGの座席で、屋内掃討が進められているのをHUDのディスプレイで見ていた。敵戦闘員(タンゴ)がなかのパーティに乱入しようとした場合に備え、一五〇メートルほど離れた東の出入口も監視しつづけていた。

特殊閃光音響弾の星形の爆発の光が、窓の上のほうで不規則にまたたき、古い煉瓦の壁を通して、くぐもった爆発音が聞こえてきた。

ふたりには見えず、音も聞こえなかったが、一〇メートルうしろの砂地に埋め込まれた日光反射タープの下から、傭兵ふたりが這い出した。サランが提供した情報のおかげで、フェロウズはカブリーヨのチームの強襲部隊の構成を正確に予測し、マックスとエリックがいまいる支援位置まで見越していた。

ゲノム改造された戦士ふたりは、電光のような速さでDINGに突進した。殺さないで捕虜にしろと命じられていたので、激しいパンチとすばやい蹴りだけで攻撃した。それだけでもパッド付きヘルメットの下の頭蓋骨に響いた。傭兵ふたりは、DINGに乗っていたマックスとエリックをあっというまになかば気絶させ、座席からひっぱり出して、ヘルメットと武器を奪い、オーブンで焼くチキンのようにダクトテープで縛りあげて、リアシートに投げ込んだ。

小柄なほうの傭兵、顎鬚のブルガリア人がハンドルを握り、髪をブロンドに漂白したエジプト人が助手席に転げ込んだ。

ブルガリア人は電気自動車（EV）を運転したことがなく、すさまじい速度を出す力がモーターにあるのを知らなかったので、アクセルを思い切り踏みつけて、制御を失いそうになった。強化されていた筋力と運動神経全体のおかげで、制御を取り戻し、転覆する前に車体の姿勢を直して、なんとかＤＩＮＧを運転し、修道院から遠ざかって、夜の闇を目指した。

「いったい――」マーフィーは、自分の目を疑った。

「問題か？」ゴメスがきいた。

「マックスとストーニーがカージャックされたみたいだ」

ゴメスは、ディスプレイを確認した。ＤＩＮＧは猛スピードで修道院から遠ざかっていた。なにか異変が起きたのだ。

「会長に知らせよう」マーフィーがいった。

「会長はもう手いっぱいだ」ゴメスは、スロットルをめいっぱい押し込み、バンクをかけてAWをDINGに向けながらいった。「われわれがやろう」

電動のDINGは、ほとんど音をたてずに硬盤層の地面を突っ走った。ごつごつした大きなタイヤの低い響きしか聞こえない。

AWが突然、DINGの背後で加速し、大きなブレードが夏の雷雨のように大気を切り裂いた。

エジプト人が、座席でうしろを向いた。

「ふり切れないぞ」

ブルガリア人が、汚い金歯を見せてにやりと笑った。

「ふり切らなくていい。その機関銃で、おまえの腕前を見せてくれ」

エジプト人がにやりと笑い、兵装パネルのタッチスクリーンを押して、豊和のジョイスティックを握った。

「機関銃じゃねえ――擲弾発射器だ」

「なおのこと好都合だ」

エジプト人がジョイスティックを操作し、突進してくるティルトローター機のまんなかに照準環をぴたりと合わせた。

マーフィーは、ＡＤＳ熱ビームを制御するジョイスティックを握り、照準環をＤＩＮＧに合わせ、画像をスクリーン上で拡大した。ＤＩＮＧは高速で走っていたが、予想どおり回避機動は行なっていなかった。

「マックスとエリックが後部にいる。生きてるのか死んでるのかわからない」

「最善を願おう」ゴメスはいった。

「こいつで放射したら、ふたりともおれに怒りまくるだろうな」

ゴメスが、にやりと笑った。「わたしが怒られるんじゃなくてよかった」ＡＷの機首を下げて、逃げようとしているＤＩＮＧに向けた。

マーフィーは、ＤＩＮＧの擲弾発射器が架軸（ピントル）の上で不意に向きを変えて、自分たちを狙っているのに気づいた。

「やれやれ。ひとりが豊和を作動した」

「なにをぐずぐずしてるんだ？　トースターのスイッチを入れろ！」

マーフィーは、ジョイスティックのトリガーを引き、ＤＩＮＧに向けて二秒間、ミリ波を放射した。ＤＩＮＧが揺れ、全速力で疾走した。擲弾が発射されて、豊和の銃身から閃光がほとばしった。擲弾数発が大きくそれて、ＡＷにはまったく当たらなかった。

「やつの注意を惹いたようだな」ゴメスがいった。

「もっとましな手がある」マーフィーは、べつの制御ステーションのほうを向いた。指がキーボードの上を飛びまわった。「やつのシステムを無効にする」


ＤＩＮＧを運転していたブルガリア人は、皮膚の下を這いまわった二秒間のミリ波放射の影響をののしっていた。追ってくるヘリコプターがやったのだと、とっさに悟った。たいした痛みではなかったが、体の内側から焼かれているのだと思うと気味が悪くなり、パニックを起こした。そういう感情を味わうのは、久しぶりだった。それどころか、最後に恐怖をおぼえたのがいつだったか、思い出せなかった。

エジプト人が擲弾を何発か発射し、うしろで豊和96がドンという音をたてるのが聞こえたが、悪態をついていることからして、追ってくる巨大な回転翼機には当たらなかったようだ。


突然、ＤＩＮＧのライトがすべて消えて、モーターが力を失った。

「なにをやってるんだ？　急げ！」エジプト人がわめいた。「追いつかれる！」

「動かないんだ！」ブルガリア人は叫んだが、馬鹿でかいティルトローターが頭上で轟音を響かせていたので、聞こえたとは思えなかった。

射撃指揮ステーションの電源が切れたのを見て、エジプト人は毒づいた。跳びあがって、豊和の発射機構を握り、手動で発射しようとした。身を低くして、豊和の銃身をほとんど垂直に空に向け、アイアンサイトで大型機に照準を合わせた。

エジプト人はトリガーを引き、爆音を轟かせている機体の下面めがけて、長い連射を放った。


下の男が膝をつき、豊和を上に向けて発射しようとしているのを、ゴメスは見た。特殊閃光音響弾にたいした威力はないとわかっていたが、危険を冒すことはできない。擲弾発射器での攻撃に、ゴメスはターボプロップ・エンジンが駆動しているブレードの角度を変えることで応じた。眼下のＤＩＮＧに向けてハリケーンなみの強風が吹きつけ、目を刺す砂埃で男ふたりはなにも見えなくなった。

特殊閃光音響弾は非誘導の〝馬鹿な〟弾薬で、豊和の銃身から銃弾のようにただ撃ち出されるだけだ。連射された重い四〇ミリ擲弾は、ＡＷのプラット＆ホイットニー・エンジンが起こす強い風と、ティルトローター機の突然の垂直上昇によって、完全に打ち負かされた。高回転の天井の扇風機に向けてピンポン球を投げつけたように、なんの害ももたらさずに飛び散った。

「マーフ――もう一度やつらを焼け！」

ゴメスがAWを垂直上昇させたとき、マーフィーはハーネスをかけたまま激しく揺さぶられていたが、すでに姿勢を回復していた。ADSジョイスティックのトリガーを引き、真下の男ふたりに向けてふたたび熱いミリ波を放射した。数秒後、傭兵ふたりはDINGから跳び出して、悲鳴をあげながら、砂漠をそれぞれ反対の方向へ走っていった。

「くそ――7ピンと10ピンのスプリットだ！」自動特殊閃光音響弾発射器のほうを向きながら、マーフィーはいった。照準環を動かして、小柄なほうの男を見つけ、その背中に合わせて設定した。それから、身を縮めて藪を抜けていたもうひとりを見つけて、おなじように照準を合わせた。逆上していたふたりは、上空から狙いをつけられているのを知っていて、蛇のようにくねくねと走っていた。

マーフィーは、自動兵装システムのバーチャルトグルを押した。二秒以内にコンピューターがターゲットふたつのそれぞれに銃身を向けて発射した。鋭い破裂音が響き、傭兵ふたりは気絶して顔から地面に倒れ込んだ。

「そいつらを獲物袋に入れて、札をつけろ」ゴメスがいった。

「急いだほうがいい。悪い予感がする」マーフィーはハーネスをはずし、乗降口へ向かった。

63

マクドは、一階で最後に掃討した五番目の部屋に隠れていた九人目の傭兵を、結束バンドで縛った。その凶漢はドアの割れ目に拳銃の銃身を突っ込んで、チームの方角へあてずっぽうに弾倉の全弾をばら撒いた。だが、カブリーヨが擲弾発射器で連射し、一発がその男の胸に命中した。その特殊閃光音響弾が炸裂すると、超人傭兵は気絶して仰向けに吹っ飛ばされた。サライがドアから駆け込んで、傭兵が床にぶつかる前に、麻酔拳銃を構えてそばへ行った。その距離で特殊閃光音響弾の直撃を食らったら、たいがいの人間は死んでいたはずだが、ゲノム操作で強化されていたおかげで、傭兵は死ななかった。

AWのターボプロップ・エンジンの回転があがるのが表から聞こえたが、ゴメスがなにも報告しなかったので、すべて制御されているのだろうと、カブリーヨは判断した。

マクドが作業を終えるあいだに、エディーはレイヴンに連絡し、現況報告を求めた。レイヴンとリンダは、たくみに身を隠して、修道院の北側からだれもはいらないように、監視をつづけている。

「全方位敵影なし」レイヴンが報告した。

「二階だ――行くぞ」エディーが、階段を示しながら命じた。チームは狭い廊下を掃討するときのやりかたでスタックを組んだ。ただし、この階段は垂直に近い。エディーが粗削りな木の階段を二段ずつ駆けあがり、最初の踊り場に達して、そこで向きを変え、その先の階段に武器を向けた。

上のほうからライフルの連射が浴びせられ、階段に銃弾がばら撒かれた。弾倉の半分くらいが発射されたところで、リンクがカラシニコフ・ショットガンで応射し、お手玉弾三発を、敵の額に命中させた。その〝殺傷力の弱い〟弾薬は、標準のショットガンの鉛粒を靴下のような袋に詰めた発射体を撃ち出す。だが、これほどの至近距離で、頭蓋骨が砕けるような勢いで発射されたときには、じゅうぶんな殺傷力がある。リンクが撃った男の死体が階段を転げ落ちて、エディーの足もとでとまった。

「現況！」傭兵の死体をまたぎながら、エディーが呼びかけた。

全員が報告した。奇跡的に、だれも被弾していなかった。

マクドがつぎに死体をまたぎ、リンクがそのうしろにつづいた。

「手榴弾！」エディーが叫んだ。手榴弾一発が、階段を転げ落ちてきた。

カブリーヨは、その恐ろしい兵器が、滑って目の前でとまるのを見た。

最初は、つかんで投げようかと思った。だが、その場合、前に投げることしかできない。空中で爆発したら、列の前のほうにいるエディーかマクドが死ぬ。仮に階段の上まで投げあげて、手榴弾が投げられた戸口にほうり込むことができたとしても、それを投げた人間が死ぬ——そして、投げたのはアシェルかもしれない。

まずいやりかただ。アシェルを殺すのではなく救うのが、この任務の目的なのだ。

それらの考えをカブリーヨが処理するのに一ナノ秒かかり、べつの解決策を思いつくのに二分の一ナノ秒かかった。カブリーヨは傭兵の死体をつかんで、濡れた毛布をほうり投げるように手榴弾にかぶせ、爆発を押さえ込むために自分も死体の上に載った。

カブリーヨが死体を持ちあげる前に、エディーがあいた戸口に9バンを一発投げ込み、敵戦闘員（タンゴ）が戸口に近づかないように、マクドがラトラー・ライフルでドア枠を撃ち砕いた。

つぎの瞬間、くぐもったドンという音をたてて死体の下で手榴弾が爆発するのがわかった。死体はじゅうぶんに爆発から護ってくれたが、抗弾ベストを付けていてよかったと、カブリーヨは思った。

「だいじょうぶ?」カブリーヨが起きあがると、サライがきいた。

カブリーヨは、傭兵の死体のほうへうなずいてみせた。死体の上半身のまわりに、血溜まりができはじめていた。

「このあわれなやつよりはましだ」

「十一人目の敵を斃した」エディーが、通信装置で伝えた。エディーとマクドはすでに戸口を抜けて、床に倒れている傭兵に麻酔ペレットを撃ち込んでいた。

リンクがにやりと笑った。「非殺傷兵器なのに、使いかたをまちがえちまった」

エディーの呼びかけを聞いて、サライが目を丸くして、リンクとカブリーヨのそばを駆け抜けた。リンクとカブリーヨがつづいた。肋骨のせいで動きが鈍く、カブリーヨはあいかわらずチームのうしろのほうにいた。戸口を通ったとき、サライがひざまずいて、倒れている男を確認しているのが見えた。サライがカブリーヨのほうをふりむき、首をふった。

アシェルではない。

アシェルはどこだ?

「フェロウズ？　フェロウズ？　くそ」無線機をケースにしまいながら、女傭兵が毒づいた。

ベルリン生まれのアフリカ系ドイツ人は、ナイジェリアの麻薬カルテルに金で雇われていた殺し屋だったという過去について、詳しいことは憶えていなかった。だが、すぐれた戦術の技倆と残虐な狡猾さは、ハイタワーの精神的条件付け最適化プログラムのおかげで維持していた。

ドイツ人の女傭兵は、地下貯蔵庫の狭い闇に、傭兵ふたりとともに立ち、フェロウズ軍曹の攻撃命令を待っていた。三人ともレベルⅢAケヴラー抗弾ベストを付けて、短銃身のAKS‐74Uアサルトライフルを携帯していた。AKシリーズのなかでは小ぶりで、折り畳み銃床を備え、AK‐47より小さい口径の弾薬を使用する。近接戦闘にはもっとも適している銃だった。

「軍曹の身になにかあったにちがいない」アイルランド人の女傭兵がいった。髪を紫色に染め、ショートのスパイクヘアにしてある。

顎鬚のレバノン人傭兵が、首をふった。「あるいは、いま応答できないのかもしれない。あせるな」

「あせってなんかいない。あたしは戦いたいのよ」ドイツ人の女傭兵は拳を固めて低い天井を睨み、また悪態をついた。彼女はこの三人のチームを指揮していて、フェロウズは直接の指揮官だった。フェロウズの愛人でもあった。期待を裏切りたくなかった。

どれだけ待たなければいけないのか？

オレゴン号のチームは、より小規模な班に分かれて、つぎの一連の部屋を掃討した。進みながら特殊閃光音響弾を投げ込み、制圧すべき場所へ突進し、区画ごとに敵を掃討し、脅威を捜した。どの班も迅速に移動し、敵を動揺させるために先手を打った。どんな形の戦いでも、近接戦闘での勝利は、速さ、不意打ち、激しい攻撃によって達成される。

チームは目的別にさまざまに改造された部屋を通った。オフィス、訓練施設、小規模な医務室まであった。カブリーヨが通った場所では、ノートパソコンや携帯電話は見当たらず、ひと目で価値がありそうだとわかるような書類もデスクに残されていなかった。ファイルキャビネットやデスクの引き出しを漁っている時間はない。チームのあとの人間が運よく即動可能情報（アクショナブル・インテリジェンス）を見つけたことを願うしかなかった。時間があればもう一度来て、もっと徹底的に捜索すればいい。アシェルを救出することと、そのために死なないようにすることが、いまの最優先事項だ。

二階全体の部屋をほぼ掃討すると、チームは最後の廊下に集合した。それまでに、傭兵五人を麻酔拳銃で撃ち、結束バンドで縛っていた。チームはふたたびおなじ順番でスタックを組み、おなじ責任区域を割り当てられていた。

エディーは、うしろのチームをちらりと見た。みんな息が荒くなっているが、行動しようと意気込んでいる。ヘルメットのバイザーのスモークガラスの下でふたり以上が笑みを浮かべていることを、エディーは知っていた。つらく危険な仕事だが、彼らはプロフェッショナルだし――この稼業では最高の技倆を備えている。

エディーが廊下に目を戻したとき、AK‐47の銃身が戸口の角から突き出されて、閃光がほとばしるのを見た。銃弾がでたらめにばら撒かれた。重い七・六二×三九ミリ弾が、壁から漆喰の塊を引きちぎり、床板を長い指のような形にえぐった。

エディーが9バンを一発出して、廊下の先にほうった。AK‐47の発砲が熄み、特殊閃光音響弾が耳を聾する歯切れのいい音を響かせて炸裂した。低い爆発音がまだ廊下で反響しているあいだに、AK‐47がふたたび発砲され、二本目の三十発入り弾倉のフルメタルジャケット弾が廊下に向けて放たれた。

エディーはまた9バンを出して、AK‐47の弾倉が空になるのを待った。空になった弾倉が床に落とされる音が聞こえると同時に、エディーは廊下に出て、もっと正確に投げられる位置についた。発砲の源の戸口に近い壁に向かって、エディーは9バンを投げた。9バンが壁から跳ね返り、戸口から部屋に跳び込んだ。完璧なバンクショットだ。

エディーが向きを変えて、角をまわったとき、AK‐47の弾倉が押し込まれるときのカチッというなじみのある音が聞こえた。

つぎの瞬間、特殊閃光音響弾の炸裂音がたてつづけに九回響いた。最後の炸裂音のときに、板敷きの床に人間がドサッと倒れる音が聞こえたと、エディーは思った。

「動くな」エディーはチームに命じて、突進した。聞きちがいかもしれないし、傭兵がフェイントをかけたのかもしれない。いずれにせよ、チームは一〇メートルの死の漏斗を通過する危険を冒すべきではない。ラトラーを目の高さに構えて、エディーはドアの枠に体をぶつけた。

「敵影なし（クリア）」

エディーが床で気を失っている傭兵に狙いをつけているあいだに、チームのあとの面々が殺到し、部屋のなかで位置についた。

倒れている傭兵に、サライが駆け寄った。両腕でその男の頭を抱えた。男の耳と口から血が流れていた。

「アシェル！」

「レイヴン、リンダ、一階のなかで位置について、われわれの六時（まうしろ）を掩護してくれ。これからおりていく」

「アイ、会長」レイヴンがいった。

レイヴンとリンダは、敷地に最後の一べつをくれてから、周囲を見まわしつつ北の入口を目指した。

目当ての貴重な人間を獲得したので、チームはできるだけ早く、AWに戻らなければならない。カブリーヨのバイザーで時を刻んでいるカウントダウン・クロックによれば、チームが地上におりてから、十八分しかたっていなかった。悪党どもの応援がいつやってくるかわからない――踏みとどまってそれをたしかめるつもりはなかった。

「ゴメス、荷物は積んだし、そっちへ向かっている。二分後に会おう」

「了解しました」

部屋を掃討しているわけではなかったが、脱出にも予防措置は必要だった。

　エディーがいつものように先鋒に立ったが、つぎはサライで、折り畳める布製の〈メッドソース・ファスト・ストレッチャー〉――ポリエステルの毛布に把手がついたもので、今回のために持参していた――に意識不明のアシェルを載せたマクドとリンクがつづいていた。カブリーヨは殿（しんがり）だった。

「現況？」エディーが呼びかけた。

全方位敵影なし（オール・クリア）、と全員が応答した。

「行くぞ」

　ドイツ人の女傭兵――フリーダ――は、地下貯蔵庫の落とし戸を押しあげた。蝶番は音をたてなかった。狭い隙間から蜘蛛（くも）のようになめらかに這い出し、仲間ふたりのために落とし戸を持ちあげていた。

　フリーダは用心深く落とし戸を閉めてから、階段を指差した。アイルランド人の女傭兵が、猫のような足どりで三段ずつ昇り、レバノン人がすぐあとにつづいた。最初の踊り場でふたりがとまったときに、フリーダが追いつき、先頭に立って二階を目指そうとした。

ちょうどそのとき、レイヴンとリンダが北のドアから一階に突入した。殺人チーム三人は、後方の下でふたりがドタドタと走る足音を聞いた。それと同時に、二階からも物音が聞こえた。

フリーダは傭兵ふたりに一階へ戻るよう合図し、自分は階段を二階に向けて昇っていった。殺戮の欲望を満たせるよろこびに、目をかっと見ひらいた。

北側の厚い木のドアはびくとも動かなかったので、レイヴンはドア突破用爆薬を古めかしい把手に仕掛けて吹っ飛ばした。リンダがドアを引きあけ、レイヴンが突入した。リンダはすぐ横にいた。

レイヴンの目が、ものすごい速さで動く影の尻尾を捉えた。ふたりが突入したとき、その影は階段を昇ろうとしていた。

「あれはなに？」

「なにも見えなかった……」

レイヴンは通信装置で呼びかけた。「会長、なにかが見え――」

アサルトライフルが吼えて、レイヴンの頭の近くで銃弾が柱を粉微塵にした。

カブリーヨが、「なにかが見え――」というレイヴンの言葉を聞いたとき、自動火器の連射の嵐が、その送信を遮った。

「レイヴン！」エディーが叫び、一階にいるチームメイトを支援しようとして、部屋から跳び出した。

だが、廊下に出たときに見えた――手遅れだったが――目をひん剝いたアフリカ系ドイツ人が、踊り場のすぐ下でかがみ、構えていた短銃身のアサルトライフルで不意に射撃を開始した。

逃げる場所がない。

廊下を銃弾が襲い、壁を砕いてから、エディーの胸に縫い目をこしらえた。衝撃でエディーはうしろに転がり、頭の傷から血飛沫が散った。

「さがって！」サライが叫び、ホルスターから銃を抜いた。狙いをつけようとしたが、その前に五・四五×三九ミリ弾が太腿を貫通した。サライは悲鳴をあげて倒れ、拳銃から放たれた三発は的を大きくそれた。

銃声が湧き起こると同時に、マクドとリンクはアシェルを載せた担架をおろし、殺傷兵器を抜いた。女傭兵が放ったつぎの十数発が、壁と天井を撃ち砕いた。弾倉が空になった。弾倉を交換する合間は、攻撃するのにはうってつけだ。

ただし、例外もある。

超高速の運動神経による技倆と、何百時間もの訓練のおかげで、フリーダはとてつもない速さで弾倉を交換できるはずだった。

ところが、ＡＫの機構に裏切られた。ＡＫ・74は冷戦期の古い設計なので、弾倉の最後の一発が発射されたあと、遊底（ボルト）が後退位置でロックされる仕組みになっていない。その分、弾倉交換に手間がかかる。フリーダが新しい弾倉を押し込んで、一発目を薬室に送り込んだときには、カブリーヨはＦＮファイヴ・セヴンを構えて、すさまじい威力の高速弾六発を、なかば隠れている人影に向けて放っていた。

特殊な銃弾三発が、フリーダのケヴラーの抗弾ベストを貫いた——そういう貫通力を備えるように設計されている。

あとの三発が、狂乱していたフリーダの顔に命中した。

一階では、リンダが柱の蔭に跳び込みながら、拳銃を抜いていた。

「レイヴ——だいじょうぶ？」リンダは通信装置で呼びかけた。ネイティブアメリカンの拳銃の名手は、近くの壁ぎわのほうへ身を投げ、敵とのあいだに柱があるような位置についていた。

「だいじょうぶ」レイヴンは、ラトラーの引き金を引き、前方を撃ったが、敵の位置がわからなかった。二階で銃撃の音が轟然と響いた。通信装置の交信を聞き分けられなかった。

突然、アイルランド人の女傭兵が、物蔭からすさまじい勢いで躍り出た。地獄のコウモリのように跳び、手にしたナイフがギラリと光った。

レイヴンがあわやという瞬間に転がってよけた。レイヴンの頭があったところの木の床に、ブスッという音をたててナイフが刺さった。スパイクヘアの女傭兵が、床板からナイフを引き抜いたとき、レイヴンがその上半身に三発撃ち込んだが。抗弾ベストを貫通しなかった。

興奮しきっていた女傭兵は、リンダのほうへ向きを変え、うめきながらナイフを投げた。ナイフがリンダの上腕二頭筋に命中した。リンダが悲鳴をあげて拳銃を落とし、レイヴンがラトラーの引き金を引いた。・三〇〇ブラックアウト弾数発が、アイルランド人女傭兵の喉に命中した。首がもげそうになった死体が、激しい音をたてて床にぶつかった。

レイヴンはぱっと立ちあがって、リンダに駆け寄ろうとしたが、二歩進んだところで、宙を飛んできた体がぶつかった。レバノン人傭兵がホッケーのフォワードのクロスチェッキングのような感じで体当たりし、すさまじい衝撃でレイヴンは息が詰まり、石を詰めた袋のような重い体に圧し潰されそうになった。男が上に持ちあげた手のナイフと、怒り狂っている顔を、レイヴンは恐怖に目を丸くして見つめた。だが、レバノン人傭兵の体がガクンと揺れて、ぐんにゃりした人形のように裏返った。銃弾数発が命中し、死体がレイヴンの横に転がった。命が失せ、見ひらいたままの両眼が、レイヴンの目のすぐ前にあった。

マクドがどたどたと近づいて、銃をホルスターに収めると同時に、リンダは腕からナイフを引き抜いた。マクドが止血のために救急用品キットからイスラエル包帯（圧迫止血用包帯）を出し、レイヴンが急いで立ちあがった。

「あとのひとたちは？」マクドが包帯に内蔵の締め具を使って傷口を強く圧迫すると、リンダは歯を食いしばりながらきいた。

「サライが銃創を負った。エディーは高速へアカットを受けたけど、命に別状はない。リンカーンとファニート（ファンの愛称）がふたりを手当てしてる」ゴメスがAWを着陸させ、エンジンが建物のすぐ外で爆音をたてていたので、マクドは大声を出さなければならなかった。

カブリーヨとエディーは、まだ意識のないアシェルの布製担架を左右で持ちあげ、階段を駆けおりた。エディーは白い頭部包帯を巻き、頭の傷から赤い血が染み出ていた。

リンクはそのすぐうしろでサライを両腕に抱えていた。サライの太腿の傷には止血帯が取り付けられ、顔に血の毛がなかった。

「このアイスキャンディの屋台をたたむ潮時だ！」クレイモア地雷を起爆しないようにしながら、カブリーヨは叫んだ。「レイヴン、六時（まうしろ）を見張ってくれ！」命令するまでもなかった。レイヴンはその位置について、いそいでAWを目指しているチームとは背中合わせにあとずさりしながらラトラーの銃口を左右に動かしていた。

九十秒後、チームは急いでティルトローター機に乗り込み、地上を離れた。ゴメスが冷静に通信装置で報告した。「敵機（ボギー）がいる」

レーダーのコンピューターが、低速飛行中のMi-24ハインド二機だと識別していた。首都郊外の基地から近づいていて、現場到着は十五分以内だった。

「DINGはどうしますか？」ゴメスがきいた。AWで輸送するためには、十五分ぐらいかかる。

「燃やせ」

カブリーヨはHUD内蔵ヘルメットを脱いで、コクピットを見まわした。

エイミー・フォレスターが、すでにマックスとエリックに包帯を巻いていた。ふたりともかなり動揺して、ひどい打ち身ができていたが、ひどい目に遭ったわりには、それ以外の怪我はなかった。エイミーはつぎに、リンダよりも重傷のサライの傷を手当てした。カブリーヨのほうをちらりと見て、心配はいらないと、目顔で伝えた。

リンクが、エディーの血にまみれた頭部包帯をはずし、頭皮をかすめた銃弾でできた傷をバタフライ形絆創膏で閉じた。胸に打撲を負っているにもかかわらず、中国系アメリカ人戦闘員のエディーは、疲れたような笑みを浮かべて、カブリーヨに親指を立ててみせた。カブリーヨはそれに応じてうなずいた。

カブリーヨは、布製担架に横たわっているアシェルをじっと見た。麻酔ペレットで意識を失ったあと、ずっとそこに寝かせてある。体をざっと見たかぎりでは、ハイタワーの改造法を受けた形跡はあまり見られなかった。手足は筋肉質で力強く、両手が大きくなって、血管が盛りあがっているが、不思議なくらい安らかな顔でぐっすり眠っていた。

アシェルを救出したことに、カブリーヨはものすごく大きな満足をおぼえていた。厳密には友好国の諜報機関の潜入工作員なので、戦友のようなものだと見なしていた。だが、友人だと見なしているサライのためにも、いっそううれしかった。

救出に、カブリーヨは感謝の祈りをささやいた。カブリーヨの部下たちは大きな犠牲を払った。だれも死ななかったことに、ほっとしていた。そろそろハリに状況を報告しなければならない。ようやくオレゴン号を目指すことができて、カブリーヨは自分の側のコンソールで無線機のマイクを手にした。

「オレゴン、オレゴン、こちらはデューセンバーグ29。受信しているか？　どうぞ？」

応答はなかった。

「オレゴン、オレゴン、こちらはデューセンバーグ29。そちらに向かっている。受信しているか？　受信しているか？」

負傷者もそうではないものも、目があいている全員が視線を向けていることに、カブリーヨは気づいた。

「オレゴン？　オレゴン？　オレゴン！」

64

オレゴン号

モーリスは、湯気のたつ空気をまた胸いっぱいに吸った。裸の背中を汗が川のように流れ落ちていた。モーリスはサウナが大好きで、熱い湯気を浴びたあとで、冷水に跳び込み、時間の許すかぎりそれをくりかえすというスウェーデン式のやりかたを楽しんでいた。肉体の健康に役立つのは明らかだった。だが、つらさに甘んじて耐えるのは、遠い昔、若いころに英海兵隊特殊舟艇班にいたときに大切にしていた習慣で、それには精神的な利点がある。

幹部社員、ことにカブリーヨの希望どおりに給仕することが、オレゴン号司厨長のモーリスのおもな仕事だった。主だった乗組員が九聖人修道院の任務に出動しているいまは、彼らが戻るまで、モーリスにはほとんど仕事がなかった。

そうはいっても、友人たちが危地に向かっているのを知りながら眠ることはできなかった。乗組員が任務を行なっているときはいつも、何十年も前のボルネオでの惨憺(さんたん)たる結果を思い浮かべずにはいられない。戦闘のさなかにまた戦友を失うのではないかという恐怖のために、モーリスは現役の戦闘員であることをやめた——そして、その記憶にいまも心を痛めていることが、自分の決断が健全だったのを証明している。

今夜のモーリスの最大の懸念は、勝利を収めて戻ってくる友人たちに、最高の雰囲気とオードブルで歓迎できず、彼らががっかりすることだった。彼らのためにこしらえた料理を思って、モーリスは笑みを浮かべた。メキシカン・ストリートコーンとロブスターのカナッペを、みずからいくつかのトレイにならべ、瓶に霜がつくくらい冷やしたセント・ベルナルデュス・トリペルを用意してある。

モーリスは、貴族的な長い鼻の先にぶらさがっていた汗の珠を手で払い、腕時計を見た。三十秒後にサウナを出て、オリンピックサイズのプールの冷たい水に跳び込み、それからまたヒマラヤスギ張りの狭くて暑いサウナに駆け戻るつもりだった。

サランの四人組の急襲チームは、艇庫にはいるとすぐにふたりずつの組になった。ここからは、伍長と準伍長がそれぞれ傭兵をひとりずつ指揮する。最大の目標は、船のコントロールを奪うことだった。

殺し屋四人は、肉体的能力では常人よりも大幅に優位だし、戦術訓練を受けていたが、戦闘能力のある船に乗り組んでいる二十人以上の男女を相手にしなければならないというのが現実だった。すべて支援要員かもしれないが、彼らに船を防御する手段がないと思い込むのはあさはかだ。空挺部隊でサランは、数にかぎっていえば〝量イコール質〟だということを学んでいた。

サランは、数で劣っているという欠点を克服するために、すばらしい計画を思いついていた。〈ノレゴ・サンライズ〉の支援要員は、サランが仕掛けた罠にひっかかって行なわれている九聖人修道院での陸上作戦に注意が向いているはずだった。乗組員は任務支援に集中し、奇襲攻撃があるとは予想していなかった。当然ながら警戒がおろそかになり、サライのチームは易々と侵入できた。

船を乗っ取るのが、第一の仕事で、第二の仕事は乗っ取りを維持することだった。数の問題はまだ解消されない。

サランは、それにも計画を立てていた。それがいまから実行される。

四人は照明の暗い船内の区画を、音もなく通り抜けた。サプレッサー付きの拳銃を片手に持ち、長いククリを反対の手に持って、機関室を目指して走った。

〈ノレゴ・サンライズ〉の船内では活動が行なわれていたが、エリトリアでの任務のあいだ、近くを通る船や航空機に探知されないように照明をほとんど消していた。錨はおろしていたが、電力を供給するために機関は最小出力で運転されていた。

第一のターゲットは、低い音を発している磁気流体力学機関がある主機関区画の緊急制御室だった。

伍長が先導して、暗い防水隔室を抜けた。シャツのポケットにコピーを入れてあるが、サランが作成した船内図が脳裏に刻まれていた。あとの三人もおなじだった。機関区画の主水密戸が不意にあいて、筋骨たくましい人影が戸口から漏れる暗い明かりのなかに出てきた。

伍長はあとの三人に立ちどまるよう合図して、進んでいった。スーダン人とブラジル人が射撃規律を守り、ククリを使いたいという誘惑を抑えると、完全に確信することはできなかったので、自分の手で問題を解決することにした。低く身をかがめて、豹のような速さで突き進み、乗組員の後頭部を拳銃のグリップで殴った。乗組員はなにで殴られたかも気づかなかった。乗組員が鋼鉄の甲板に倒れる前に、伍長はその重い体を両腕で受けとめ、そっとおろした。音をたてないのが最大の防御だ。

伍長は、進むようハンドシグナルで三人に合図し、水密戸を通って、機関区画へはいった。スーダン人が水密戸を閉め、ブラジル人がそのとなりで防御位置につくあいだに、伍長と準伍長は緊急制御室へ走っていった。

なかにはいると、伍長が侵入者警報システムを見つけた。サランの船内図に記されていたとおりの場所にあった。

「マスクをつけろ」伍長が命じた。

四人とも小さな装備パウチからガスマスクを出して装着した。

伍長が、ずらりとならんでいるボタンを見た。該当するボタンを見つけて押した。

警報のクラクションが不意に鳴りはじめ、区画内の灯火が明滅し、コンピューター合成の女性のきっぱりした大きな声が、船内スピーカー・システムから響いた。〝侵入者警報、全甲板。侵入者警報、全甲板。総員、配置につけ〟

だが、侵入者警報システムが作動すると、べつのもっと重要な結果を引き起こす。明滅するライトと、大音量でガーガー鳴っているクラクションの下で、侵入者対処システムが、船内全体に強力な催眠ガスを放出しはじめた。

オプ・センター

カーク船長の椅子に座っていたハリ・カシムは、侵入者警報が鳴りはじめると、背すじをまっすぐにのばした。古い油井櫓(ゆせいやぐら)から石油が噴きあがるように、血圧が一気にあがった。

女性の下級操舵員が、目を皿のようにして操舵ステーションからハリのほうを肩越しに見た。

ハリは緊急警報ステーションへ走っていって、明滅している赤い警告灯を見た。ぼんやりしている意識を集中し、脅威の性質を判断しようと制御盤に視線を走らせていると、脚の力が抜け、視界がぼやけた。操舵員が床にぶつかる音が聞こえ、ハリはふりむいた。

ハリは催眠ガスのことを突然思い出し、カブリーヨに連絡しようとして無線機に手をのばしたが、マイクに触れる前に意識を失って甲板に倒れた。

医療センター

ジュリア・ハックスリー博士は、あまり眠らないことで有名だった。かといって、不眠症ではない。短時間の睡眠でもうまくやっていける、まれな人間のひとりだった。専門医学実習期間中に優秀な成績を収めたのも、そのおかげだった。同級生はたいがい、睡眠不足になる病院の交替制のせいで、頭のからっぽなゾンビのようにふらふら歩いていた。

今夜もジュリアは、オレゴン号医務室の非常用医療銀の在庫を再確認するために起きていた。九聖人の任務後に医療措置が必要な場合に備え、あらゆるものを準備しておかなければならない。負傷者が出ないことを、ジュリアは祈っていた。だが、それがジュリアの仕事だし、その技倆はきわめて高かった。いつもどおりに備えていた。

死んだ船乗りから採取した生物学的データを見るために、研究室に戻ろうとしたとき、侵入者警報が頭上で鳴った。

訓練がすぐさま反応を引き起こした。気に入っている着装武器のグロック19セミオートマティック・ピストルを取りにいくために、ジュリアは個人用ロッカーへ走っていった。だが、ロッカーの三歩手前で不意に気が遠くなり、視界がぼやけた。

ジュリアは、催眠ガスのために意識を失い、消毒されている床に倒れた。

伍長が、腕時計を確認した。六十秒経過したところで、伍長は警報停止スイッチを押した。女性の声と甲高いクラクションがとまり、明滅していたライトが元の暗めの設定に戻った。さらに重要なのは、船の空調装置が、残っていたガスを排出したことだった。

伍長は、三人のほうを向いた。

「マスクをはずしていい。催眠ガスを吸った人間は、一時間以上眠っている。だが、吸わなかったやつがいるかもしれない」ブラジル人を指差した。「おまえは第一甲板を掃討しろ。目を醒ましているやつがいたら殺せ。オプ・センターへ行くあいだにおれたちもそうする。全員、了解したか？」

三人がうなずいた。

「問題があれば、無線機を使え」伍長はブラジル人を指差した。

「行け！」

モーリスは、ほとんど裸に近い格好で座っていた。氷のように冷えた皮膚が、ありがたいサウナの熱を吸収し始めたとき、侵入者警報が鳴っていることに突然気づいた。

いつから鳴っていたのか？

最初は、なんの音かよくわからなかった。サウナはヒマラヤスギの密封された箱で、甲高いクラクションもぼやけて聞こえたし、コンピューター合成の声もほとんど聞き分けられなかった。モーリスは耳を澄ました。

〝総員、配置につけ〟というのが、表のプールのタイルに反響した。

侵入者がいるはずはない。演習か、あるいはコンピューターの不具合にちがいないと、モーリスは自分にいい聞かせた。

だが、ほんとうにいるとしたら？

モーリスは二度深く息を吸って、温かい湿り気を肺の奥に送り込みながら考えた。

これがほんものの侵入者警報だとしたら、催眠ガスで気を失っていないのは、どういうわけだ？

これが本物の警報ではないか、それとも何者かがガス放出を調節して、ガスが薄くならないように、最下甲板には放出しないようにしたのだ。

それに、密閉されたサウナが、麻酔性のガスから護ってくれたとも考えられる。

いずれにせよ、じっとしていて、異常なしだとわかるまで待っていることはできない。ほんとうに侵入者がいるとしたら、友人たちが危険にさらされる。

そうでなかったら、いつでもまたサウナに戻れる。カブリーヨ艦長が戻ってくるまで、まだ時間がある。

サウナのドアをそっとあけたとき、警告灯と警報がすべてとまった。モーリスは、ほっとして溜息をついた。システムテストだったにちがいない。危機ではなかった。

プールの光り輝く水をちらりと見てから、湯気をあげているサウナを見て、つぎにどっちを楽しもうかと考えた。だが、なにかがきわめて異常だと気づいた。昔の勘が体のなかで蘇った。

モーリスは、ロッカーに向けて駆け出した。

その直後、モーリスは自分のロッカーの前に立っていた。一段目の棚に、きちんとたたんだスウェットシャツが置いてある。二段目の奥に手をのばして、なじみのある物を両手で持った。ショルダーホルスターを引き出した。ウェブリー軍用拳銃が、鞍(くら)に使うような上等な革のホルスターに収まっていた。何十年も大切にしてきた革は、しなやかでなめらかだった。

モーリスは中折れ式の拳銃を抜いて、慎重に銃身を下に折り、回転弾倉を確認した。もちろん装弾されている。モーリスが拳銃をジムのロッカーで保管しているのは、自分の特等室よりもそこのほうが射場に近いからだった。モーリスはホルスターを置き、もうひとつのものをロッカーから出した。たっぷりとオイルをくれてある、頑丈な鞘だった。

革の鞘から、モーリスは槍の穂先のような短刀を出した。遠い昔、肋骨を貫くこの刃物は、信頼できる友人だった。いまだにどの指で輪付きの柄を握っても、手の一部になったように思える。

その瞬間、心臓を冷たい手で握られたような心地を味わった。何年も戦ってきた昔の恐怖が蘇った。

だが、もう恐怖はない。いまは。

モーリスは、自分がなにをやらなければならないかを悟った。

大男のブラジル人は、第一甲板の廊下を走り、乗組員居住区を目指した。催眠ガスがすべての乗組員に届いていなかった場合に備えて、たえず視線を配っていた。だれかに出くわして、切れ味のいいククリが人間の体をどう切り裂くかをたしかめることを思って、脈が速くなった。これまでは野良犬にしかためしたことがない。

進行方向にあった医務部門を、まず捜そうと思った。

ブラジル人傭兵は、廊下で眠っている乗組員をまたいだ。意識を失っている人間を見るのは、それが三人目だった。手術着を着ていたので、医師か看護師だろう。ためしにその男の胸にナイフを突きたてようかと思ったが、伍長の命令を破ることはできない。それに、ナイフを使う機会は、あとでいくらでもあると約束されている。だから、ただ進みつづけた。

角をまわり、ロッカールームにはいった。そこにも倒れている人間がいた。向きを変えようとしたが、なにかがちがうと気づいた。

女だ。

ブラジル人は、女の体を見まわした。黒っぽい髪は飾り気のないポニーテイルにまとめているが、なかなかの美人だし、ぶかぶかの手術着もなまめかしい体の線を隠していなかった。

ブラジル人の体を、テストステロンが電撃のように駆け抜けた。意識が一点に集中した。体がぞくぞくした。

すばやくまわりを見て、伍長が近くで見張っていないことをたしかめた。明らかに近くにはいなかった。ブラジル人はナイフを鞘におさめ、拳銃をホルスターに入れて、無力な美女のそばに駆け寄ってしゃがんだ。近くで見ると、いっそう魅力的だった。

ブラジル人はふるえはじめた。

伍長の声が頭のなかで鳴り響いたが、体のなかで燃え盛っている炎に負けて、ブラジル人はそれを押しのけた。

ブラジル人の大きな手が女のシャツをつかみ、濡れたペーパータオルのように切り裂いた。剝き出しになった上半身が、ブラジル人の生殖器のなかで湧き起こっていた激しい炎にさらにガソリンを注いだ。

「その汚い手を彼女から離せ、ケダモノ！」

しゃがんでいたブラジル人傭兵が、くるりとふりむき、鞘からナイフを抜こうとした。灰色のスウェットシャツを着て、革のショルダーホルスターをつけた年配の男が、戸口に立っていた。濡れた銀髪の下で、明るいブルーの目が怒りに燃えあがっていた。

どこから現われたんだ？

ひと呼吸の半分の速さで、ブラジル人が跳びあがって、突進した。

ブラジル人は筋肉隆々の体でぶつかって、小柄な男を隔壁に叩きつけ、男は息が詰まった。ブラジル人の太い指が、年配の男の首をつかんで隔壁に押しつけ、スニーカーをはいた足が甲板から浮きあがった。

「おまえは何者だ、じじい？」ブラジル人がきいた。相手が息を吸って返事ができるように、締め付ける力をゆるめた。

モーリスの顔から血の気が失せ、真っ蒼になっていた。

「いえ！　さもないとこの細首をニワトリみたいにへし折る！」

モーリスの目が鋭くなった。

「友人たちはかつて……わたしを生霊（レイス）と呼んでいた」

短剣が柄元まで肋骨に押し込まれ、ブラジル人は息を呑んだ。脈が速くなっていた心臓の心室を恐ろしい刃が薄切りしながら奥へと進み、年老いた男の手が巧みにナイフをねじるたびに、筋肉や弁膜がつぎつぎと切り裂かれた。

泡を食った傭兵は、鋼鉄の柄を握って最後のひとひねりをしている肝斑の浮いた手を見おろした。血がシャツに花のような模様をこしらえた。傭兵が恐怖にかられ、信じられない思いで見ているうちに、体から力が抜け、糸が切れた操り人形のように、手と脚がぐったりした。

ブラジル人傭兵は、床にぶつかる前に死んでいた。

モーリスは、ブラジル人の上に倒れ込んだ。大男の手が喉にまだゆるく巻きついていた。モーリスは転がって死体から離れ、信頼する戦闘ナイフを肋骨から抜いた。相手の血まみれのシャツでナイフを拭い、腰のうしろの鞘に収めた。ジュリアのほうへ走っていって、脈をとり、脈があったのでほっとして溜息をついた。

モーリスは、小柄なジュリアを持ちあげて、診察室に運び、診察台にそっと横たえた。引き出しをいくつかあけて、毛布を見つけ、念入りにジュリアの体を覆った。

到着が遅れたのを許してもらえることを願った。

さて、侵入者がいることが証明された。だが、いったい何人いるのか？　目的はなにか？

銃声は聞いていない。この男ひとりのはずはない。しかし、ひとりではないとしても、二人組で行動できるほどの人数ではない——近接戦闘でペアを組まないのは、まずいやりかただ。

元SBS戦闘員のモーリスは、脳の何十年も使っていなかった部分にすかさずアクセスした。

経験豊富な戦闘員が、ひとりでいくつもの部屋を掃討しようとするはずはない。つまり、この男はそれをやっていなかった。人数も多くない。では、いったいなんのために、乗組員がおおぜいいる船に少人数のチームを送り込んだのか？

モーリスの目が、死んだ男のベルトの小さな装備バッグに向いた。モーリスはひざまずき、それをあけた。ガスマスク。

すべてつじつまが合う。となりの部屋で眠っているジュリアをちらりと見た。

この男の急襲チームは、侵入者警報システムを作動させて、オレゴン号の乗組員を眠らせたのだ。つまり、船を乗っ取ろうとしている。

だが、どうやって？

もちろん、やりかたは決まっている。

モーリスは立ちあがった。

そして、走った。

65

オプ・センター

催眠ガスで気絶したときに甲板に勢いよく倒れたためにハリは体のあちこちが痛く、昏睡から醒ますために気付け薬を嗅がされているせいで鼻がひりひりした。

つぎの瞬間、目をしばたたいたときに、どうやってカーク船長の椅子に戻されたのかを悟った。伍長がハリの顔を平手打ちしたとき、そこに座らせたのはその男だと、ハリは気づいた。

二度目の平手打ちで、ハリは耳鳴りを起こし、頭がくらくらした。だが、三発目では、偏頭痛を起こしそうになった。

伍長は、ハリと顔を突き合わせるように立っていた。

「二度と質問しない。この推進機関はどうやって操作すればいいんだ？」

「教えられない」

バシッ！

伍長が体を起こし、ステーションの椅子に持ちあげられていた女性の操舵手を指差した。催眠ガスを吸って昏倒したときにステーションのデスクにぶつけたせいで、左目のまわりに痣ができていた。

「それなら、あの女が知っているだろう」

準伍長が操舵手の手首を握って、腕をねじりあげた。操舵手が痛みのせいで息を呑んだ。歯を食いしばって、操舵手がいった。「あんたには教えない」

伍長がうなずいた。準伍長が操舵員の手首を荒々しくねじり、腕の骨が折れる音が聞こえた。操舵手が悲鳴をあげた。

ハリは吐き気を催した。顔に汗が噴き出した。

伍長がククリを抜いた。

「あの女の皮を生きたまま剝いでやる。おれが知りたいことをおまえがいうまで、すこしずつ」

ハリは真っ蒼になった。この殺人者たちにオレゴン号を乗っ取られてはならないが、友人が拷問されるのを見ていることもできない。

突然、一発の銃声が通路で鳴り響いた。

伍長ふたりは、顔を見合わせた。

準伍長が無線機を手にした。

「アクラム！　アクラム！　現況は？　どうぞ？」

応答はなかった。

伍長は、ドアのほうを顎で示した。

「調べに行け」

準伍長が、拳銃を抜き、急いでドアに向かった。

伍長は、ナイフの刃でハリの喉もとを叩いた。

「おれがこれでやらないとでも――」

廊下で悲鳴が反響した。

そして、照明が消えた。


ハイテクのオプ・センターは、いつもならLEDアクセント照明と、各ステーションにあるコンピューター・スクリーンのブルーの輝きに照らされている。だが、コンピューター・スクリーンも照明も消えていた。ハリの予備通信装置の赤い電源ライトが暗く光っているだけだった。

伍長は真っ暗闇で立ちあがった。

操舵手が部屋の向こう側でデスクの下に這い込む音が聞こえた。わかっている限りでは、オプ・センターに銃器用の戸棚はない。操舵員はただ身を隠そうとしているだけだろう。

伍長はパニックを起こしかけていた。手に負えない状況になっている。主導権を取り戻さなければならない。伍長は計画を立てた。

拳銃を抜き、ハリの頭を殴って、気絶させた。

伍長は奥の隅へ走っていき、拳銃を構えた。だれかが入口からはいってくれば、障害物なしに狙い撃てる。うまくすると、座ったまま気を失っている男を見て、敵が一瞬ためらい、頭に一発撃ち込める隙ができるかもしれない。

闇に目が慣れはじめたときに、伍長は重い足音が入口に近づいてくるのを聞いた。

人影が不意に戸口から跳び込んできて、甲板に倒れ込んだ。

うつぶせになっているその人影に向けて、伍長は三発を放った。銃口炎がストロボのように輝いて、目がくらみそうになった。だが、よく見えるようになると、甲板に身動きせずに横たわっている準伍長に三発撃ち込んだのだとわかった。

自分がなにをやったかを伍長が悟った瞬間に、べつの人影が身を低くして戸口を突破した。

男ふたりは撃ち合った。

ふたりとも被弾した。

モーリスのウェブリーから発射された三八口径弾の最初の一発は、伍長の肩に突き刺さった。二発目と三発目が、喉と額に命中した。

モーリスは、下腹に二発食らって、甲板に倒れた。

モーリスは体をまるめ、歯を食いしばって、下腹を這いあがる灼けるような痛みをこらえた。祈りをささやいた。だが、安心したいからではなかった。

友人たちの期待を裏切っていないことを願って、必死で祈った。

どうにも逃れられない悲惨な状態から気をまぎらそうとして、モーリスはゴム敷きの甲板に顔をくっつけた。指のあいだから自分の命がこぼれ落ちていることを知っていた。意識朦朧とする苦しみのなかで、頭上のスピーカーから慣れ親しんだ声が呼びかけるのを、かすかに聞きつけていた。

カブリーヨだった。

「オレゴン、オレゴン、こちらはデューセンバーグ29。そちらに向かっている。受信しているか？　受信しているか？」

モーリスは、通信に応答するために、膝をついて通信ステーションへ這っていこうとしたが、出血している腹を精いっぱい強く押さえながら、とてつもない痛みのせいで甲板に仰向けになった。熱い血で指がべとべとになった。痛みをこらえるために、モーリスは目を閉じた。

最悪の事態をおそれて、最期の祈りをささやき、友人たちの期待に沿えなかった許しをもとめた。

「オレゴン？　オレゴン？　オレゴン！」

66

ヨルダン上空

アブドゥッラー皇太子は、贅沢な感触にくるみ込まれて、高級な子牛革の座席に座っていた。ヨルダン国境を越えているガルフストリームⅣのアイコンをたどっているライブストリーミングのデジタル地図を見ていたが、頭のなかでは昨夜楽しんだルーマニア人娼婦のことを考えていた。若い皇太子のふしだらな暮らしのなかでも、もっとも刺激的な経験だった。戻ったら会おうと、ふたりは約束していた。

アブドゥッラーは、堕落したセックスの記憶を押し戻して、右側の小さな窓から外を見た。五〇メートルしか離れていないところを、護衛の戦闘機二機のうちの一機、サウジアラビア王国空軍のF‐15Eストライクイーグルが飛んでいた。涙滴形キャノピーの下で、ヘルメットをかぶった機長がガルフストリームに向かって敬礼し、離れていって、サウジアラビア領空に戻るために弧を描くのが見えた。

つぎの瞬間、F-16ファイティングファルコンが、おなじ位置についた。尾翼にヨルダン王国空軍の標章がある。アブドゥッラー皇太子が狭い通路越しに反対側をすばやく見ると、もう一機のヨルダンのF-16が、左で位置につくのが見えた。

アブドゥッラーは、にんまりと笑った。この歴史的な使命を行なうアブドゥッラーを護るために、あらゆる予防措置が講じられていた。サウジアラビアとヨルダンの軍と情報機関の合同タスク・フォースが、この旅のために地上と空での警備を提供している。サウジアラビアとヨルダンは、理由は異なるが、アブドゥッラーの安全を気遣っていた。

ヨルダンは、国内における安全保障上の懸念材料、ことに過半数を占める御しがたいパレスチナ人の問題に苦慮していた。反政府派のパレスチナ人は、数々の理由から、ヨルダン政府に深い怨恨を抱いている。なかでも最大の要因は、ヨルダンがイスラエルと和平条約を結んだことだった。その条約は、ヨルダンが膨大な軍事力でパレスチナ人の故国をシオニストから奪い取るのに失敗した証左だと、パレスチナ人は確信した。

だが、ここ数年、ヨルダン・ハシェミット王国に対するあらたな脅威が、いくつも出現していた。シリアとイランの両政府、アルカイダ、ISIS、国内の革命主義者までもが、ヨルダンに対してたえず安全保障上の脅威になっている。

これらの脅威に対して、ヨルダンはアメリカとの軍事と経済の結び付きを強めている。行き詰っている経済発展、国防インフラ、急増するシリア難民危機を補助するのに、莫大な現金を投入する必要もある。サウジアラビアには、ヨルダンが必要とする現金が豊富にある。

アメリカにとって中東でもっとも揺るぎない同盟国であるサウジアラビアは、アブドゥッラー皇太子の勧めで、相互防衛協定を提案した。皇太子による熱心な秘密交渉によって、ようやく合意に達した。

きょう、その協定が調印される。アブドゥッラーにとっては、これまでで唯一にして最大の外交政策の成果だった。イスラエルとすでに平和条約を締結しているヨルダンと相互防衛協定を結べば、サウジアラビアをアブドゥッラーの最終目標――イスラエルとの防衛協定――に大幅に近づけることができる。

当初は秘密調印の予定だったが、あいにく先週に情報が漏れた。もっとも、その協定の可能性については、何カ月も前から噂になっていた。もうどうでもいい。いまでは確定した取り決めなのだ。

アブドゥッラーを非難するサウジアラビア国内の勢力は、きょうの行事がどういう意味を持つかをじゅうぶんに理解し、条約は国と信仰の両方を裏切るものと見なしている。そういう狂信的な勢力は、危険きわまりない。

サウジ王家の一部には、アルファターハ、アルカイダ、ＩＳＩＳのような過激派組織に資金を提供してきた長い歴史がある。ウサマ・ビンラディンは、サウジアラビアの富豪の一族の生まれだったし、9・11同時多発テロの実行犯十九人のうち十五人が、サウジアラビア国籍だった。アブドゥッラーの警護隊は、それに類する集団が協定調印を阻止するためにヨルダンに手をのばし、機会があれば皇太子を殺そうとするはずだと知っていた。シリアとイランもそれを狙っている。したがって、きょうはアブドゥッラー皇太子を護るために、格別な努力がはらわれている。

アブドゥッラーは、ダイヤモンドをちりばめた〈エルメス〉の腕時計を見た。ガルフストリームは、アメリカの気前のいい納税者のおかげで先ごろ拡張された、ヨルダンのムワッファク・サルティー空軍基地にまもなく着陸する。

キャビンのドアに、控え目なノックがあった。

「はいれ」

引き戸があいた。私設秘書を務める母方のいとこが、アブドゥッラーの暗号化された私用携帯電話を持って、戸口に立っていた。

「なんだ？」

「ハーリド王子から、フェイスタイムで電話がかかっています。きわめて緊急の要件だそうです」

アブドゥッラーは眉をひそめた。元ＧＩＰ長官のハーリドに私用の電話番号を教えたおぼえはなかった。だが、ハーリドはいま――あらためてアブドゥッラーは自分にいい聞かせた――副皇太子なのだ。指揮系統のだれかが教えたのかもしれない。番号を変えようと、頭のなかにメモした。忠誠委員会の保守派によってハーリドを押しつけられたからといって、好意を持つ必要はないし、まして協力する必要はない。

アブドゥッラーは、携帯電話を渡せと合図し、手をふっていとこを下がらせた。顔の高さに携帯電話を持ちあげた。ハーリドが、風雨を経て日焼けした顔に傲岸な笑みを浮かべて挨拶をした。アブドゥッラーは、胆汁が喉にこみあげるのを感じた。

「ハーリド王子、緊急にわたしに話したいことがあるとか。早く済ませてもらいたい。あまり時間がないので」

「信じてほしいが、おまえにどれほどの時間が残されているか、わたしは明確に知っている。だから、挨拶は抜きにしよう。数多くのひとびととおなじように、ヨルダンとの協定にわたしが反対していることは、知っていると思う。この愚行を中止して帰国するよう、貴君を説得できる見込みはあるだろうか？」

「まったくない。それに、その要求をわたしは無礼な行為だと見なす。反逆にひとしい。よくもそんなことができるな？」

「わたしにとって、これほど簡単なことはない。わたしはアッラーの忠実な信徒、アッラーの偉大な手のいやしい指だ。そしていま、裁きのときにわたしはおまえを指差している」

「正気を失ったのか、ハーリド。日没前に、おまえを逮捕させる」

「おまえは傲慢でうぬぼれが強い！　わたしの一族をずっと軽侮してきた」

「なにをいっているんだ？　おまえの息子は、わたしの親友だった」

「わたしの息子は、おまえの操り人形だった。おまえの独善のために、わたしは彼を生贄（いけにえ）にした」

アブドゥッラーは、口をぽかんとあけた。「どういうことだ？」

「おまえは悪魔とシオニストに仕えている。わたしの息子が死んだのはおまえのせいだが、おまえのせいでわたしたちの国民が滅びることはない」

アブドゥッラーは、空いたほうの手を座席の非常ボタンのほうへのばした。携帯電話には映らないように、じりじりと近づけた。

「おまえは悪魔のように生きているから、悪魔のように死ぬ」

ようやく非常ボタンに手が届いたので、アブドゥッラーはにやりと笑った。ボタンを押した。警護チームがすぐさま反応するはずだった。

「いったいなにがいいたい、ハーリド？」

「きのうの夜、おまえが楽しんだルーマニア人の女は、わたしが雇った工作員だ」

恐怖の冷たい衝撃が、アブドゥッラーの背骨を駆けおりた。

アブドゥッラーの顔が恐怖にゆがむのを見て、ハーリドが笑みを浮かべた。

その女は、じつはサランの刺客で、アブドゥッラーの体に新種の生物学的ナノロボットを送り込んでいた。

「全能のアッラーは、高慢な人間は地獄にも住処（すみか）がないとわたしたちに告げているのではなかったか、わが皇太子？」

「おまえは酔っぱらっているにちがいない、馬鹿な年寄り。秘密警察がまもなくおまえの戸口に現われると思っていたほうがいい。電話を切るぞ」

「切ってもいいが、その前にこれを聞け」

ハーリドは、携帯電話のトグルをはじいた。甲高い電子音が、携帯電話のスピーカーから響いた。

「これはなんだ？」

「おまえの最期の音だ」

アブドゥッラーが悪態をついて電話を切ったとき、狭い通路をアブドゥッラーの客室に向けて走ってくる重い足音が響いた。

引き戸がぱっとあいた。アブドゥッラーの専属ボディガードが、戸口にたっていた。

「閣下！」

アブドゥッラー皇太子は、目を見ひらき、まばたきもせずに、じっと座席に座っていた。

死んで。

67

イエメン

サウジアラビアの情報機関幹部が通り道を用意していたので、サランの車両縦隊はなにごともなくイエメン領内を進んでいった。情報機関幹部は、たっぷり賄賂をつかい、ハーリド派の警護要員をルート沿いに配置して、安全な通行を確保していた。

フーシ派支配地域にはいるのは、それよりもかなり厄介だった。国境で合流したゴドス軍の護衛ふたりが、安全に通れるようにあらかじめ手配していたが、疑り深くきわめて残忍になっているフーシ派は、独立した群れで行動している。賄賂をつかい、衛星携帯電話で現地の司令官を呼び出して脅迫することで、ようやく通ることができた。

岩場の多い山岳地帯の目的地に達したとき、ひとつの危機のせいで任務がだいなしになりそうになった。サランの兵士たちは、そこでようやく輸送車両から姿を現わした。それまでゴドス軍の戦闘員はきわめてプロフェッショナルらしく、友好的なほどだった。ミサイル発射用コンピューターのありかについて、先任のイラン人がさりげなく質問したのを、サランは軽く斥けた。耐久性を高めたコンピューターは安全に護られていると、サランは請け合ったが、イラン人がただの好奇心できいたのではないことは明らかだった。

ゴドス軍の戦闘員が、自分たちの政府のためにミサイルを支配しようと思ったとしても、ゲノム操作で強化された男たちがトラックからぞろぞろおりてくるのを見て、すぐさまそういう魂胆は消滅した。ゴドス軍のふたりは、恐怖と狼狽(ろうばい)のせいで蒼ざめた。

この悪魔どもは何者だ？

サランは、笑いを押し殺さなければならなかった。サランはこのミュータントたちと三年以上も接触しているので、彼らの改造された肉体が正常な人間にどういう影響をあたえるかを忘れていた。もしかすると、四肢が太く、手が大きく、体格がよく、競合相手で力の弱いヒトよりもずっと危険な存在だった粗野なネアンデルタール人の野営地に、古代のホモサピエンスが出くわしたのに似ているかもしれない。

だが、イラン人ふたりが銃を抜いたのは、古代ローマから略奪したガリア人の族長に因んでブレンヌスと名付けた、サランのお気に入りのベルジアン・シェパード・ドッグ・マリノアが現われたからだった。サランは、今回の防御的な任務に、その巨大な動物を必要としていなかった。数日で任務は完了する。そこで、ゲノムを改造したほかの攻撃犬は、〈クラウド・フォーチュン〉の犬舎に残してきた。すさまじい大きさの野獣は、きわめて慎重な取り扱いが必要なだけではなく、かなり広いスペースを占めるし、イエメンの荒野の過酷な環境で生き延びるだけのために、膨大な量の餌と水が必要だった。

だが、ブレンヌスは、サランにとって特別な犬だし、そういう地位には特権が伴う。

サランは、片手をあげた。「諸君、武器をホルスターに収めたほうがいい。さもないと、わたしのかわいいブレンヌスが、あんたたちの腕を肩から引っこ抜くだろう」

イラン人ふたりはためらった。

ブレンヌスの胸から低い咆哮（ほうこう）が轟いた。人間の指くらいの長さの牙を剝き出して、襲撃寸前の不機嫌なハイイログマのようにうなった。

イラン人ふたりが、あわててサランの指示に従った。犬や傭兵たちとは距離を置いていたが、サランに対してはプロフェッショナルらしい態度を崩さなかった。ふたりにまだ隠れた魂胆があるという疑いを、サランは捨てきれなかった。

到着するとすぐに、その場所の選択と、イエメンからミサイルを発射することが、かなり非凡な発想だと、サランは気づいた。たしかに、イランがもっともらしく関与を否定しても見透かされるおそれがある。しかし、イランとフーシ派の同盟が不安定であることを、サランは察していた。フーシ派との数度の短い遭遇から、アメリカがフーシ派支配地域を無差別爆撃しても、イランは苦情をいわないにちがいないとわかった。ゴドス軍の下っ端戦闘員ふたりも、うっかり警戒をゆるめたときに、神に見捨てられたフーシ派は、リヤードだけではなくテヘランにとっても厄介な存在なのだと打ち明けた。

だが、なによりも重要なのは、じっさいにミサイルが発射される場所だった。フーシ派のような貧しく、精密な手段を持たない集団が、西側のハイテク監視によって探知されたり掃滅されたりせずに、サウジアラビアに対してミサイルやドローンを使用できるのか、サランにはどうしても理解できなかった。だが、ここに来ると、その理由が納得できた。

イランは北朝鮮のエンジニアを雇い、イエメン山地の自然の洞窟の奥に、秘密トンネルを建設していた。そもそも、北朝鮮人はミサイル製造とそれを西側の衛星の監視の目から隠す名人なのだ。突然、この計画が合理的だとわかった。

ミサイルを運んできた特殊仕様のトラックが、油圧リフトと強力な巻き揚げ機で、ミサイル発射コンテナをなんなくおろした。つづいて、コンテナが丸ごと移動式プラットホームに慎重に載せられ、ミサイル発射のために特別に設計されたコンクリートの建造物に収められた。内部に焼けた跡があって、屑が残っていることから判断して、何度も使われて、発射に成功したにちがいなかった。

この地域だけでも、こういう洞窟が数十カ所あり、多くはなんらかの形で北朝鮮の工学技術を活用していると、イラン人ふたりがサランに教えた。アメリカもサウジアラビアも、洞窟の位置を突きとめていないが、仮に突きとめたとしても、地上での強襲はフーシ派の激しい抵抗に遭うはずだった。この山地で戦う年配のフーシ派の多くは、いまだに古タイヤでこしらえたゴム草履(ぞうり)をはき、何世代も前から祖先が使っていた銃器で戦っている。技倆が高く、意志強固で、生存のために戦うフーシ派は、飢えていても、もっと装備が整っているサウジアラビアの地上部隊――じつは多くが金で雇われたパキスタン人――と、この山地で互角以上の戦いをくりひろげている。

ミサイルをようやく設置して、部下を配置につけると、発射コンピューターをテストする用意ができた。サランはノートパソコンの蓋をあけて、電源を入れた。地球を周回しているGLONASS衛星との高速接続がすぐさま設定され、ソフトウェア・アラートはすべて異状なしを示した。ブラモスの発射準備が整った。サランはノートパソコンの蓋を閉じた。

あとは、百三十億ドルを費やして建造された〈フォード〉を燃える残骸に変えるミサイルの発射命令を、ハーリドが下すのを待てばいいだけだった。空母に乗り組んでいるアメリカ人四千五百人は、攻撃中に即死するか、生き残った人間は沈没する船体もろとも海底に沈んで、冷たい鋼鉄の墓場に永遠に葬られる。

これまでは、なにもかもぴったり計画どおりに進んでいる。ハーリドが先ほど電話してきて、音響で作動するナノロボットの群れに脳の血管を引き裂かれた皇太子が無残な死を遂げたことを伝えた。ハーリドの工作員たちはすでに、アブドゥッラー皇太子の死は、去年に多数の健康な若いスポーツ選手や有名人の命を奪ったのとおなじ成人突然死症候群のせいだというフェイクニュース記事を、ソーシャルメディアでひろめていた。

ハーリドが皇太子の地位を得て、じきに国王になる道がひらけた。

ハーリドが国王になった暁(あかつき)に、自分のもとへ流れ込む巨万の富のことを思うと、サランの脈が速くなった。最初から取り決めができていたし、ハーリドは名誉を重んじる男だ。ミサイル発射を実行すれば、サランは莫大な財産を確保できるはずだった。そろそろ〈ノレゴ・サンライズ〉襲撃チームから、船を奪取して安全な港へ回航しているという報告が届くはずだった。フェロウズ軍曹から捕らえた捕虜の数が伝えられるだろうと、サランは予想していた。スタージェスがどうなったかを、ことに知りたかった。ブレンヌスの餌にする前に、スタージェスからなんらかの情報を聞き出すことができたら、さぞかし愉快だろう。

サランの空想は、通信担当の傭兵の声によってとぎれた。

「すみません。フェロウズ軍曹から緊急通信です」ポーランドのなまりが強い英語で、女傭兵がいった。暗号化された衛星携帯電話をサランに渡した。サランが自信満々の笑みを浮かべて、携帯電話を受け取った。

「フェロウズ？　サランだ。どうだったのか話せ」

サランの朝陽のような笑みが、荒れ狂う嵐雲のように暗くなるのを見たポーランド人傭兵は、話を聞いていないふりをした。

サランは憤激していた。謎の男スタージェスは、カミティ刑務所のことを知り、〈セクメト〉に潜入しただけではなく、念入りに仕掛けた罠から脱出し、そのときにデューク・マタシーを捕らえていた。

スタージェスはCIA工作員ではない。魔法使い、幽精（ジン）、神業の詐欺師だ！

やつはなにもかもだいなしにしたのか？

サランはめまぐるしく頭を働かせ、計算した。マタシーがどうして重要なのか？マタシーはただの歩（ポーン）にすぎない。進行中の大きな策謀についてはなにも知らない。やはりただの行方不明の息子なのか？

サランは、あらかじめ登録されている〈ノレゴ・サンライズ〉襲撃チームの電話番号を検索した。ボタンを押そうとしたところで、ためらった。

スタージェスが罠から逃れたとしたら、まちがいなく〈ノレゴ・サンライズ〉に戻っているはずだ。だとしたら、襲撃チームは殺されるか、捕らえられているだろう。たとえ暗号化されていて、専用のバーチャル・ネットワークを介しているとはいえ、いま衛星携帯電話でチームを呼び出せば、脆弱性をさらけ出すおそれがある。

サランは、衛星携帯電話をポーランド人の女傭兵に渡した。どうでもいい。スタージェスを捕らえ、〈ノレゴ・サンライズ〉を手に入れるのは個人的な問題で、現在進行中のもっと大きい計画とは無関係だ。

サランは、近視眼的な見かたをしていた自分を叱った。〈ノレゴ・サンライズ〉のような船は、ハーリドの石油マネー数十億ドルで建造できるのだから、盗もうとする必要はないのだ。

サランは、部隊の傭兵を点検しにいった。傭兵たちは、身を隠し、位置につき、何事にも対処できるようでなければならない。

これまで過ちを二度起こした。三度目があってはならない。

68

アメリカ海軍空母〈ジェラルド・R・フォード〉

キム・ダダシュ大佐は、巨大な九×六三双眼鏡を目に当てて、外側艦橋張り出し甲板(ブリッジウィング)に立っていた。その馬鹿でかい光学機器は、ニューヨーク市の電話帳くらいの重さだったが、ダダシュがもっとも大切にしている所有物のひとつだった。アメリカ海軍大砲工場マーク37が、第二次世界大戦中に受勲者の重巡洋艦艦長だった大叔父に支給したもので、ダダシュが語り草になっていた大叔父に倣(なら)ってアメリカ海軍士官学校に入学したときに、受け継がれた。古風ではあるが、精密なレンズは研磨された日と変わらない明晰な映像をもたらし、可動部分はいまもバターのようになめらかにまわる。

その双眼鏡は、ただの思い出の品ではなかった。大叔父の薄いグレーの目は、青い太平洋の広い水平線をそのレンズ越しに見渡して照準を定め、敵国日本の不運な艦艇に炎と鋼鉄の弾幕を浴びせた。双眼鏡を通して見るとき、ダダシュは大叔父が見たのとおなじように澄明に世界を見ていると感じる。

何十年も前に意志強固な少女だったダダシュは、大叔父の裏庭にあるリンゴの木に登ったときにはじめて、その双眼鏡の明晰な視野で大きな感動の一端を味わった。

ダダシュは、接近する輸送機に双眼鏡を向けて、フォーカスリングを調整した。双発のC-2グレイハウンドの独特な四枚垂直尾翼が鮮明に見えた。上院議員が乗っているその輸送機が、まもなく着艦する。

ダダシュは双眼鏡をおろした。悪態を連発したい気持ちだった。逝去した親愛なる大叔父は敬虔な長老派の信者だったので、それを聞いたら、羞恥のあまり赤面したにちがいない。ロビン・スタンズベリー上院議員の訪問は、あらゆる面で艦の日常業務に混乱をきたすし、ダダシュの予定も大幅に狂わされる。

だが、ダダシュは口を閉ざしていた。ダダシュはつねにいわゆる〝任務中〟の状態だった。艦長の言葉や身ぶりは、よかれあしかれ乗組員に仔細に見聞きされている。上院軍事委員会の委員長が到着したときに悪態をついたら、ブリッジにいる古株の乗組員の点数をいくらか稼ぐことはできるかもしれないが、噂がひろがったら、不謹慎な言葉のせいで提督への昇級が危うくなるかもしれない――昇級には上院の承認が必要なのだ。

〈フォード〉艦長に就任してから、ダダシュはこういう安っぽい政治宣伝（ドッグ・アンド・ポニー・ショー）を何度も上演してきた。きょうの視察は、表向きはこの地域の事実関係を把握する任務の一環だとされているが、じつはスタンズベリーの弱点だとされている外交政策で評判を高めることだけが目的だった。スタンズベリー上院議員は、つぎの選挙サイクル（上院と下院のそれぞれの任期に応じて行なわれる選挙）で大統領候補指名を目指すと噂されていた。きょうの視察が選挙運動の広告に使われることはまちがいない。

たしかにすばらしい映像になるだろうと、ダダシュも認めていた。地球上でもっとも力のある女性ふたりが、世界一強力な空母の甲板に立つのだ。

女性の力と原子力。

正直なところ、自分にも有利だと、ダダシュは気づいていた。初の女性統合参謀本部議長になりたいのであれば、スタンズベリー上院議員と、将来にはスタンズベリー大統領に、推奨してもらう必要がある。軍のもっとも高い地位はほとんど政治的な割り振りだというのが、嘆かわしい現実なのだ。

ダダシュは、ふたたび双眼鏡を持ちあげた。グレイハウンドが、最終進入態勢で飛行甲板を目指していた。

69

イラン、ブーシェフル

サーデギー准将の車が、イスラム革命防衛隊海軍基地の武装警衛がいるゲートを二度通過し、最後の三番目のゲートを通り抜けた。ゴドス軍司令官のサーデギーは、基地司令とは何年も前からの知り合いだった。基地司令はサーデギーとおなじように、宗教指導者たちの意志薄弱な態度を不安視していた。彼らは、マニキュアをほどこした足をひきずるばかりで、約束はするがけっしてシオニストとの全面戦争には踏み切らない。

基地司令の提督は、サーデギーの最大の支持者で、サーデギーがハーリド王子とともに組み立てた超音速ミサイル作戦の全貌を知らされている数すくない盟友のひとりだった。サーデギーが大統領に就任したら、提督は統合イラン海軍部隊の司令官になり、アメリカを中東地域から追い出し、憎いイスラエルを海に追い落とすための最終攻勢を開始する。

その海軍基地は、外部からのすべての脅威に対して完璧に護られていたが、それとおなじくらい重要なのは、たえず嗅ぎまわっている現政権のスパイからも安全であることだった。サーデギーがハーリドと共謀していることを、宗教指導者たちが知ったら、サーデギーは裏切り者として拷問され、殺される。

サーデギーは、国家安全保障ブリーフィングで、アブドゥッラー皇太子が自然死で亡くなったらしいと聞かされていた。もちろん、それが事実とはかけ離れていることを知っていた。

イランのスパイの親玉サーデギーはハーリドに対する感嘆の念をいっそう高めた。サウジアラビアの情報機関と警護部門は一流だった。ゴドス軍は数十年のあいだに何度となく暗殺を試みたが、サウジアラビア王家のメンバー多数を殺傷するのに失敗している。皇太子が死んだいま、ハーリドが王座に就くのは時間の問題だ。

ハーリドの最終的な成功は、サーデギーがイラン大統領に就任することに左右される。さらに、サーデギーが地域を支配する能力を最後にものにするには、これから乗り込もうとしている貨物船〈アヴァータル〉の船内で厳重に保管されている超音速ミサイルのテクノロジーを入手しなければならない。

その海軍基地は完璧に秘密保全が敷かれているが、超音速ミサイルを陸地に運ぶのは無意味だった。その驚異的な兵器を見る人間は、できるだけすくないほうがいい。スパイがいたるところにいるし、基地は西側とイスラエルの衛星にもよく知られている。

〈アヴァータル〉は、イラン政府が所有する最新鋭のもっとも先進的な商船で、世界最大の船のうちの一隻だった。国際的な貿易制裁によって、イランの貨物船はすべて識別のために船名に〝イラン〟を冠することを求められたので、イラクとの戦争の殉教者に因んで〈イラン・マールミル〉と命名された。じつは、サーデギーはマールミルとともに軍務に服したことがあり、彼に敬意を表してみずからそう命名した。イラン船籍の船舶は、探知を避けるために船名や身許を変えることが多い。〈アヴァータル〉も例外ではなかった。旧友のマールミルは名誉を軽んじられたことを理解してくれるはずだと、サーデギーは思っていた。

サーデギーは、〈アヴァータル〉の特殊な設備の船艙へおりていった。表の潮気を帯びた湿っぽい空気には、港に特有のディーゼル燃料と腐敗した有機物の悪臭が濃厚に漂っていたが、貨物船の広大な船艙は、NASAの施設にあるような涼しいクリーンルームだった。

全長九メートルのブラモス・ミサイルは、発射機コンテナから出され、巨大な鋼鉄のテーブルに置かれて、解剖台のカエルのようにすでに構成部分に分解されていた。サーデギーがみずから選んで、自分への忠誠を入念に吟味したエンジニア二十数人が、テーブルの上のものをすべて、もっとも小さなネジも含めて、細部に至るまで熱心に調べ、計量し、写真を撮って、分類していた。べつの技術者たちが、発射機コンテナをおなじように調べていた。

科学者たちは、サランの超音速ミサイルがまもなく発射されることについては、なにも知らされていなかったが、時間が重要だと伝えられていた。この施設に対するアメリカかイスラエルの強襲がまもなく行なわれるのではないかと、危ぶんでいるものが多かった。サーデギーの友人の提督が、賢明にもその疑念を煽っていた。

イランのエンジニアたちは、数十年前から、リバースエンジニアリングの達人であることを実証してきた。イランはテロとの戦いのさなかにアメリカの無人機(ドローン)を遠隔操作で乗っ取り、手に入れた設計をしばしば改善して、もっとも重要なドローン製造・輸出国になった。ロシアは最近の紛争で、イランのドローンとミサイル技術に大きく依存するようになっている。

この超音速ミサイルを手に入れたことは、サーデギーにとって人生で最大の情報活動の成果――戦略的なゲームチェンジャー――だった。〈フォード〉を撃沈すれば、アメリカを中東地域から追い出し、それに代わって大悪魔のマントをまとおうとする敵がいても抑止できる。

それよりもすばらしいのは、科学者たちがテクノロジーをすべて手に入れて、国産できるようになったら、サーデギー政権のもとでイランがたちまち、地域の海上交通路を支配する一流の海軍勢力になることだった。つづいて、サーデギーは、イランをつぎの輝かしい段階へ進ませる。イスラエルを相手に終末戦争を開始し、最終的に第十二代イマーム、イランの救世主である、アッラーの祝福を受けているマフディー（シーア派の中心的教義のひとつによる救世主）がついに復活する。

これまでのところ、なにもかもが計画どおりに進展している。つぎの段階でハーリドが〈フォード〉撃沈を知らせてくるはずだった。だが、何事も確実とはいえない。サーデギーは、情報将校として昇級を遂げてきた。そのあいだに、任務の成否はすべての細かい部分に注意を払うことに左右されるという厳しい教訓を学んだ。その教訓が身についている。ミサイルから目を離さず、作業の進捗を評価しなければならない。テヘランの詮索の目を逃れてこの移動を行なうのに、たいへんな努力を払ったが、それがどうしても必要だとわかっていた。

サーデギーは、指をふって、チーフエンジニアの注意を喚起した。禿頭のずんぐりしたエンジニアが、顔に笑みをひろげて走ってきた。耐久性を高めたノートパソコンを持っていた。ノートパソコンは手錠で手首につないであった。

「じつにすばらしい兵器システムですね」チーフエンジニアがいった。「設計と小型化したことが、きわめてすぐれています」

「製造の品質はどうだ？　インド人の能力は？」

チーフエンジニアがうなずいた。「インド人は一流です。実戦での能力に問題はありません」

「発射管制機構は？　それも調べたか？」

チーフエンジニアが、ノートパソコンを目の高さに持ちあげた。

「単純でよくできています。どんな下士官でも、十分間訓練すれば、使えるようになります」

サーデギーはうなずき、笑みを浮かべて、分解されたミサイルをひとしきり眺めた。

「仕組みを教えてくれ」

「かしこまりました」
「細大漏らさず」

70

オレゴン号

カブリーヨは、カーク船長の椅子の横に立っていた。体が痛くて座ることができなかった。九聖人修道院での作戦では、アドレナリンの分泌で力を出し過ぎ、そのつけをいま払っていた。上半身の左側が、熟れすぎたナスのように紫になり、黒ずんでいた。体を休める必要があるから船室に戻るよう命じられたが、ベッドで横になっているのは拷問にひとしい。さらに重要なのは、ここにいなければならないことだった。清掃班が見落とした血の染みが、椅子の肘掛けにあるのを、カブリーヨは見つけた――ハリの血にちがいない。通信長のハリがひどく殴られたことを示す、つらい証拠だった。ハリは脳震盪を起こし、何針も縫われて、回復するまで自室にいるよう命じられた。ハリは抗議したが従った。カブリーヨとおなじように、ハリは船内で起きたことに責任を感じていた。

カブリーヨは、消毒用ウェットティッシュの箱を取って、血を拭った。愛するオレゴン号への反撃を予想できなかった自分に、いまも腹が立っていた。判断をまちがえたことが、乗組員に大きな犠牲を強いたのだ。エリトリアの作戦を動かしていたのがだれにせよ、すこぶる腕が立つ。抜け目なく、攻撃的で、不意打ちが得意だ。ああいう動きは、百万年かけても予想できなかっただろう。この敵がたぐいまれな高度の戦術的技倆を備えていることはまちがいない。

カブリーヨは、その敵を二度と見くびるつもりはなかった。

カブリーヨはすでに、全甲板で二十四時間態勢の武装パトロールを行なうよう指示していた。戦闘経験の有無にかかわらず、健康な乗組員全員に武器を持たせた。外部からの脅威に備えて、マーフィーがオレゴン号の自動警備システムを作動した。敵にどんな奥の手があるか、まったくわかっていないのだ。

オプ・センターは静まりかえっていたが、カブリーヨの頭脳はフル回転していた。アシェルを無事に救出したことをいつもなら乗組員が誇りに思うはずだが、何人もの血でその代償を払ったために、それが鈍っていた。さらに重要なのは、彼らの船を何者かが大胆にも強襲したことだった。オレゴン号は彼らの我が家で、それが侵されたのだ。怒りと暗い気分が渦巻いていたが、警戒を怠ってはいなかった。作戦に参加した幹部はだれもが、その夜の出来事を頭のなかであらためて検討した。ことにカブリーヨはすべてを考えていた。

カブリーヨは、下級操舵手の人事記録に表彰状を書きくわえるのを忘れないように、頭にメモした。オレゴン号に状況報告を求めたのに応答がなかったので、カブリーヨは心臓がとまりそうになった。女性の下級操舵手は、マイクを取らずにモーリスの状態を確認したので、応答できなかったのだ。モーリスは致命傷になりかねない傷を負っていたが、奇跡的に生き延びた。下級操舵手は、医務科の警報を鳴らしてから、片腕にひどい骨折を負っていたにもかかわらず、自分の両手でモーリスの出血をとめようとした。カブリーヨの必死の呼びかけに下級操舵手が応答したときには、ジュリアと医師助手ふたりが意識を取り戻して、オプ・センターに駆けつけていた。

医務科の警報を鳴らしたおかげだと、カブリーヨは心のなかでつぶやいた。それでジュリアが目を醒まし、催眠ガスでまだふらふらしながら医務室を出た。医療キットを持つまで、ブラウスが引き裂かれていたことに気づかなかったと、ジュリアはカブリーヨにいった。なにが起きたのかわからなかったが、つぎの瞬間、傭兵の死体でつまずきそうになり、その男の仕業だろうと思った。ジュリアは露出した素肌を覆うように、大きめの白衣のボタンをかけて、オプ・センターへ行った。

ジュリアが、モーリスの手術の準備をして、手術室に運び込んだときに、カブリーヨがオレゴン号の格納庫甲板におり立った。だが、オプ・センターの床の血痕を見たときに、忠実な司厨長が危険な状態であることをカブリーヨは知った。

カブリーヨは壁の時計を見あげた。モーリスの体にジュリアがメスを入れはじめてから、六時間以上が過ぎていた。医務科に電話して状況報告を求めると、エイミー・フォレスターがいった。「空の上にいるひとに貸しがあるようなら、いま取り立てたほうがいいわ」

モーリスがいまも手術台で命を懸けて戦っていることを思い、カブリーヨは肘掛けをぎゅっと握った。モーリスの無私無欲の犠牲が、オレゴン号を救ったのだ。事実をざっと調べたところ、練度の高い超人的な殺し屋四人を斃したのは、年配の司厨長だったとわかった。どうしてそんなことがありうるのだろう？　わけが知りたい。早く話が聞けることを、カブリーヨは祈った。

ほかにも手痛い打撃を食らったオレゴン号の乗組員がいる。

サライの太腿の銃創はかなりひどかったが、エイミーがティルトローター機の機内で優先的に診断し、弾丸が血管や骨には当たらずに貫通したことを確認した。ジュリアが手術室でモーリスの手術を行なっているあいだに、エイミーが診療室でサライの傷を縫合した。サライは激痛を味わい、厄介な回復期を経なければならないが、経過は良好だった。リンクは、ティルトローター機から運びおろしてから医務科へ行くまでずっと、サライのそばを離れなかった。

当面、ジュリアにはアシェルに対応する時間も経験もない。アシェルがほかの傭兵たちとおなじ状態なら、アドレナリン分泌はボリューム11まで上昇しているはずだった。それだけでも寿命が短くなる。アシェルの命を奪おうとしているゲノム操作を逆転させることができる施設に搬送する手配をするまで、鎮静状態にしておくべきだと、ジュリアは判断した。

エディー・センの頭の傷の痛みは、医師助手が局部麻酔で和らげた。そのあとでエイミーが縫合し、胸部に受けた打撃を楽にするためにアセトアミノフェンの錠剤をひと瓶あたえて、船室に戻らせた。抗弾ベストがエディーの命を護ったのだ。

マーフィーが兵装ステーションにいるのを見て、カブリーヨはほっとした。マーフィーは軍隊経験のない数すくない乗組員のひとりで、内気なテクノロジーおたくだが、戦闘で勇敢で頼りになることを実証している。昔のアニメに登場する弱虫の大型犬スクービー・ドゥー(クルッパー)の飼い主シャギーに似ているかもしれないが、プロボクサーのシュガー・レイ・レナードなみの正確さでテクノロジーを駆使する。マーフィーは、負傷せずに戻ってきた数人のうちのひとりだった。

リンダはそれほど幸運ではなかった。上腕二頭筋のナイフの傷は、命にかかわるようなものではないが、再建手術が必要だった。リンダは抗議したが、数週間、完全勤務の許可はおりないはずだった。

いっぽう、マックスとエリックは、体がこうむった傷はわりあい浅かったが、不意打ちを食らって殴られたことで、自尊心が大きく傷ついていた。ふたりとも脳震盪を起こしていたので、数日のあいだ戦闘などの肉体的負担が大きい活動はできない。早く現役に戻りたいと思いながら、ふたりはおとなしく反省し、オプ・センターでうろうろしていた。

ハリの通信科の女性技術者が、椅子にすわったまま向きを変えた。

「電話です、会長。ラングストン・オーヴァーホルトさんから。緊急だそうです」

どういう電話なのか、カブリーヨにはわからなかった。アシェルの救出に成功し、いまオレゴン号では提供できない特殊な手当てが必要だということを、メールで報告していた。アシェルが過激なゲノム操作プログラムを受け、体力が大幅に変わっていることを、手短に伝えてあった。

エリトリアでの任務の具体的な結果やオレゴン号が襲撃されたことを、カブリーヨはＣＩＡの元師匠のオーヴァーホルトにまだ知らせていなかった。正直なところ、面目なかったし、おぞましい詳細をオーヴァーホルトに報告する前に、起きたことを整理しようとしていた。ラングは、ほかのチャンネルでなにかを聞きつけたのか？　たしかめる方法はひとつしかない。

「スピーカーにつないでくれ」

71

「ラング、オプ・センターでスピーカーホンにしてあります」カブリーヨはいった。

「手短にいう。だが、まずアシェル・マッサラを救出したことに、おめでとうといおう。よくやった」

頭上のスピーカーから鳴り響いていたオーヴァーホルトの声は、切迫した感じだった。

「乗組員に伝えます。なにがあったんですか?」

「国防総省の緊急ブリーフィングから戻ってきたところだ。インド政府が、一週間前の盗難について、いまごろわたしたちに知らせてきた。ブラモスNGv2超音速ミサイル二基が、海軍の保管施設から武力で強奪されたと、インド政府が報告した」

マックスが、長い口笛を鳴らした。「超音速ミサイル? まずいな」

マーフィーとエリックが、シンクロナイズド・スイミングの選手のようにおなじ動きでそれぞれのコンピューターのほうを向き、キーボードを叩きはじめた。

「インドがいまごろ知らせてきた理由は?」

「インド政府はミサイルのありかを突きとめることができず、われわれに助けをもとめている」

マーフィーが、ブラモス・ミサイルの画像を一枚、隔壁のディスプレイに呼び出した。詳細な技術仕様も表示された。もっとも重要な事実だけを、マーフィーは読みあげた。

「対艦ミサイルとして設計された。全長九メートル。直径六〇センチ、最大弾頭重量約九〇〇ポンド(約四〇〇キログラム)。最大速度マッハ三・九。射程は九〇〇海里を超える」

「やたらと九が多いな」マックスがいった。

「通常弾頭? 核弾頭?」カブリーヨはきいた。

「両方ありうる」エリックがいった。

「さいわい、インドは通常弾頭しか搭載していなかった」オーヴァーホルトはいった。

エリックが、レーザーポインターをスクリーンに向けた。

「発射機は通常の船舶用四〇フィート・コンテナを模してます。どんな十八輪トラックや貨物船でも、戦略兵器システムに変えられるように。ロシアの設計だけど、インドで建造されました」

「ロシアには、きわめて先進的で、戦闘で実力が証明された超音速ミサイル開発計画があります」エリックはなおもいった。「それに、このインド製は次世代型（NG）で、速度が速くなり、射程も大幅にのびて、運用が楽になりました」ノートパソコンの発射管制装置の画像を呼び出した。「テトリスをやることができれば、たぶんこれを飛ばせるでしょう。目標指定衛星との通信を確立し、発射ボタンを押して、耳をふさげばいいだけです」

「いうまでもないだろうが、これは国際海運全般と、ことに西側の海軍部隊に対する脅威になる」オーヴァーホルトはいった。「イラン、シリア、テロ組織が、これを手に入れたら、とんでもない事態になる」

「容疑者は？」カブリーヨはきいた。

「不明だ。ただ、インドの友人たちは、施設を攻撃した戦闘員たちについて、信じられないような話を伝えた。戦闘員たちは超人的な力と速さを発揮したと、彼らは主張している。きみは事後報告で、アシェルの肉体能力はゲノム操作で変えられていたと述べている。インドの施設を攻撃した連中とアシェルは、つながりがあるのではないかと、私は思っていた」

マーフィーが自分の額を叩いた。「おれは馬鹿だ」

「それに異存はない」エリックがいった。

「GLONASSだよ、あんた。GLONASSだ！」

どういうことが悟ったエリックが、目を丸くした。

「そうだ。どうして思いつかなかったんだろう？」

マーフィーは、ハリの通信ステーションへ走っていって、スニファー・キーボードの前に座った。

「GLONASS？」マックスがきいた。

「ロシアのGPSです。中国にも自分たちのGPSがあります」エリックがいった。

「どちらの軍もGPSを必要としているし、アメリカが提供することはありえない」

「なにを捜そうとしているんだ？」カブリーヨはきいた。

「GLONASSは特定の周波数で発信してます。それを捜すよう、スニファーを設定します。それらのミサイルが、システムに正しく接続されていたら、三角測量で地上の位置を突きとめることができます」

「それはすばらしい報せだ、諸君」オーヴァーホルトがいった。「NSAやNROに連絡して――」

「それには及びません」マーフィーが肩越しにいった。「おれがやります」

「それに、NSAやNROじゃ、時間がかかりすぎる」エリックがいった。「だいいち、マーフィーは最高なんですよ」

マーフィーが、にやりと笑った。「ありがとう、きょうだい」

「発射コンピューターがGLONASSに接続していなかったらどうなる？」マックスがきいた。「その場合は？」

「鋭い質問ですね。それで思いついた」エリックが、自分のコンピューターに新しいウィンドウをひらいた。

「スニファーはまだなにも見つけてない」マーフィーがいった。「だからといって、見つからないとはかぎらない。辛抱強くやらないといけない」

「時間はわたしたちの味方ではない」オーヴァーホルトがいった。「きょうの大統領日報は読んだだろう？」

それに記載されていた数多くの国家安全保障項目のひとつとして、現在紅海に配置されている空母〈ジェラルド・R・フォード〉をロビン・スタンズベリー上院議員が訪れる予定であることが記されていた。

「〈フォード〉を撃沈すれば、イランにとっては大成功だ」カブリーヨはいった。「アメリカを憎んでいるその地域のすべての勢力にとっても」

マックスがしかめ面をした。「ケヴラーの装甲がほどこされてる一〇万トンの空母を、九〇〇ポンド弾頭で撃沈できるとは思えない」

マーフィーが、椅子に座ったままで向きを変えた。「運動エネルギーは、質量と速度の積にひとしい。テニスボールは二二口径弾の二十倍の重さだ。でも、いくら〈ウイルソン〉のラケットで強く飛ばしても、人間を殺すことはできない。でも、ライフルから発射された二二口径弾は、人間の頭蓋骨を貫通する。速度で殺すんだ」

「しかし、それだけではない」カブリーヨはいった。「〈フォード〉は、海に浮かぶガソリンスタンドの上に巨大な弾薬庫を載せているようなものだ。もっと小型の〈ニミッツ〉級でも、弾薬二五〇〇トンとジェット燃料二八〇万ガロンを積んでいる。超音速ミサイルが、そのどちらかに命中したら、ゲームオーバーだ。原子炉があるのも忘れてはならない。そもそも、ミサイルが飛行甲板を破壊しただけでも、航空作戦が停止され、アメリカの海軍力は難攻不落だという通説が打ち砕かれる。任務は達成される」

「防空はどうなんだ？」マックスがきいた。「レーダーは？　ミサイルは？　戦闘空中哨戒（CAP）の戦闘機は？」

「ブラモスは時速五〇〇〇キロメートル近い速度で飛ぶ」マーフィーがいった。「その速度だと、発生するプラズマの雲がレーダー波を吸収し、レーダーにはほとんど見えなくなる。でも、たとえ追跡できたとしても、低空を飛ぶので、邀撃する時間がない。さらに悪いことに、このミサイルは回避機動を行なう。オレゴン号の防空もほとんど無力で、ブラモスに対しては勝ち目がないでしょうね。〈フォード〉もおなじだ」

「ドカーン！」エリックが、両手を上に突きあげた。「見つけたぞ、この野郎」

「どうやったんだ？」マーフィーが、かなり面食らっていた。

「スニファーの過去二十四時間の記録を捜索したんだ。約三十二分前に、GLONASSの信号の地理位置情報が取得された……ここだ」エリックが、べつのスクリーンに画像を出した。「発射ノートパソコン一台は、イエメンにあるみたいだ。座標を伝えよう。〈フォード〉のSEALか海兵隊の一個小隊が始末してくれるにちがいない」

「あいにくそれは望めない」オーヴァーホルトがいった。「最近、われわれの政府はその地域で細い綱を渡っているようなものだ。法的根拠なしに海兵隊を派遣したら、主権国に対する違法攻撃と見なされる。ただの勘でそれをやることができない。わたしたちが探知したその信号が、まちがいなくブラモス・ミサイル発射機のプログラムだといい切れるのか？」

「抽象理論として一〇〇パーセント確実か、ということですか？　いいえ」マーフィーがいった。「きみの直観はどういっている？」カブリーヨはきいた。

　マーフィーはうなずいた。「まちがいないと感じてます」

「わたしにとっては、それでじゅうぶんだ、ラング」カブリーヨはいった。

「マーフィー君の腹の直観だけを根拠に、大統領がこのような行動を許可することはありえない。それに、ノートパソコンが確実にそこにあるのがわかっても、ミサイルはどこにあるのか？　それがおもなターゲットだ」

「ミサイルはその近くにあるでしょう」カブリーヨはいった。「しかし、いいたいことはわかります」

「それに、もしブラモスがコンピューターとおなじ場所にあっても、〈フォード〉がターゲットだという証拠がない」

　カブリーヨは、頭を掻いて考えた。

「砲雷（ウェップス）、発射コンピューターがまた作動したときに、ハッキングで侵入できる可能性はあるか？　作動を停止できるか？」

「ええ、できます。暗号化がどれほど厳重かによりますが」

「それにどれくらいかかる？」

「十秒、十時間、十日。なんともいえません」

「だとすると、おれたちのつぎの手立ては？」マックスがきいた。

カブリーヨは、オプ・センターを見まわした。全員の目が、カブリーヨに焦点を合わせていた。カブリーヨは、そこにいない乗組員のことを考えていた――包帯を巻かれ、傷口を縫われた乗組員のことを。カブリーヨの急襲チームは、かなりの損害を受けていた。もう一度やれと頼むことはできない。ゴメスは疲労困憊(こんぱい)し、AWは整備所で必要な修理と整備を受けている。DINGはエリトリアに置き去りにして、焼夷(しょうい)擲弾で燃やしてしまった。

だが、紅海を航行しているアメリカの空母があり、乗組員四千五百人の命が危険にさらされている。なにか手を打たなければならない。

「わたしは行く。独りで」

72

カブリーヨは、肘掛けの通信ボタンを押した。

「格納庫、AWを準備してくれ。わたしがちょっとひと乗りする」

「でも、会長――」

「準備しろ！」カブリーヨは通信を切った。

「あんたにティルトローター機は飛ばせない」マックスがいった。

「飛ばせるとも。六カ月もゴメスのとなりに座っていたんだぞ。リンクのいいかたを借りれば、楽勝だ」

「リンクはここにいないぞ」マックスがぶつぶついった。

「単独飛行をやったことがあるんですか？」エリックがきいた。

カブリーヨは腕時計を叩いた。「十分後にもう一度きいてくれ」

「ゴメスは、自分の飛行機（バード）を会長が飛ばすのを嫌がります」マーフィーがつけくわえた。

「ミスター・アダムズが操縦しているかもしれないが、契約したのはわたしだから、厳密には私の飛行機だ」カブリーヨはドアに向かった。

「ファン、いとしい息子よ、どうも気に入らない感じなんだがね」オーヴァーホルトが、スピーカーを通じていった。

カブリーヨは、オーヴァーホルトとまだ電話がつながっているのを忘れていた。だれもが心配そうな目つきだということに気づいた。そういう気持ちはありがたい。しかし、やらなければならない仕事がある。カブリーヨはまわりを見た。

「いいか、選択肢が尽きたし——時間もない。航続距離と速度がじゅうぶんなドローンがあれば、それを送り込むが、そういうドローンはない。上空を通過して、偵察しよう。運よくミサイルを見つけることができれば、レーザー照準指示装置をそれに向けて、マーフィーがそこへ巡航ミサイルを発射すればいい。見つからなかったら、厩に戻ってくる。たいしたことはない。上空を飛べば、やつらが怯えて、しばらく発射を延期するかもしれない」

「武器庫に電磁パルス・ミサイルはないのか？」オーヴァーホルトがきいた。「それでプラモスを無力化できないか？」

「ありますが、いちばん古いボルドーを賭けてもいい。ブラモスは電磁パルス対策を備えているでしょう。ロシア人は電子戦の権威だし、インド人は馬鹿ではない。万全を期しているはずです。でも、おかげで考えがひとつ浮かびました。砲雷(ウエップス)、格納庫に電話してくれ。ミス・ディライラを乗せていく」

「名案です」マーフィーが、歯を剝き出して笑った。マーフィーが通信装置で指示をつたえるあいだに、カブリーヨはドアに向かった。

「ディライラとはだれかね?」オーヴァーホルトがきいた。

「脚が短くて、元気いっぱいの女の子です」カブリーヨは大声で返事した。

マックスが手をのばして、カブリーヨの肘をつかんだ。カブリーヨは痛みに顔をしかめた。

　マックスが、いわんこっちゃないというように、両眉を大きくあげた。

「これはいっしょにやったほうがいい」

　カブリーヨは、自分の腕に置かれたマックスの肉付きのいい手をちらりと見た。

「それはだめだ。わたしたちはこのダンスパーティに乗り込んで、何人もの命を危険にさらした。それに、わたしがワトゥシ(一九五〇年代に流行したダンス)を踊るのがうまいのは知っているだろう。花嫁の付き添いにも色目をつかわれてね」

「色目をつかうのは、酔っぱらった女だけだろう」マックスはうなずき、渋々カブリーヨの腕を離した。「おれはいっしょに行く。目と手が余分にひと組あったほうがいい」

「あんたは地上勤務を命じられている、お若いの。医師の命令だ。それに、リンダが負傷したから、操船にあんたの確実な腕前が必要だ」

マーフィーとエリックが立ちあがりかけたが、カブリーヨは手をふって席に戻らせた。「諸君、気持ちはありがたいが、ここで重責をこなしてもらいたい。ここでやっているのはテクノロジー作戦だし、わたしはアナログ人間だ。わかるな?」

マーフィーとエリックがうなずいたが、ささやきを交わした。

カブリーヨは、乗組員に笑みを向けた。「ほらね、行って帰ってくるだけだ。たいしたことじゃない」

「ファン、親愛なる息子よ」オーヴァーホルトが、スピーカーを通じていった。

「ああ、ラング?」

「よい猟果(グッド・ハンティング)を」

カブリーヨは足をひきずりながら甲板を進み、かすかな風が強まらないことに感謝した。なんであろうと、離陸が楽なほうがありがたい。

強い潮の香りが鼻を刺激すると、いつも気分が晴れやかになる。若いころ、南カリフォルニアのビーチでサーフィンをやっていたのんきな日々の感動が蘇る。AWをいま持ちあげているエレベーターの油圧モーターの低いうなりが、大きな穴の底から聞こえていた。

上昇するヘリコプター甲板にカブリーヨが近づくと、上を向いているティルトローター・ブレードが、まず現われた。頭のなかで飛行前チェックリストを予行演習したが、座席についてハーネスを締めたあとで、脚にマジックテープで留めてある電話帳並みの厚さの印刷された飛行マニュアルに頼るつもりだった。頭のなかでひらめくスイッチや計器の細かい部分に気を取られていたので、エレベーターがようやくあがってきてロックされたとき反応がちょっと遅れて、二度見した。

リンク、マクド、レイヴンが、抗弾ベストと武器も含めた戦術装備を身につけて、そこに立っていた。マーフィーはベルボトムのジーンズと、コンサートTシャツの残っていた一枚を身につけ、それがチェストリグの下からはみ出していた。片手に馬鹿でかい双眼鏡のようなレーザー目標指示装置を持っている。

「おいみんな、回覧したメモを読まなかった人間がいるみたいだな」カブリーヨはいった。エンジンがたちまち始動した。カブリーヨは身を乗り出した。ゴメスが機長席に座っていた。ゴメスが満面に笑みをうかべ、世界一だらしない敬礼をした。

「悪く思わないでほしいんですが、会長。いっしょに行きますよ」リンクがいった。

「武装した護衛はいらない。ただ上空を飛ぶだけだ」カブリーヨはいった。

「遊覧飛行はいつだって楽しいし」レイヴンがいった。

マクドがにやりと笑った。「この季節のイエメンを空から見ると、美しいって聞いてます」

カブリーヨは、マーフィーを指差した。「ディライラは、ここできみを必要としている」

「ストーニーがちゃんと世話できますよ。だけど、ラトラーGがなかったら」――マーフィーは、イスラエル製の目標指示装置を持ちあげた――「彼女はコウモリみたいに何も見えない……ストーニーのデートの相手とおなじで、見る目がない。それに、これを前に使ったことがあるのは、おれだけです。壊れたら直せるし」

ターボプロップ・エンジンの回転があがり、やかましい音をたてる風を巻き起こした。

カブリーヨは、献身的な乗組員たちの顔を見てうなずいた。議論しても勝てないとわかっていた。

「それじゃ、鞍にまたがろう（レッツ・サドル・アップ）」

73

イエメン上空

ティルトローター機のキャビンで、胴体の左右の大きなエンジンの爆音が轟いていた。長距離を水平飛行したあと、プロペラが上を向いてヘリコプター・モードになっていた。

操縦装置を操っているゴメスとステーションの前に座っていたマーフィーを除く全員が、双眼鏡を顔に押しつけ、窓から地上に目を配っていた。赤外線画像装置では、眼下の岩場で陽炎(かげろう)をこしらえている熱気のほかには、なにも捉えていなかった。

「この場所でまちがいないんだろうな?」カブリーヨはAWの通信装置でマーフィーにきいた。まちがいないはずだった。ディスプレイでそれがわかっている。だが、眼下に見えるのは、岩が転がる谷間と、土埃の立つ山道数本によって仕切られている山地だけだった。カブリーヨはいらだちの頂点に達していた。これでもう、二十分、この位置を維持している。理由は説明できなかったが、逼迫している時間がどんどん流れ過ぎているという思いをふり払うことができなかった。

「場所が合ってることに、疑問の余地はないです」マーフィーがいった。

「ストーニー、もう輝点（ブリップ）はないか？」カブリーヨはきいた。エリックはオレゴン号にいて、GLONASSの目標指定信号が発信されないかどうか見張っている——あるいはほかの場所に現われないかと。

「いいえ、会長。前の弱い信号ひとつだけです」

カブリーヨは、悪態をつきたくなるのをこらえた。下の岩場の多い斜面のどこかに、ミサイルと発射管制装置があると、確信していた。ここは完璧な防御陣地だ。月の裏側のほうが、ずっと到達しやすいかもしれない。しかし、ノートパソコンがまだこの場所の地上にあるかどうかを知るすべはない。もしかすると、発射管制用ノートパソコンは、ミサイルといっしょにまったくべつの場所に運ばれ、そこでテストされたのかもしれない。すでにここから移動した可能性もある。

だが、どこにある？　どうやって捜せばいい？

カブリーヨは双眼鏡をおろした。貴重な時間を無駄にしている。

どれだけ長く、このあたりにいるべきなのか？

昔からの癖で、カブリーヨは胸にしっかりと固定している武器に手袋をはめた手で触れた。短く太いＦＮハースタルＰ90は、短銃身のブルパップ型の設計で、脚のホルスターに収めてある好みの拳銃、ＦＮファイヴ・セヴンとおなじ徹甲弾を使用する。エリトリアの作戦とはことなり、敵が洗脳された傭兵であっても――あるいはそうではないかもしれないが、ここでは悪党どもを斃すのになんの良心の呵責もなかった。エリトリアでは傭兵たちがなにをやろうとしているのか、わかっていなかったが、このイエメンでは敵戦闘員（タンゴ）はアメリカ人を殺そうと企んでいる。それがゲームのルールを変えた。もう特殊閃光音響弾や結束バンドは使わない。

「もっとよく見えるように、降下しましょうか？」ゴメスがきいた。ティルトローター機は、ＲＰＧや小銃の射程外の高度一五〇〇フィートを飛行していた。

ゴメスの声には不安がにじんでいたが、カブリーヨはそうすることを真剣に望んでいた。地上に近づいたほうが好都合だが、危険はきわめて大きくなる。低空飛行のＡＷに、射手は小火器でも甚大な被害をあたえられる。高度を下げるよりも、捜索範囲をひろげるほうがずっと賢明だ。

だが、せっかくここまで来たのだ。

「一〇〇フィートまで降下しろ。いますぐに」

「わかりました、会長」

カブリーヨは、双眼鏡を目に当てた。なにも見つけられなかったが、だれかが地上でカブリーヨのチームを照準に捉えていると、勘が告げていた。

サランは、洞窟の縁の下で暗がりに立ち、上空で旋回しているティルトローター機にずっと双眼鏡を向けていた。タイミングが微妙だった。数分以内にミサイル発射の準備をするよう、ハーリドが伝えてきた。

そんなときに、これだ。

接近するティルトローター機のブレードのバタバタという音を、最初に聞いたとき、ヘリコプターだろうとサランは思ったが、どこから来たのか見当がつかなかった。サウジアラビアのパイロットは臆病者で、フーシ派の対空射撃をつねに恐れている。効果や民間人への副次的被害を意に介さず、たいがい高高度から弾薬（ミュニション）（爆弾・ロケット弾・ミサイル銃弾・砲弾などの総称）を投射する。

では、何者だろう？

イラン人ではないと、サランにはわかっていた。関与を確実に否定できるように、イラン政府はこの作戦には近づかないと、ゴドス軍のふたりが請け合っている。サランはふたりを信じた。イラン人戦闘員ふたりは愛国者で、サランはそれに敬意を抱いた。ふたりは発射が済んだら、すぐさまノートパソコンを盗むつもりでいる。サライはそのことにも敬意を抱いていた。役割が逆だったら、自分でもそうする。

そういう経緯から、サランはイラン人ふたりを、すみやかにきれいさっぱり殺すよう命じた。そして、イスラム教のしきたりどおり、メッカに顔を向けて、簡単に埋葬した。ふたりの上官には、もっともらしい作り話を吹き込むつもりだった。彼らを英雄だと称賛し、戦いによって死んだと虚偽の報告をする。

サランはようやく、そのきわめて変わった形の航空機を目視した――固定翼機のようでもあり、ヘリコプターのようでもある。即座に、スタージェスだと悟った。フェロウズ軍曹が、その乗り物の特徴を完璧に説明していた。その機種は、当初はおもに軍や国家安全保障機関で使用されていた。所有している民間人は数すくない。それから数分、サライはそれが旋回するのを見守った。

あれはスタージェスで、ミサイルを捜しているにちがいない。

またしてもサランの体の奥で激しい怒りが湧き起こった。鋼鉄の帯のような筋肉に力がはいり、尋常ではない太さのこめかみの血管が脈打った。全身が弓弦のようにピンと張り、弓筈（ゆはず）にかけた矢が放ってくれと懇願した。サランは、傭兵たちとおなじように完全な興奮状態だった。薬効のブレーキパッドをはずせとサランが命じたとき、傭兵たちは歓声をあげた。きょうは自分も含めて全員がフルスロットルの状態でなければならないと、サランは考えていた。サランは自分の増強法によって、一〇パーセントというハイタワーの制限をはるかに超えた状態だった。ハイタワーの助言を無視してよかったと、サランは思った。

神になったような心地だった。

スタージェスには、前も恥をかかされた――二度も。もう一度打ち負かされるようなことがあってはならない。

マジシャンのようなあの男は、どうしてここを見つけたのか。

スタージェスは、つねに意表を突く。だからこそ、だれよりも危険なのだ。まだ旋回していて、着陸しないのは、あの魔法使いですら全知ではない証拠だ。サランの配下はたくみに隠れているし、ブラモスは岩の壁の下にあるから安全だ。

「やつが高度を下げているようです」サランの部下が、通信装置で報告した。

「無線封止を守れ！」サランは叱りつけた。スタージェスがきょう、どんな電子手品のたねを用意しているかわからない。だが、部下のいうとおり、ティルトローター機は高度を下げていた。スタージェスは着陸するつもりなのか？　あるいは、もっと仔細に観察するつもりなのか？　アドレナリンに刺激されているサランの目が鋭くなり、ティルトローター機の下腹を凝視した。

こいつらにはもう我慢できない。

サランは、ロシア製のイグラー1地対空ミサイルを肩にかつぎ、きつい陽光のもとに出て、狙いをつけ、引き金を引いた。ミサイルが発射器から跳び出し、一秒後に固体燃料ロケットが点火し、大気を引き裂いて上昇した。

コクピットで警報がけたたましく鳴った。

「赤外線で敵戦闘員を探知！」幽霊のような白い人影が視界にはいってくると同時に、マーフィーは叫んだ。

「われわれにロックオンしてる」ゴメスが、感情のこもらない声でいった。「ベルトをきつく締めろ、お嬢ちゃんたち」

ティルトローター機の自動化された防御用フレアーとチャフが射出されると同時に、ゴメスはスロットルを押し込み、急な機動を行なった。低空を飛んでいたティルトローター機が、胸が悪くなるような横向きの降下を開始した。

だが、イグラー対空ミサイルは、秒速二五〇メートルで飛んでいた。
結果は目に見えていた。

サランは、煙の尾が弧を描いてティルトローター機に近づくのを、目で追っていた。
心臓がひとつ打つあいだに、轟然と飛ぶティルトローター機が、斧で殴られたイノシシのようにガクンと揺れて遠ざかり、その直後にイグラーの一・一七キログラム高融点爆薬(HMX)弾頭の弾子(だんし)の雲が空を切り裂いた。

74

ＡＷティルトローター機が完全に破壊されなかったのは、自動化された防御システムやアダムズの電光石火の反射神経のおかげではなかった。もっとも、どちらが欠けても破壊されていただろう。イグラーのすさまじい速度に、この高度で対応するのは、いずれにせよ無理だった。

ティルトローター機を最終的に救ったのは、サランが明るいところに出てきて、アイアンサイトで照準を定め、ミサイルの目標検知追尾センサーがロックオンするまで、貴重な数秒が費やされたおかげだった。ＡＷの防御手段――ふわふわと漂うアルミのチャフと、白熱した燐光の点々――が、数十年前の型の信頼できるソ連製のミサイルを数秒間欺瞞した。だが、その直後にロックオンの警報が甲高く鳴ったので、サランは引き金を引き、ミサイルが甲高い音とともに飛び出した。

その結果の爆発は直撃ではなかったが、かなり近かったので、弾子が食い込んだＡ

Wのプラット&ホイットニー・エンジン二基のうちの一基が停止し、もう一基も不具合を起こした。大揺れするAWの空力学的特性は、そのとたんに投げられた煉瓦なみになった。アダムズより腕が劣るパイロットが操縦していたら、その煉瓦は矢のように飛んで、山の斜面に激突し、燃える残骸と化して、乗っていた全員が死んでいたはずだった。

だが、ゴメスはこの稼業で最高の腕前だった。にやにや笑いを顔に貼りつけたまま、落下する機体を導いて、骨がきしむような着陸を行なった。

ねじれた残骸が木の葉のように山の向こうに落下するのを見ながら、サランは歓喜の叫び声をあげた。地面に激突したときにハリウッド映画のように火の玉が噴きあがるのを期待したが、空から叩き落としたことで完全に満足していた。あんなふうに墜落したら、残念ながら、おそらく生存者はいないだろう。スタージェスの頭に銃弾を一発撃ち込む前に、がっかりした顔を見て楽しむつもりだったが、それは望めそうにない。

だが、墜落現場を調べる必要がある。運を天に任せるのは無意味だし、うまくすると生存者を見つけることができるかもしれない。生存者がいれば、あとで交渉材料や人間の楯として使えるかもしれない。

サランは、イグラー発射器を投げ捨て、ティルトローター機が墜落した山のほうをずっと見ていた。

どうする？　腕時計を確認した。いまにもハーリドが電話してきて、ブラモスを発射しろというはずだった。配下を持ち場から動かさず、命令を待ってミサイルを発射すべきだった。任務を完了してから、残骸を調べにいくのが順当だった。

しかし、生存者がいたら？　そいつらが支援を呼ぶ連絡をしていたら？

配下を派遣して、墜落現場を確保するほうがいい。彼らは発射には必要ではないし、ノートパソコンは自分で操作できる。

だが、なぜかサランは躊躇した。サランは軍人で、命令に従うよう訓練されていた。つねに任務が最優先だった。それに、苦い教訓を学んでいる。前にスタージェスを狙ったときに、高い代償を払った。

スタージェス。その名前が、サランの口に遺灰のようにはいり込んだ。その男は組織に侵入し、〈セクメト〉に侵入し、訓練基地を打ち壊した。

サランは、自制を失いそうになっていることに気づいた。それに、やけになっていた。

無線機をつかんだ。

「聞け（エクテ）、全員（メ・エンファンテ）！　よく聞け（エクテ・ビアン）！　あの飛行機のところへ行け！　皆殺しにしろ――だが、スタージェスは殺すな。やつはおれのものだ！」

カブリーヨはヘルメットを脱いで、ハーネスをはずした。身を縮めてそうするときに、悲鳴をあげるのをこらえなければならなかった。墜落には生き延びたが、肋骨が激しい復讐に燃えて、カブリーヨを罰しようとしていた。

「現況？」うめきながらまわりをちらりと見て、カブリーヨはきいた。

チームの面々は、ハーネスをはずし、急いで装備を集めていた。彼らが順番に応答した。全員、打ち身ができ、茫然としていた。だが、ありがたいことに、骨折や裂傷はなく、致命傷も負っていなかった。

カブリーヨは、においを嗅いだ。ジェット燃料のにおいが充満していた。

まずい。

「移動する。武器、弾薬、水を持て。急げ」

「やつらを見つけたみたいですね」マーフィーがいった。

「というより、やつらがわたしたちを見つけたのよ」レイヴンがいった。

「砲雷(ウエップス)、レーザー目標指示装置に手を接着しろ」

マーフィーが、装置を差しあげた。「ぜったいに手放しませんよ」

カブリーヨは、ウインクした。「よしよし」

まもなく全員がティルトローター機から出て、すぐそばに立った。ゴメスは、最愛の女がロデオクラウンに乗り換えて捨てられたとでもいうように、口を尖らしていた。

ゴメスは、フライト・スーツの上にチェストリグのホルスターを付け、乾草梱包機に二度かけられたように見えるぼろぼろの麦藁帽子をかぶっていた。それがなかなか似合っていた。

「みごとな操縦だった、ゴメス」カブリーヨはいった。「よくいうように、どんな着陸でも無事に――」

ゴメスが片手をあげた。「やめてください、会長。めちゃめちゃに壊れた。すみません」

「すまながることはない。みんなきみのおかげで生きている」

ミサイルを被弾したときに、自分が単独飛行していなかったのは幸いだったと、カブリーヨは思った。最初はそのつもりだったのだ。それをやっていたら、いまごろは山のジャッカルに残骸からひきずり出されて、血まみれの食べやすい大きさの肉の塊になっていたはずだった。

カブリーヨは、チームのようすをじっくり見た。痛む首をさすったり、凝った筋肉をのばしたりしているが、全員やる気満々に見える。

「どういう計画ですか？」リンクがきいた。一五〇センチ近い長さのバレット五〇口径半自動対物狙撃銃を、片方の肩から吊っている。

それが問題だと、カブリーヨは自問した。ミサイルを発射したのが何者であるにせよ、墜落するのを見ている。確認のために一個部隊をここに派遣することはまちがいない。

カブリーヨは、周囲の斜面や山を見まわした。すばやく撤退して、どこかの洞窟に隠れ、オレゴン号が脱出を手配するのを待つのが、抜け目のない方策だった。

だが、このあたりのどこかに超音速ミサイルが隠されていて、〈フォード〉に狙いをつけている可能性が濃厚だし、まちがいなくすぐに発射できる態勢のはずだ。

カブリーヨは、自分たちの上のほうに聳えている山頂のほうへ顎をしゃくった。

「対空ミサイルは、あの山を越えて飛来した」

「敵戦闘員（タンゴ）も、そっちで赤外線によって探知された」マーフィーがつけくわえた。

カブリーヨは、銃の負い紐のぐあいを直しながらうめいた。

「それじゃ、あのてっぺんへ行って、なにが見えるか調べよう」

カブリーヨ、マーフィー、リンクが、眼下の谷底がよく見える高い岩の峰の蔭に陣取り、マクドとレイヴンはその左右に位置を占めた。

数百メートル程度の幅の狭い谷底は、六つの比較的小さな山の麓にあった。岩山にはそれぞれ、古代からの山羊の踏み分け道があり、そのうちの一本が谷底からカブリーヨたちのところまでのびていた。

ゴメスは一〇〇メートル下にあるティルトローター機の残骸を見据えながら、後方を見張りつづけた。ジェット燃料のにおいが漂っていたが、引火してはいなかった。

ゴメスは溜息をついた。

あのおばちゃんをなんとか救い出したい。

カブリーヨは、南の地平線に通じている、大型輸送車両が通れる幅の曲がりくねった道路を指差した。

「ブラモスを陸路で運んだのだとしたら、あそこを通ったにちがいない」

マーフィーが、双眼鏡のフォーカスリングを調節した。

「洞窟が五つ見える」

「七つだ」自分の双眼鏡に目を釘付けにして、カブリーヨはいった。「だが、捜しているのは洞窟ではない。捜しているのはミサイルだし、われわれは一発食らった」

「ショータイムだ」ライフルの高性能望遠照準器を覗いていたリンクがいった。フライフィッシングの竿をふるような感じで、自分が見ている方角へ人差し指をふった。

「戦闘員年齢の男が十一人。重武装で、全員、こっちを目指してる」

男たちは洞窟数カ所から出てきて、まばらな戦闘隊形を組み――かなりの速さで進んでいた。

「マクド、レイヴン、見ているか？」

「セカンドライン・パレード（ブラスバンドを伴うニューオーリンズの伝統的なパレード）じゃないっていうのはわかるっす」マクドがいった。

「殺人蜂の群れみたい」レイヴンがいった。

「あれだけの人数だと、おれたちだけで始末するのは無理じゃないですか？」マーフィーがきいた。

「そのとおりだ。しかし、逃げるわけにはいかない」カブリーヨはいった。「ミサイルがあの谷のどこかにあるにちがいない。われわれはそれを阻止しなければならない」

「しかし、あの連中をやり過ごしたり、突破したり、迂回したりする方法はない。ウサイン・ボルトでもふり切れないでしょう」リンクがつけくわえた。

そのとき、傭兵の群れが速度をあげた。

「おかしな感じだ。山なんてどうってことないっていうみたいに、ぜんぜん速度が落ちない」

カブリーヨは、必要もないのに部下を犠牲にしたくなかった。超人的な身体能力を備えた戦士たちが相手で、一対二の劣勢だから、全滅のおそれがある。エリトリアのときのように闇を利用することができないし、いまは傭兵たちではなく自分たちが、動かずに狙い撃たれるのを待っている。方策はなにもない。

ただひとつを除けば。代案の代案(プランC)がある。

カブリーヨは、マーフィーのほうを向いた。

「砲雷(ウェップス)、われわれの娘、ディライラを呼ぼう」

75

「ディライラ？　どういうことかわかりません」マーフィーがいった。「ブラモスのためにとっておいたんだと思ってました」

「そうだ。だが、ディライラが現われる前にわたしたちが殺されたら、どのみちミサイルを破壊できない」カブリーヨは、谷底の一五メートル上で、山の斜面が急に険しくなっているところを指差した。

「巨大なポテトみたいな形の大岩が見えるだろう？」

「ミスター・ポテトヘッドのことですね？」

「あれがきみのターゲットだ」

マーフィーは、眉をひそめた。「どういうことですか？」

カブリーヨは、考えていることを説明してから、つけくわえた。「完璧にタイミングを合わせなければならない」

マーフィーのひそめた眉が、急に上にあがった。

「やります」ラトラーGレーザー目標指示装置を目の高さに構えて、その岩にレーザーを照射した。

カブリーヨが予想していたとおり、斜面が険しくなっているところで、傭兵の群れの先頭集団の速度がかなり鈍った。小隊の後続の傭兵たちは、平地から急斜面へ進むあいだに先頭集団に追いついた。斜面をよじ登るうちに、傭兵の群れはたちまち隙間がないくらい密集し、ほとんどひとつの塊のようになっていた。

傭兵の群れは、イスラエル製のディライラ・ミサイルが甲高い爆音とともに襲来するのにも気づかず、殺到する川の水の流れのように、ポテト岩の左右に分かれて進んでいた。

滞空時間の長いその巡航ミサイルは、もともとブラモスを破壊するために用意されていた。ディライラの航続距離では、オレゴン号からここを狙って発射するのは無理なので、カブリーヨはAWのハードポイントに取り付けるよう指示し、数キロメートル手前で発射していた。ディライラは、目標捕捉スクリーンにレーザーが指定するターゲット――今回はミスター・ポテトヘッド――が表示されるまで、ひとつの地域の上空を低速で何時間も滞空するように設計されている。

ディライラが着弾すると、二〇〇ポンドを超える高性能爆薬が傭兵の群れのまんなかで爆発した。ゲノム改造された肉体のうち、即座に燃え尽きなかったものも、紙吹雪のように飛散した。生き残った数人は、火傷を負い、血を流して、やみくもに斜面を駆けおりた。

「哀れなやつらへの好意だ」カブリーヨは通信装置に向かってささやき、腕を失って茫然と斜面を駆けおりている傭兵の背中に、レーザー照準器の赤い点を合わせた。

カブリーヨのライフルは、チームのあとのものと同時に射撃を開始した。

サランの傭兵軍はたちまち山腹のあちこちに転がって、死んでいた。

「砲雷(ウェップス)、赤外線で敵戦闘員(タンゴ)を見つけた場所を教えてくれ」峰のてっぺんから、カブリーヨはいった。

マーフィーが、だいたいの位置を指差した。近くにある洞窟のようだった。

そこがカブリーヨのターゲットになる。岩場の高みから山を駆けおりながら、カブリーヨはチームのあとのものに、べつの洞窟を調べるよう指示した。

ディライラを使ってしまったので、ミサイルを阻止するには、じかに破壊するか、あるいは発射制御用ノートパソコンを奪わなければならない。

だが、どちらの場合も、まずターゲットを見つける必要がある。

一歩ごとに顔をしかめ、うめきながら、カブリーヨはマーフィーが指差した、谷底の向かいにある洞窟に向けて進んでいった。P90の親指を通して握る銃床を片手で保持していた。

山の斜面の上から見たときには、谷間は自然にできた円形劇場のようだと思ったが、谷底におりて見あげると、ローマの円形競技場の殺戮の場に立っているような心地がした。ちがいは剣闘士がいないことだけだった。

うしろの岩場から甲高い叫び声が聞こえ、カブリーヨはさっとふりむいたが、そうするのが一瞬遅かった。見えない洞窟で発射管制を担当していたポーランド人の女が、どこからともなく現われ、カブリーヨの胸を拳銃で三度撃った。それと同時に、カブリーヨはP90で連射した。

女の放った銃弾が抗弾ベストに当たり、カブリーヨは息が詰まって、バランスを崩した。

だが、カブリーヨの狙いは正確で、徹甲弾で女の腰から顎まで縫い目をこしらえた。女が血飛沫をあげ、きりきり舞いをして、岩に激突した。

「会長！」立ちあがろうとしたカブリーヨの通信装置から、マクドの声が鳴り響いた。

「だいじょうぶだ――捜索をつづける」カブリーヨはあえぎながら応答した。何度か深く息を吸い、位置関係を見定めて、弾倉を交換した。敵戦闘員（タンゴ）が隠れているとマーフィーが判断した洞窟は、一〇〇メートル前方だった。ブラモスか発射管制ノートパソコンがそこにあるかもしれないと、当然ながら思った。

カブリーヨは、周囲の環状の山々を見あげた。レイヴンが身を低くして一カ所の洞窟に跳び込むのが見えた。マーフィーがつぎの洞窟、マクドが三番目の洞窟へはいっていった。

「いざ、もう一度あの突破口へ……」（シェイクスピアの『ヘンリー五世』で王が兵士を鼓舞する台詞）カブリーヨは自分にいい聞かせて突進した。

その洞窟に向けて足をひきずりながら数歩進んだとき、まだ九〇メートル離れている暗い洞窟内から、戦車のエンジンのような低い轟きが聞こえた。その轟音は、加速して暗がりから出てくるあいだに、音量と高さが増した。洞窟から出てきたものは、戦車よりも最悪の物体だった。

カブリーヨは、それほど大きい犬を、これまで見たことがなかった——ライオンとおなじ大きさで、色もほとんどおなじだった。だが、長く黒い鼻づらと、速い肢の動きは、まさに犬だった。狂気を宿した目は大きくひらき、血走っていた。よだれが出ている口の長い牙が、陽光を受けてギラリと光った。

五感が狂うような衝撃を受けたカブリーヨは、凍り付いた。犬は速度をあげながら、身を低くした。一瞬、速度を落とし、後肢をたわめて跳びかかろうとしたとき——。

巨大な頭が炸裂した。

五〇口径ブローニング・マシンガン弾の二発目は、炸裂した首のすぐ上で脊髄を突き破った。二発目の超音速弾が命中したときに、リンクのバレットから轟いた音波が、ようやく耳に届いた。

「みごとな射撃だ」カブリーヨは、通信装置で伝えた。見晴らしがきく高みにその狙撃銃を持ったリンクがいれば、守護天使がすぐそばについているようなものだった。

それよりもずっといいかもしれない。

「頭をぶっ飛ばしたのは残念でした」リンクがいった。「船室の壁に飾るすごい記念品になったのに」

「もっと広い壁が必要になっていただろうな」カブリーヨはそういいながら、洞窟の入口へ走っていった。「そこで警戒していてくれ」

「お安い御用です」

洞窟内の暗がりは、かなり涼しかったが、湿り気はなく、埃っぽかった。カブリーヨの通信装置からまた聞こえた。レイヴンからだった。

「ミサイルを見つけた」

カブリーヨは立ちどまった。「すばらしい」

「C4で吹っ飛ばしますか？」

カブリーヨは迷った。ツィルコン・ミサイルの派生型だといわれている超音速ミサイルを手に入れるのは、諜報活動上のとてつもなく大きな成功だ。ブラモスはインド製だが、科学の達人であるロシアのテクノロジーが使用されている。あとで回収する方法を見つければいい……。

だが、そんな時間はないかもしれない。ミサイルはいまにも発射されるかもしれない。

「ぶっ壊せ！」カブリーヨは命じ、洞窟の奥へと突進した。

カブリーヨは身を低くして、どんどん進んでいった。音と動きに対して、耳と目をそばだてていたが、音も動きも察知できなかった。

ノートパソコン用に使われていたかもしれない、なにも置いていない携帯用キャンプテーブルのそばを通った。下の砂まみれの地面に、十数個の煙草の吸殻が積もっていた。

二〇メートル前方で、洞窟がくの字形に曲がっていた。カブリーヨは、それがこしらえている天然の壁の蔭に陣取った。角の向こうになにが潜んでいるかわからない。

「会長……見つけ……た……」エリックの声が、とぎれとぎれに通信装置から聞こえた。カブリーヨは向きを変えて、洞窟の入口に駆け戻った。通信状態がよくなった。

「もう一度いってくれ」カブリーヨはいった。

「くりかえす。GLONASS目標指示信号が、イランのブーシェフルにいる船で探知されました。マーフィーがイエメンで見つけた前の信号と一致してます」

「もう一基のミサイルにちがいない」

「ぼくもそう思います。どうしますか？」

なにができるか？　イランの港にいるイランの船を攻撃しろと命じることはできない――開戦事由になることはまちがいない。それに、おなじジレンマがそこにも当てはまる。信号はミサイルではなくノートパソコンに送られただけなのかもしれない。だが、両方に送られたにちがいないと、カブリーヨの勘が告げていた。

しかし、たとえそのミサイルが〈フォード〉を狙っていないにせよ、イランがブラモス・ミサイルを保有することは阻止しなければならない。それは中東とひいてはユーラシアの形勢を変えてしまう。

「C4を取り付けました、会長」レイヴンが伝えた。

なにかが気になっていたが、カブリーヨはそれをはっきりさせることができなかった。カブリーヨの脳の潜在意識が、必死で働き、不確かなデータセットで不特定の問題を解決しようとしていた。

「よくやった、レイヴン。やってくれ」

「わかりました」レイヴンが答えるのに一瞬の間があったのは、チームメイトが安全な場所にいるのを確認するためだった。

その瞬間、カブリーヨの潜在意識が答を見つけた。

レイヴンが呼びかけた。「爆発に備えろ!」

「命令を撤回する、レイヴン!」カブリーヨは叫んだ。「撤回、撤回、撤回!」

「中断します、会長。なにか問題でも?」

カブリーヨが命令を変更した理由を説明しようとしたとき、特殊閃光音響弾が足もとで炸裂した。反応する前に、爆音で耳が聞こえなくなり、すさまじい閃光で目がくらんだ。

76

見えなくなっていたカブリーヨの目が、ぼやけて見えるくらいに回復したが、耳鳴りはまだ治っていなかった。チームの面々の声が通信装置から聞こえたが、音がぼやけていて、なにをいっているのかわからなかった。手首に鋭い痛みが走った。カブリーヨは両手を動かそうとした。結束バンドで、後ろ手に縛られていた。足首も縛られていた。

サランが立ちはだかっていた。にやにや笑い崩れ、誇り高いフランス人の顔がだいなしになっていた。

「さて、スタージェス。自分がよく使うやつを、とっくり味わったか？」

「スタージェス？」カブリーヨはうめいた。頭がはっきりしなかった。いったいなんの話だ？

フランス人がうなずいた。「むろん本名だと思っていたわけじゃない。おまえは何者だ？　ＣＩＡか？　ＤＩＡか？」

「くそついてねえ（ＳＯＬ）」カブリーヨはいった。血管内を暴れている偏頭痛で、脳のひだが押し潰されそうだった。

サランが眉をひそめた。「聞いたことがない」

「そのうちわかる」

カブリーヨの視界がはっきりした。男の体をよく見た。出目になり、血管が膨れ、皮膚が赤らんでいる。腕の筋肉が撚ったロープのようだ。五〇〇ポンドのベンチプレスの下から抜け出せなくなった男のように見える。

「おまえは何者だ？」

サランが、馬鹿にするように鼻を鳴らした。「ふつうの人間より優れている人間だ」

「ハイタワーの手下か？」

「ちがう」

「それじゃ、なんだ？」

「どうでもいいだろう。おまえに残された時間は、ほんのすこししかない。宗教みたいな弱みがあるんなら、祈ったほうがいい」

「頼むから教えてくれ」

「だれのためになる（クイ・ボノ）？　もうなにもいわないぞ」サランは腕時計を見た。

「なにか用事があるのを、わたしが邪魔しているのかな？」

「そんなことはない。この歴史的な瞬間に、おまえといっしょにいたい場所は、世界にここしかない」

「おだてるのがうまいな」

カブリーヨは、位置関係を知ろうとした。ここはどこだ？　それに、どれほど気を失っていたのか？

小さな携帯LEDライトが、狭いスペースを照らしていた。さっきとおなじ洞窟にいるのか？　べつの洞窟なのか？　洞窟内の部屋なのか？　さっぱりわからなかった。

カブリーヨは、耐久性を強化したノートパソコンが、平らな岩の上に置いてあることに気づいた。うめいたのは、痛みのせいではなかった。勝ち目があると思ったのは、過信だった。賢明な判断だと思ったのが裏目に出た。レイヴンにブラモス・ミサイルを爆破させるべきだった。もう破壊しないだろう。レイヴンは兵士の習性が身についているから、命令に従うはずだ。

サランが、コンバット・ナイフを持って、カブリーヨのそばでしゃがんだ。ドロップポイントの切っ先で、自分の顎鬚のかゆいところを掻いた。カブリーヨの視線をたどって、そちらを向いた。

「ああ、そうだ。おまえがほしがっている目標だ。これほど近づいたのに！　それなのにおまえの手が届かないところにある。かわいそうに」

サランが、ナイフの刃の平をカブリーヨの青い目の片方の下にくっつけた。

「これからおれがおまえたちの空母にやることを見なくて済むように、目を潰してやるべきかもしれない。そうしてほしいか？」

「それが、おまえ流のルームサービスか？」

サランの携帯電話が鳴った。ベルトからさっと携帯電話を取ったサランが、向きを変えて立ちあがった。

ここには信号が届いているのだと、頭がはっきりしはじめていたカブリーヨは思った。しかし、どうやって？　痛む首をまわし、携帯電話の信号ブースター・ケーブルが、洞窟の天井にのびているのを見た。さっきはそういうものを見ていない。べつの洞窟にいるのだ。この男に持ちあげられ、運ばれたにちがいない。こいつもゲノム改造された怪物なのだ。

カブリーヨは、モラーマイクを舌で五度叩いた。窮地に陥り、しゃべることができないという合図だった。自分を捕えている人間がナイフで親切なことをやってくれる前に見つけてもらえるとは思えなかったが、試したほうがいい。

「ただちにやります！」サランが電話を切った。船底にほうり込まれた鯉（こい）のように無力なカブリーヨのほうを向いた。

「さて、スタージェス。おれの雇い主が、いまミサイル発射命令を下した」サランが、ふざけてナイフをふって見せた。「だが、その前にやることがある」

サランが、カブリーヨに近づいた。

カブリーヨの脚は左右いっしょに縛りあげられていた。カブリーヨは両脚を持ちあげ、コンバット・ブーツのヒールを相手に向けた。

サランは首をふった。

「哀れな防御だな！　なんていうか……一発来るかと思ったらめそめそ（ナット・ウイズ・ア・バン・バット・ア・ウインパー）（竜頭蛇尾という印象）っていうやつか？」

「おまえの場合、その逆だ。一発行くぞ」

カブリーヨは右ふくらはぎの筋肉を動かして、戦闘用義肢に隠された単発の一二番径ショットガンの電子トリガーを作動した。装薬が爆発して、腔線（ライフル）を切ってある銃身で使用するブレンネケ・マグナム・クラッシュ弾が、ヒールから発射された。直径は二〇ミリ弾とほぼおなじだ。長さ七・六二ミリのクラッシュ弾を発射した反動がすさまじく、カブリーヨの背骨に響いて——狙いが狂った。高くそれた。

だが、それでもじゅうぶんだった。クラッシュ弾は、サランの頭のてっぺんをかすめただけでも頭蓋骨を砕き、血と骨が飛び散った。サランの死体が、岩壁に激突した。

耳が遠くなっていたカブリーヨには、ショットガンの銃声がどうにか聞こえただけだった。だが、チームが自分の名前を大声で呼んでいるのが、骨伝導で頭蓋骨を通じて聞こえ、笑みを浮かべた。

チームが捜している。

それに、近くにいる。

マクドがカブリーヨの手首の結束バンドを切ってはずし、レイヴンが足首の結束バンドを切った。

「どうしてミサイル爆破をやめさせたんですか？」

「もうどうでもいい。ノートパソコンを手に入れた」リンクが、両手でノートパソコンをさっと持ちあげた。

「立たせてくれ」カブリーヨはいった。マクドとレイヴンが、脚に力がはいらないカブリーヨを助け起こした。

「ストーニー、第二のミサイルをいまも追跡しているか?」

「会長――だいじょうぶですか?」

「答えろ!」

「はい、いまもぼくのスクリーンに映ってます」

「座標を送ってくれ」

「送ります」

リンクが、不思議に思って眉をひそめた。「まさか……?」

「ノートパソコンの蓋をあけろ――信号が強くなるように、外に出よう」

イラン、ブーシェフル
〈アヴァータル〉

チーフエンジニアが、いくつものスクリーンで、ブラモス・ミサイルの目標決定ソフトウェアを指差して、サーデギー将軍に辛抱強く説明していた。ゴドス軍准将のサーデギーに、やっていいこととやってはいけないことを説明する勇気はなかったが、ノートパソコンを立ちあげてGLONASS衛星と接続するのは、信じられないくらいおろかで――危険だった。

「よくできているな！」サーデギーは、プログラムの単純さに魅入られて叫んだ。ためしに、アメリカのあちこちの都市をターゲットにしていた。

「准将、ほかに質問はありますか？　なければ、接続を切るべきです。バッテリーの残量を無駄に減らしたくないので」その嘘に応じてくれることを願って、エンジニアがいった。

「あと一分だけだ！」サーデギーがどなった。

エンジニアは、額の汗を拭った。「承知しました」

サーデギーがその一分、というよりは一分弱を使ったとき、カブリーヨの命令でイエメンから発射された超音速ミサイルが、音速の四倍近い速度で、〈アヴァータル〉の船体を貫いた。

〈アヴァータル〉は、ちぎれた鋼鉄の破片の雲と化し、溶けた破片が一〇〇〇メートル四方に飛び散って、爆発がひろがった範囲に立っていたものをすべて平らに均した。近くにいた軍艦二隻が沈没し、ほかに七隻が損壊した。倉庫五棟が倒壊し、陸上にいた海軍将兵数百人が、枯草のように薙ぎ倒された。

ミサイルが弾着したとき、サーデギーはミサイル・エンジニアや〈アヴァータル〉

の全乗組員とともに瞬時に蒸発した。

ブラモス・ミサイル、発射管制装置、カブリーヨのミサイル攻撃の主要ターゲットは、すべて完全に破壊された。

それ以外は、なにもかも副次的被害だった。

77

数週間後
オレゴン号

カブリーヨは、一時しのぎのスタンディングデスクの前に立っていた。年代物の木製ショットガン弾薬箱で、このために機械工作部が改造したものだった。かつて北アフリカで自由フランス軍の将軍が所有していた手彫りの重役用デスクの上に、ヴェルヴェットを巻いた脚を慎重に載せてある。

カブリーヨの居室は、大好きな映画『カサブランカ』を模している。ムーア風とフランスのアールデコ様式という異色の組み合わせで、その時代のヨーロッパとアラビア模様の家具調度で飾られている。ケヴィン・ニクソンが、ベークライトの電話機のレプリカやクリスタルのランプまでこしらえた。その傷ついた栄光すべてのなかで、なんといっても圧巻なのは、映画のカフェ〈ラ・ベル・オーロラ〉のサムのアップライトピアノの完全複製だった。

カブリーヨはこの船室にこもって、オーヴァーホルト宛の事後報告書と、いつもの報酬に破壊したDINGも含めた必要経費の明細を足した、膨大な請求書を作成していた。オーヴァーホルトは、アメリカ政府(アンクル・サム)の財布の一セントに至るまで自分の金のように思っていて、こういう会計の細かい部分に厳密だった。

損壊したAWの分の経費は、政府に請求されなかった。じつは、ゴメス・アダムズはいま〈フォード〉にいて、愛するティルトローター機が回収されるのを待っていた。英雄的な努力で艦(ふね)が救われたことに感謝したダダシュ艦長が、傷ついたAWをシコルスキーCH-53Eスーパースタリオンで〈フォード〉に運び、最新鋭の施設で修理する手配を整えていた。

「会長、マックス・ハンリーから、私用回線に電話です」頭上のスピーカーから、ハリの声が聞こえた。オレゴン号通信長のハリは、怪我が完治し、現役勤務復帰をジュリア・ハックスリー博士から承認されたばかりだった。〈コーポレーション〉は軍とはちがってハリに名誉戦傷章(パープル・ハート)のような勲章を授与しなかったが、ハリの働きに対してカブリーヨは最新の給料にちょっとしたボーナスを足し、有給休暇を一週間増やした。

「ありがとう、ハリ。ここで受けるよ」

カブリーヨは、ベークライトの受話器を取って、耳に当てた。

「マックス、万事順調か？　あと何日か、戻ってくるとは思っていなかった」サライとアシェルをイスラエルの病院に送り届けるために、オレゴン号がテルアヴィヴに入港するとすぐに、マックスはサンディエゴ行きの飛行機に乗った。

「休暇は切りあげる。カイルが思いがけず呼び出された。おれはボウズマン空港で乗る便が三時間遅れて立ち往生だ。それで、あんたに電話していちばん早い便に乗ると知らせることにした」マックスがオレゴン号をおりたあと、連絡がつかなくなっていた。この二週間、マックスと息子のカイルは、携帯電話の基地局の電波が届かないモンタナ州のビッグスカイ・カントリーで、キャンプとハンティングを楽しんでいた。オレゴン号をおりたあと、マックスがカブリーヨと話をするのは、これがはじめてだった。

「教えてくれ。カイルの式はどうだった？」カブリーヨがいうのは、カイル・ハンリーがカリフォルニア州コロナードで受けていた海軍SEAL資格認定訓練の修了式のことだった。

「黄金の三つ叉の矛(ほこ)が、あいつの礼装の胸に留められたときには、ひっくりかえりそうになった。自慢の息子だからな」マックスの言葉がとぎれた。ハンリー家の最年少の息子は、数年前に犯罪常習犯のカルトから救い出され、立ち直って、海軍に入営していた。

「自慢に思うのが当然だ。カイルは苦労してきたし、親父のことが好きなら、すばらしい未来が拓(ひら)けている。おい、カイルが除隊するようなことがあったら、われわれのちっちゃな船に寝棚を見つけてやってもいい」

「そうなったら最高だ」マックスがいった、「しかし、そんなことよりも、詳しいことが知りたくてたまらないんだ。おれが出発したあと、なにがあった?」

「さて、相棒、シートベルトを締めてくれ。長い話になる」

「聞かせてもらおう」

カブリーヨは、壁で容赦なく時を刻んでいるアンティークの真鍮製船舶用時計をちらりと見た。あまり時間がない。遅刻しないように、骨子だけを話すことにした。

カブリーヨは、サランのゲノム改造された傭兵数十人を逮捕したことも含めて、オーヴァーホルトの側の活動から説明をはじめた。世界のどこかに傭兵がまだ残っていたとしても、条件付けを受けてから一年以上は生きられない。もとに戻す治療を受けなかったら、激しい新陳代謝によって器官が焼けてしまうか、血管系がずたずたにちぎれる。また、怪物のような犬はすべて、薬物で死なせるしかなかった。捕らえられた傭兵は、それぞれの生国に強制送還された。彼らをどうするかは、それぞれの国の政府が決めることだった。アメリカ政府は寛大に、ハイタワーの条件付けプログラムの影響を消すために無料の治療を提案した。

「しかし、ひとりだけ例外がいた」カブリーヨはいった。「リストという名前の傭兵だ」

リンクが約束どおり――エリックとマーフィーの助けを借りて――イシドロ博士を殺した犯人の隠れ家をオーストラリアのブリズベンで突きとめたことを、カブリーヨは説明した。リンクがアマゾンで見つけた、九×二一ミリ・ギュルザ弾の空薬莢(からやっきょう)から、ふたりは指紋を採取した。リストが軍にいたときの記録と、指紋が一致した。SR-1ベクトルという特殊な型のロシア製拳銃が、リストの持ち物から発見され、イシドロ博士殺人の容疑が確定した。

その証拠を持って、ジュリアがブリズベンでリストと対決した。布教活動を行なっていたイシドロ博士を残虐に殺したことを自慢したあとで、リストがジュリアの首を絞めようとしたが、三歩進む前に、リンクがその頭蓋に一発撃ち込んだ。

「〈セクメト〉はどうなった?」マックスがきいた。

「海の底に横たわっている」

ハイタワーのその船をようやく発見し、エリックが操船系統にハッキングで侵入してから、火災と一酸化炭素放出の警報を鳴らし、自動化された〝退船！〟警報がスピーカーから流れるようにした。〈セクメト〉に乗っていた科学者と乗組員は、すぐさま船から避難した。喫水線の下で起きたすさまじい爆発で、船体がまっぷたつになり、海の底に沈む光景も含めて、カブリーヨはオレゴン号のカメラ付きドローンですべてを録画していた。

「うまい手だ」マックスがいった。「話はそれだけじゃないっていう気がする」

「ドローンの録画のコピーと、ハイタワーが船を沈めるよう命じたという、ずぶ濡れで生き残った動物医療技師の証言の映像を、オーヴァーホルトに送った」

「それで？」

「オーヴァーホルトにはいわなかったが、その女性医療技師に、宣誓供述書に署名すれば釈放されることを保証し、母国フィリピンへのファーストクラスの航空券も用意すると提案した。爆発はハイタワーの自爆用爆薬ではなく、われわれの有線誘導魚雷二本が引き起こしたということも、いい忘れた」

「ああいうテクノロジーをすべて手に入れられるのを期待して、ラングストンがよだれを流していたはずなのに」

「バイオテクノロジーがあらたな軍拡競争だというのを、オーヴァーホルトは知っている。しかし、救助された科学者の何人かが持っていたUSBサムドライブやファイルホルダーのデータにはまとまりがなく、飛躍的なテクノロジーは、〈セクメト〉とともに失われた」

「あんたのもくろみどおりに。抜け目ないやつだ」マックスはいった。「あんたのことだ、その手の知識が説明責任のない組織のために働いている政府の秘密科学者に握られないほうがいいと思ったんだな」

「それに、〈セクメト〉を沈めたから、悪党どもも手に入れられない」

「救助された科学者たちはどうなんだ？　知識の宝庫にちがいない」

「じつはそうではなかった」救助された科学者や技術者は、限られた情報の貴重な断片を提供した。だが、ジブチにあるCIAの隠れ家で一週間訊問したところ、ただの教育程度の高い下っ端だとわかった。プログラムの非凡な特質は、ヘザー・ハイタワー博士が生み出したものだし、彼女を発見することはできなかった。

「どこにいるか、手がかりはないのか？」マックスがきいた。

「わかっているのは、〈セクメト〉が最後に寄ったソマリアのモガディシュ港で、なんの説明もせず、船長と近いうちに落ち合う手配をして、船をおりたということだけだ。だれかが彼女の姿を見たのは、それが最後だった。西側の情報機関は、いまも世界中を走りまわって彼女を見つけようとしている。みずから望んでもそうでなくても、敵の手に落ちるのを非常に恐れている」

「あんたは、そうなると思っているのか？」

「いや。ハイタワーはしばらく地下に潜るだろう。ふたたび現われたとき、どんな怪物を連れているか、想像することしかできない」

そういう厄介な想像を意識から追い払うために、カブリーヨは間を置いた。ハイタワーについては打つ手がないし、いまではオーヴァーホルトが抱えている問題だ。

「アシェル・マッサラは元気か？」マックスはきいた。

「サライの話では、身体的条件付けをもとにもどす治療は、うまくいっているそうだ」

「精神的条件付けは？」

「おなじように進展するはずだと、医師たちがシン・ベトに確約した。だが、いまのところ、過去の記憶は消えたままだ。ヤコブの息子たちに潜入工作員としてはいり込んでいたときの記憶も含めて」

「それはまずいな」

「まあ、明るい報せもある。ヤコブの息子たちは、サランの船〈クラウド・フォーチュン〉を急襲してわたしたちが得た情報のおかげで、すでに捕縛されている」

アナリストがあばいた興味深い断片的な情報のひとつを、カブリーヨは打ち明けた。サランは、ヤコブの息子たちが送ってきた、イスラエルのタクシーのリアシートにカブリーヨが座っている写真を持っていて、そこにサランがメモしていた。

マックスが笑った。「グリーティング・カードのセールスマン？　靴に見せかけた電話機を使っていないのが不思議だな？」（メル・ブルックスが参加したスパイ・コメディ『それ行けスマート』の主人公が使っていた）

「弁解のしようがない。わたしはメル・ブルックスのコメディには目がないんだ」

「サライのことを話してくれ」

「傷は順調に治っている。いや、順調すぎるほどで、リンクが来週、年休をとってサライといっしょにアシュドドへ行き、地中海を旅行する」

「あんたは彼女と……」

「ふたりのためによかったと思っているよ」

「それを聞いて安心した。ふたりともいい人間だ」

「最高だよ」

「おい、ちょっと待て。空港内放送がある。保留にするぞ」マックスが、電話を保留にした。

カブリーヨは、もう一度船舶用時計を見た。この会話はあとまわしにしなければならないかもしれない。そうメールで伝えようとしたが、マックスが通話を再開した。

「いい報せか？」カブリーヨはきいた。

「おれが乗る便が、あと三十分遅れる。ここのバーがまだ閉まってないといいんだが。いまからバーがあるほうへ歩いていくよ」

「あとで請求してくれ」カブリーヨはいった。「これはビジネスの電話だからな」

「ありがとう、ボス。おれはこの稼業を長くやってるから、どこかのカーテンの蔭に魔法使いがいるのは知ってる」

「あんたの勘は的中した」

超音速ミサイル二基を盗み、一基をイランに渡し、もう一基を〈フォード〉撃沈に使うという陰謀のほんとうの首謀者がハーリド王子だったことを、カブリーヨは説明した。ハーリドが死んだという事実も伝えた。

「だれに殺られたんだ？」マックスが聞いた。

「それ自体が、ひとつの物語でね」

オーヴァーホルトによれば、アブドゥッラー皇太子の突然死によって、衰弱していたサウジアラビア国王は死の床から起きあがったという。だが、ハーリドを最終的に破滅させたのは、サランの携帯電話と九聖人修道院にあったUSBサムドライブからマーフィーとエリックが取り出した情報だった。

「サウジアラビア政府の公式報告では、ハーリドは自然死で急逝したとされている」カブリーヨはいった。「だが、オーヴァーホルトがサウジアラビア情報機関の情報源から知ったところによると、ハーリドのほんとうの死因は、人間の頭が首から離れたときの自然の結果だった。王宮の秘密の場所で、復讐に燃える国王の目の前で、斬首されたんだ」

「ハーリドの極悪非道の犯罪を思えば、ずいぶん慈悲深い処刑のような気がする。というより、国王は王家が恥辱にまみれないようにしたんだな」マックスがいった。

「そのとおり」

「われらが親しい友人たちはどうした？　イランは？　火傷した猫よりも怒り狂っただろう」

「イランの宗教指導者たちは、ブーシェフル海軍基地へのミサイル攻撃を戦争行為だとした。イランの同盟者フーシ派のイエメンの支配地域からブラモスが発射されたという事実があるにもかかわらず、イランの情報機関は、アメリカかイスラエル、あるいはその両方がやったと、あれやこれや非難している」

「それじゃ、イランは戦争の準備をはじめているにちがいない」

「ところが、ちがうんだ。これがまた一石二鳥でね。われわれはモサドに即動可能情報(アクショナブル・インテリジェンス)を提供した。モサドはそれをテヘランにいる工作員に伝え、ミサイルはたしかにフーシ派支配地域から発射されたが、じつはその任務を行なったのは組織から離叛したゴドス軍戦闘員ふたりだったと、宗教指導者が信じるように仕向けた。地域紛争が避けられただけではなく、宗教指導者たちがいまゴドス軍の内部粛清を行なっている」

「悪党を使って悪党を斃しているわけだ。お見事。お見事」

「それに、いい忘れていたが、いつでも紳士のラングストンが、モサドにサライのことを取りなしてくれて、この事件全体で彼女が果たした役割に対して、当然の高い評価を認めるよう求めた。ラングストンの報告によって、モサドは公式にサライの過去の違反行為を許した。そうすることで、古狐ラングは、汚名をすぐとともに懲戒状を人事ファイルから抹消した」

「抜かりのない御仁だな。ちがうか？」

船舶用時計が、正時を打った。

「おい、マックス。もう行かないといけない。戻ってきたら何杯か飲もう」

「いいねえ。用心を怠るな」

「わかっている」カブリーヨは電話を切った。

これからお楽しみがはじまる。

モーリスは、枕で頭を高くして、ベッドに横になっていた。パジャマ姿だったが——もちろん仕立てたもので、プレスされている——格調高い自信を発散していた。ジュリア・ハックスリー博士の外科手術の腕前は、深刻な銃創をものともしなかったし、彼女の世話によってモーリスは模範となるような恢復を示した。たるみひとつないが蒼白い腹に残っている、ジュリアが縫合した痕を、モーリスはむしろ惚れ惚れと眺めていた。空腹でその腹が鳴った。手術後はずっと流動物だけで栄養をとっていた。

「聞いたわよ」ジュリアがいった。「シーツの下にホエザルを隠していないようなら、固形物を食べられるようになったみたいね」

モーリスは笑みを浮かべた。「いささか空腹のようでございます」

「特別食を用意してあるの。もうじきここに持ってくるはずよ」

「待ち遠しいですね」

ドアにそっとノックがあった。

「時間どおりだわ」ジュリアがいって、ベッドのトレイをずらしてちょうどいい位置にした。「どうぞはいって」

厚い木のドアがぱっとあいた。オーク材に精緻な彫刻をほどこしたドアは、十五世紀のチューダー様式の城館という、モーリスの船室が主題にしている装飾にぴったりだった。イギリス人司厨長のモーリスの装飾の趣味は高踏的だと、だれもが思っていた。じつは、それはモーリスの自伝――子供のころの家の複製――だった。モーリスは、カブリーヨや乗組員に怪しまれることなく、その広大な屋敷の家具を数点入手していた。

リネンで覆ったサービングカートが、戸口からしずしずとはいってきた。銀のサービングカバーが照明を受けて輝いたとき、カブリーヨが戸口の角からはいってきた。

モーリスは身を乗り出した。「艦長?」

カブリーヨは、モーリスのいつものお仕着せとおなじもので、きらびやかに着飾っていた。黒いズボンはカントリーハムが切れそうなくらい鋭い折り目が付き、白いシヤツは糊がきいてピンと張り、ウィングチップはぴかぴかに磨かれ、ウェイターズクロスを片腕にかけていた。

「艦長、これはまったくもって予想外でございます」モーリスは抗議した。「艦長ともあろうものが」シーツをはいで、起きあがろうとした。ジュリアがしっかりした手をモーリスの胸に当てて、そっと押し戻した。

「わたしは艦長であるかもしれない、貴兄(サー)。しかし、わたしの船と乗組員の命を救ったのはきみなのだ。きみに永遠に感謝する」

「わたしたちみんなも」ジュリアが、涙を拭いながらいった。ジュリアの名誉と命を護るために、モーリスが命を危険にさらしたことはわかっていた。

モーリスは肩をすくめた。「責務を果たしただけでございます。わたくしたちみんなとおなじように」

「そうではない、貴兄(サー)」カブリーヨはいった。「きみは自分にあたえられた責任をはるかに超えることをやった」

モーリスは、上半身をまっすぐにのばした。「艦長、わが艦長のもとで勤務し、勇敢な乗組員とともに任務に就いて、あらゆる危険、嵐、闘争を潜(くぐ)り抜けてきたことは、わたくしの人生で最大の栄誉でございました。それ以下のことなど、ありようがないのです」ジュリアの指を自分の指で握った。「おふたりともご存じのはずはありませんが、もっとさまざまな面で、わたくしを助けてくださったのです」

カブリーヨは立ちあがった。「これより大いなる愛はなし、友よ。これより大いなる愛はなし」（ヨハネによる福音書一五・一三。〝人その友のためにおのれの命を棄つる〟のあとにつづく言葉）

モーリスの表情が柔らかくなった。「はい、さようでございます。大いなる艦長の言葉でございますね」

カブリーヨは、カートをベッド脇に進め、派手な仕草でサービングカバーを持ちあげた。メニューのひとつひとつを指差した。

「軽く焼いたクランペットにポーチドエッグ、スティールカットオーツにフィンランディアバターと一カ所の森だけで採ったオーガニック・カナディアン・メープルシロップ。そして最後に、アールグレイ・ティーは、きみの好みどおりミルクを散らし、ローマヌカハニー少々」

「豪華な御馳走への賛辞をシェフにお伝えください」

「どういたしまして」ベッド脇のトレイに食事を置きながら、カブリーヨはいった。

モーリスが目を丸くした。「おやおや、艦長は驚きに満ちておられますね」

「あなたこそ、いろいろ話したいことがあるんじゃないの」ジュリアがいった。

モーリスがポーチドエッグとクランペットを切り、とろりとした黄身が溢れた。

カプリーヨは、ジュリアに視線を投げた。ジュリアがうなずいた。いまこそその時よ。

カブリーヨは咳払いをした。「モーリス、きみはいつだって、この船で起きていることを、なにもかも知っているようだね」

モーリスは、黄身がしみているクランペットをひと口食べた。

カブリーヨは、秘密を分かち合っているという感じの笑みを浮かべた。「いちばん新しい噂を聞いたかな？」

モーリスが、うれしそうに目を白黒させた。「このポーチドエッグは完璧でございますね」

「みんなあなたの物語を知りたがっているの」ジュリアはいった。「あなたが、ちょっと見ただけではわからないことを、たくさん秘めているのはまちがいない」

モーリスが、もうひと口食べた。

「戦闘訓練を受けて、戦闘を経験しているのはたしかだ」カブリーヨはいった。「英海兵隊かな？」

モーリスは、カブリーヨの服装にうなずいてみせた。「すばらしい服の選びかたでございますね、艦長。つまり、よそで仕事を探したほうがいいという意味でございましょうか？」

「それじゃ、英陸軍？」ジュリアがきいた。

モーリスは、顎に垂れた卵をナプキンで拭きながら、笑みをこらえた。

カブリーヨは首をふった。「きみは幾重もの謎にくるまれた謎だな」

モーリスは、朝食のほうを示した。「さしつかえなければ？」

「ああ、いいとも」カブリーヨはいった。「温かいうちに食べてくれ。話はあとでできる」

「いつものように、艦長の御命令にはよろこんで従います」

カブリーヨは、腹を空かした孤児のようにモーリスが食べ物を詰め込むのを見て、よろこびを味わっていた。モーリスの勇気、忠誠、自己犠牲が、乗組員を救い、ハイタワーの怪物を斃したのだ。

ハイタワー。

正気を失ったあの科学者が、隠れ家からふたたび現われ、恐ろしいテクノロジーで人類に大損害をあたえることを考えると、カブリーヨは血が凍る思いだった。

それに、ハイタワーが現われなくても、べつの悪魔のような人間がおなじおぞましい力を備えて、じきに登場するかもしれない。

だいじょうぶだと、カブリーヨは自分にいい聞かせ、平安に包まれた。

モーリスのような不屈の人間が戦いに備えて立ちはだかっているかぎり、なにが起きてもつねに希望がある。

訳者あとがき

最近のテクノロジーの進歩は、一般市民の理解が追いつくことができないくらい速い。その典型は人工知能(ＡＩ)だろう。生成ＡＩの分野では、画期的なチャットＧＴＰを開発したオープンＡＩが、組織の内紛もあって、二〇二三年末から二〇二四年にかけて、毎日のようにメディアに取りあげられた。

しかし、ゲノムの解析や編集に関する研究も、急激に変化しているテクノロジーの分野として、注目されている。たとえば、ハーバード大学のジョージ・チャーチ教授のチームは、莫大な予算を確保し、氷河時代のマンモスをよみがえらせることをもくろんでいる。同チームは、永久凍土内のマンモスの遺伝子を回収することに成功したが、それからクローンを作成することは不可能なので、遺伝子を操作して、ゾウとマンモスの混血種を創り出す予定だという。ジョージ・チャーチ教授はほかにも、人間の寿命百六十歳、閉経百歳を目指す研究も行なっている。まさに超人を創ろうとしている。

本書『超音速ミサイルの密謀を討て！』(*Fire Strike*)でファン・カブリーヨ率いるオレゴン号は、ゲノム操作と精神・肉体の条件付けによって知覚や力や速さが人間をはるかに超えるようになった〝超人傭兵〟と戦う。この条件付けプログラムを開発したのは、ヘザー・ハイタワー博士というきわめて有能な女性遺伝学者だった。彼女は人道的活動を隠れ蓑にしている病院船〈セクメト〉で〝超人傭兵〟をこしらえて、ジャン・ポール・サランという人物が運営する民間軍事会社に送り込み、見返りとして潤沢な研究開発(R&D)資金を得ていた。

カブリーヨは、CIAの連絡担当ラングストン・オーヴァーホルトに頼まれて、元モサド工作員のサライ・マッサラの弟アシェルをケニアで捜すうちに、ハイタワーが巧妙に隠していた足跡を見つける。また、友人の医師に医療物資を届けるためにアマゾン奥地へ赴いたオレゴン号の医務長ジュリア・ハックスリーと付き添いのリンク及びタイニーが、超人傭兵と遭遇する。こういった出来事から情報が収集され、しだいに謎が解きほぐされる。

じつはその裏で、中東における勢力図が書き換えられてしまうような、さらに重大な陰謀が進行していた。イランとサウジアラビアで、それぞれ現在の政府の政策に不満を抱く勢力が、権力を奪おうと画策していたのだ。

現実の世界では、イエメンのフーシ派による商船攻撃の激化で、二〇二四年初頭から紅海ルート再開のめどがたっていないと報じられている。本書では、航路の自由を確保するために、アメリカが最新・最強の空母〈ジェラルド・R・フォード〉打撃群を紅海に派遣する。だが、一基で大型軍艦を撃沈できる威力があり、迎撃がほぼ不可能な超音速ミサイル二基が、インド海軍基地から盗まれ、危機が高まる。オレゴン号も本書から三代目となり、若干仕様は異なるが、根本的な兵装や性能に変わりはない。乗組員もあいかわらず多種多様な能力を発揮する。本書は混迷を深めている中東、ナノテクノロジー、ゲノム開発など、現実の状況をたくみに取り入れ、いつものように読者をおおいに楽しませてくれる。例によって期待を裏切らないできばえの新作だ。

二〇二四年五月

◉訳者紹介　**伏見威蕃**（ふしみ　いわん）
翻訳家。早稲田大学商学部卒。訳書に、カッスラー『地獄の焼き討ち船を撃沈せよ！』、クランシー『殺戮の軍神』（以上、扶桑社海外文庫）、グリーニー『暗殺者の屈辱』（早川書房）、チャーチル『第二次世界大戦 1』（みすず書房）他、多数。

超音速ミサイルの密謀を討て！（下）

発行日　2024 年 6 月 10 日　初版第 1 刷発行

著　者　クライブ・カッスラー＆マイク・メイデン
訳　者　伏見威蕃

発行者　小池英彦
発行所　株式会社 扶桑社
〒105-8070
東京都港区海岸 1-2-20 汐留ビルディング
電話　03-5843-8842（編集）
03-5843-8143（メールセンター）
www.fusosha.co.jp

印刷・製本　中央精版印刷株式会社

定価はカバーに表示してあります。

Printed in Japan
ISBN 978-4-594-09750-9　C0197